平和の下で

ホロコースト生還者による
アメリカの公民権のための闘い

マリオン・イングラム

訳＝北 美幸／袴田真理子／寺田由美／村岡美奈

The Hands of Peace

A Holocaust Survivor's Fight for Civil Rights in the American South

小鳥遊書房

自らの権利のために闘い、今も闘い続けているミシシッピの女性たち、
そして、ダニエルに捧げる

日本語版への序文

ホロコーストと第二次世界大戦終結直後の数年間をドイツで暮らしていた私は、私がそうした歴史的恐怖を何とか生き延びたユダヤ人であることを知ったり感づいたりした同級生、教師、その他の人からのあからさまな敵意を経験した。しかし、人種的、宗教的、民族的な憎しみの標的となる痛みは、大学で学び、アーティストとして、また作家として成長するためにニューヨークにやってきた一九五二年に突然消え去った。まだ一七歳にもなっていなかった私は、私がユダヤ人であるかどうかなど誰も気にしていないように思えるニューヨークで、初めて自由と幸せを感じた。

しかしすぐに、アフリカ系アメリカ人もまた、ヨーロッパのユダヤ人を苦しめ、ホロコーストで最高潮に達した偏見や不正義の多くとともに暮らしてこざるを得なかったことが明らかになった。私はまた、先住民に対するジェノサイド的な攻撃——多くの「西部劇」の中でおおっぴらに褒め称えられている——について、そして第二次世界大戦中の大勢の日系アメリカ人家族に対する恥ずべき強制収容についても学んだ。そして、一九六〇年にワシントンDCに引っ越したとき、大多数の住民がアフリカ系アメリカ人であり、連邦議会での投票が許されていないこの国の首都の生活におけるほぼすべての局面に、人種差別が埋め込まれていることに気づいた。

愛する夫ダニエルとともに、私は人種平等会議（CORE）の地方支部に加わり、住宅、教育、社会福祉事業、雇用、医療、刑事裁判制度における差別に抗議した。私はまた、マーティン・ルーサー・キングが「私には夢がある」とスピーチをして人々を鼓舞した一九六三年のワシントン大行進のボランティアを買って出たし、その一年後にはミシシッピ自由民主党（MFDP）を支持して不眠不休で抗議行動を組織した。それから私は、三人の公民権活動家が殺害された地域で、アフリカ系アメリカ人に有権者登録をさせたり、フリーダム・スクールで教えたりしていた学生非暴力調整委員会（SNCC）のスタッフとして、ミシシッピに赴いた。クー・クラックス・クランが学校の前で十字架を焼いたとき、私はその焼け焦げた横木に「自由《フリーダム》」と書いて、彼らの憎しみの象徴を希望の烽火《のろし》に変え、学校で教え続けた。本書のカバーにその十字架の象徴的な写真が掲載されているが、これは、第二次世界大戦の間、他の多くの日系カナダ人とともにカナダ政府によって強制収容されたタミオ・ワカヤマによって撮影されたものである。彼は、自由の重要性を理解する人物であった。

アメリカ公民権運動――また、それに続く反戦運動と女性の権利運動――への私の参加について書いた本書では、読者の皆さん、とくに若い読者の皆さんに、不正義、抑圧、戦争と闘うための非暴力による抗議行動の力について新しい見方を与えることができればと願っている。人々の命を守ったり、人生を良い方向に変えたりするのを手伝うためにともに行動することはまた、その活動家をも深く変えることができる。活動家のリーダーの言葉や行為以上に、尊厳をもって投票し、働き、生きるための平等な権利を獲得するためにすべてを危険にさらした地方の、そして都市のコミュニティの名もなき人々の知恵や道徳的な勇気、彼らを助けた学生や公民権活動家の機知や怖れを知らない勇敢さこそが、ヨーロッパで経験した恐怖から私を立ち直らせてくれた。

今日、若い人々が直面している課題は明らかに、これまでに世界が直面してきたいかなるものよりも恐ろしいものである。核戦争や野放しの地球温暖化は多くの人々の命を奪いかねず、またこの二つの大災害が同時に起こったら、その悪夢のシナリオは誰一人生き延びることができない状況をもたらしかねない。このことは、惨事を回避するためには、多くの人々が皆同じ人類であることを認識し、いまだかつてないほど協力して取り組まなければならないことを意味している。日本の人々は世界に例のない核爆撃と通常爆撃を経験し、第二次世界大戦以後に起こった戦争やジェノサイドへの参加を拒んできた。それゆえ私は、世界が自滅に向かうのを回避し平和へと向かうよう、日本がリーダーシップをとり、十分な支援と意見を提供することを願い、期待している。

二〇一九年一〇月

マリオン・イングラム

† 目次

凡例

・本文中の〔　〕は訳者による短い補足説明である。
・長くなる訳註には＊に番号を振り、各見開き頁の左側に示した。
・解説の註は（　）内に番号を振り、末尾に示した。
・原著では写真は一ヶ所にまとめられていたが、翻訳書ではそれぞれの内容を示している部分に配置した。
・ひとつの段落が非常に長くなる箇所があったので、読者の可読性に鑑み、邦訳するにあたって一部改行を変更した。
・black は黒人、African American はアフリカ系アメリカ人、Negro は黒人《ニグロ》またはニグロと訳出した。

平和の下で

ホロコースト生還者によるアメリカの公民権のための闘い

はしがき

五歳の頃から、自分の死を望んでいる人たちがいることを知っているという状況を想像してみて欲しい。あるいは、自分の住む町に次から次へと襲いかかってくる空襲から何とか生き延びなければいけない、しかも「他の人と違う」からという理由で防空壕に入れてもらえないという状況を想像してみて欲しい。またあるいは、まだ子どもだというのに、母親が力と希望をすべて失ってしまい、自分が生きる強さと希望を見つけて母親の自殺を食い止めなければいけないという状況を想像してみて欲しい。

『戦渦の中で』を読んだ人には、私がマリオン・イングラムのことを言っていると分かるだろう。彼女は、その本の中でドイツのハンブルクでユダヤ人として成長した頃の経験と、彼女の肉親がどのようにして――奇跡的に――ホロコーストを生き延びたかについて述べている。二冊目の回想録である本書では、マリオンは私たちをかなり趣の異なる旅に連れ出してくれる。本書には、彼女の活動家としてのその後の人生が詳しく記されているが、彼女から子ども時代のすべてを奪った恐ろしい人間の価値観や出来事、そして差別の標的になるということがどのようなことか身をもって知った経験が、彼女をそうした人生に駆り立てたことは疑いようもない。

初めてマリオンに会ったのは、私がワシントンDCで司法省の弁護士として働いていた五〇年以上前、テイクアウトの中国料理店の前だった。彼女と夫のダニエルが、私が一緒に食事をしようと待っていた人物とたまたま知りあいだったので、私たちは簡単に自己紹介しあい、少し会話をしたのだった。私は当時、人種隔離がまだ根強く残っていた南部の投票権に関する仕事をしていたのだが、ダニエルとマリオンは、それにとても強い関心をもっていた。私のほうも、彼らの生い立ちや社会正義に深い関心をもつようになったいきさつを知りたくなった。

私はすぐに彼らの家に招かれるようになった。そこは、ジェイムズ・ボールドウィンやハリー・ベラフォンテ、マリオン・バリーその他の公民権運動家たちを磁石のように引きつけていた。彼らの家でおこなわれる談話が魅力的だっただけでなく、そこが純粋にとても楽しい場所だったからでもある。マリオンは後年、これこそがホロコーストと公民権運動の大きな違いのひとつだと言っていた。ホロコーストのときのユダヤ人には祝うべきことなどなかった。しかし、公民権運動家は、自分たちの仕事に喜びを見出すことがしばしばあった。もちろん抗議活動にも同時に関わっていて、時には危険な目に遭い、いつも勇敢でなければならなかったけれど。本書『平和の下で』の中で、マリオンはこの時期についての詳しい逸話を私たちにたくさん語ってくれており、その後、彼女とダニエルがいかにしてレーガン政権に失望し、抗議の意味を込めてアメリカの家を売って海外移住することになったかについても、私たちは知ることができる。

決して夢を投げ出さない子どもであったマリオンは、生まれつきの楽観主義を出会った人たち皆と分かちあう活動家になった。彼女の激励と決意は人に伝染しやすいので、彼女がこれから語る数々のストーリーは彼女のメッセージを広め続けていってくれるだろう。すなわち、正しいことを諦めず、信じたことのために闘い、意志を強くもって後悔のない人生を生きるというメッセージである。
マリオン、あなたの物語を世界の人たちと分かちあってくれてありがとう。

セルトン・ヘンダーソン

略称一覧

「訳者解説」で使用しているものも併記しています。

ACLU（American Civil Liberties Union）アメリカ自由人権協会
AFL–CIO（American Federation of Labor and Congress of Industrial Organizations）アメリカ労働総同盟産別会議
BNA（Bureau of National Affairs）ブルームバーグ労使関係部
CAF（Cooperative Assistance Fund）協同援助資金
COFO（Council of Federated Organizations）連合組織評議会
CORE（Congress of Racial Equality）人種平等会議
DAR（Daughters of the American Revolution）アメリカ革命の娘たち
FBI（Federal Bureau of Investigation）連邦捜査局
FSAM（Free South Africa Movement）南アフリカ解放運動
HIAS（Hebrew Immigrant Aid Society）ヘブライ移民支援協会
HUAC（House Committee on Un-American Activities）連邦下院非米活動調査委員会
IFOR（International Fellowship of Reconciliation）国際友和会
JDC（American Jewish Joint Distribution Committee）アメリカ・ユダヤ人合同配分委員会
MCAP（Minority Contractors Assistance Project）マイノリティ契約者援助計画
MFDP（Mississippi Freedom Democratic Party）ミシシッピ自由民主党
MIA（Montgomery Improvement Association）モンゴメリー改善協会
MoMA（Museum of Modern Art）ニューヨーク近代美術館
NAACP（National Association for the Advancement of Colored People）全国黒人地位向上協会

NAG（Nonviolent Action Group）非暴力行動集団
NLRB（National Labor Relations Board）全国労働関係委員会
NRA（National Rifle Association）全米ライフル協会
NUL（National Urban League）全国都市同盟
NWRO（National Welfare Rights Organization）全国福祉権協会
OEO（Office of Economic Opportunity）経済機会局
PACPR（President's Advisory Committee on Political Refugees）大統領諮問委員会
SCLC（Southern Christian Leadership Conference）南部キリスト教指導者会議
SNCC（Student Nonviolent Coordinating Committee）学生非暴力調整委員会
UAW（United Automobile Workers）全米自動車労働組合
UPO（United Planning Organization）連合計画組織
VEP（Voter Education Project）有権者教育計画

序文

一九四〇年代にヨーロッパで何百万人もの命を奪ったホロコーストと違い、その二〇年後に起こったアメリカ合衆国の公民権運動は、何百万人もの人々の生活を良い方向に変化させた。ヨーロッパの人種差別の犠牲者の一人になったことは私にとって不運なことだったが、アメリカの人種差別の犠牲者に力を与える非暴力の運動において、小さい役割ながらも熱意をもって活動に取り組めたことはとても素晴らしい幸運だった。私は、アメリカを変えたというよりは、最終的に私自身を完全に別の人間に変えた社会正義の運動に皆とともに参加できたことに心から感謝している。私は、虐殺と戦争の犠牲者の生き残りであることをやめ、これらに反対を唱える活動家になったのだ。

私は、ドイツによるヨーロッパのユダヤ人の絶滅計画と人間が生み出した史上もっとも恐ろしい火事あらしとを一度に体験していたのだが、大人になるまでそのような真相を知る由もなかった。しかし、この両方に責任があった大人たちはそのことを知っていたし、また、それが間違ったことであることも知っていた。どのような理由であれ子どもを殺す権利をもつ者などいないということは、誰もが知っている。そしてそのような戒めがたくさん集まって強化されていくことで、人間の悪行が厳しく制限されていくはずだということも知っている。しかし、人種差別、宗教的狂信、そして強欲といったものは、小学校の教室においてさえ、軍事力の行使から子どもを守ることをできなくさせてしまうのである。

公民権運動には、有名無名の英雄たちが何百人もいた。彼らは、死にそうになるほど殴られても運動をやめず、生きて出てこられるのか分からないままに何十回も刑務所に入れられた。また彼らは、家や教会を爆破され、仕事や愛する人を失った。彼らは、〔クー・クラックス・クランなどの〕既知の暗殺者たちに尾行され、何年間も毎日脅迫されながら過ごした。彼らは暴行以外では警察や法廷を頼ることができず、そうした矛盾に満ちた平等の解釈がなされている社会のただなかで、平和的で辛抱強く、正気でいるよう求められた。

私は、こうした英雄の一人ではなかった。私は時おり彼らと一緒に水漏れする危うい船に乗ってともに過ごしただけだ。肌の色の違いがあったので、私にはその船の限られた数の救命用具を手にする特権が与えられたかもしれなかった。しかし私は、もっと常軌を逸した、残酷で、死と隣りあわせの、虐殺のためにはるかに組織化された地獄から直接帰ってきた人間なのだ。私には、一度地獄を見たという視座があり、この先どんな過酷な状況を生み出すかも分からない人種差別の威力への洞察力もあるので、読者の皆さんにこの本の残りのページもぜひ読んでもらいたいと思うのだ。

マリオン・イングラム

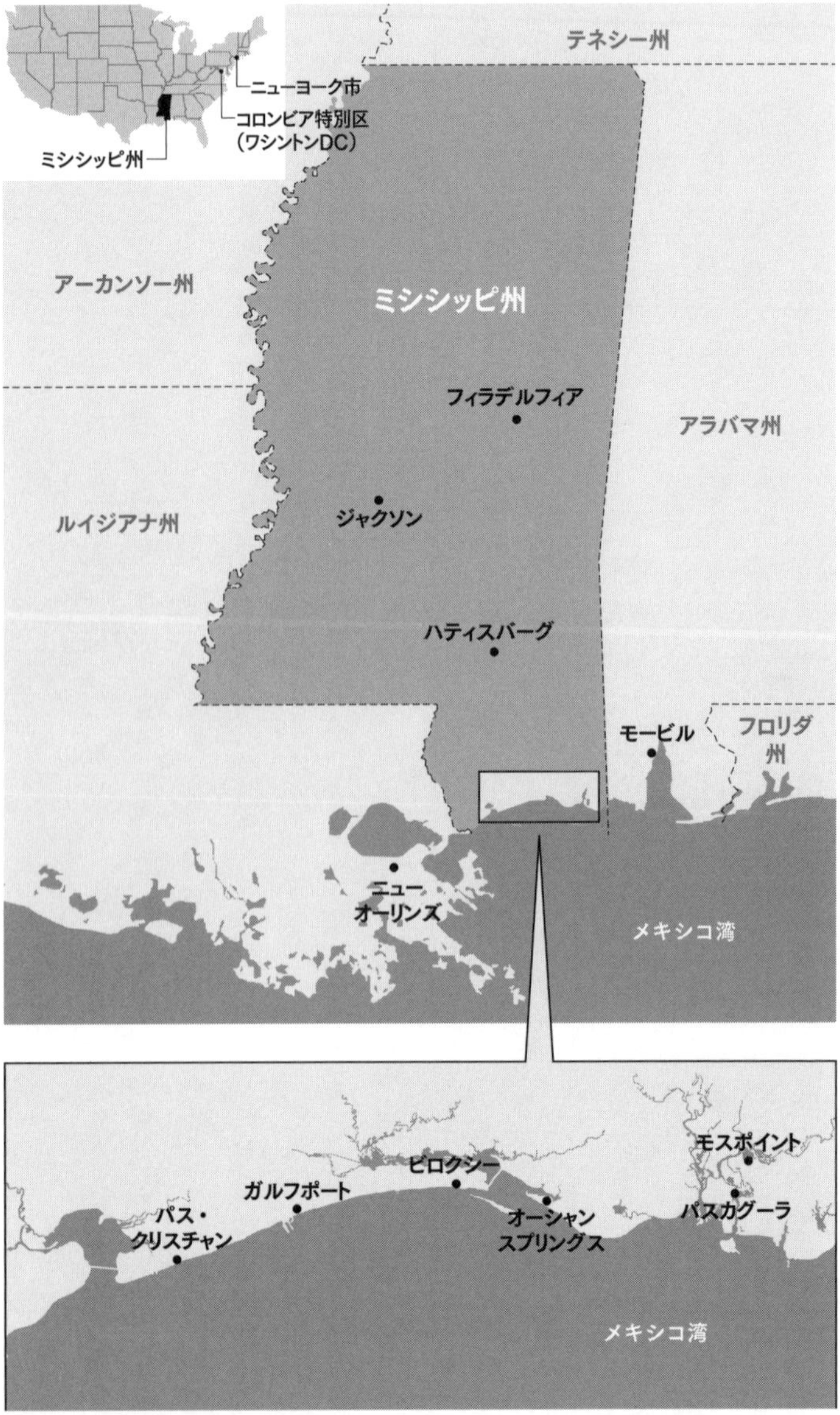

地図１　本書で登場する都市、州

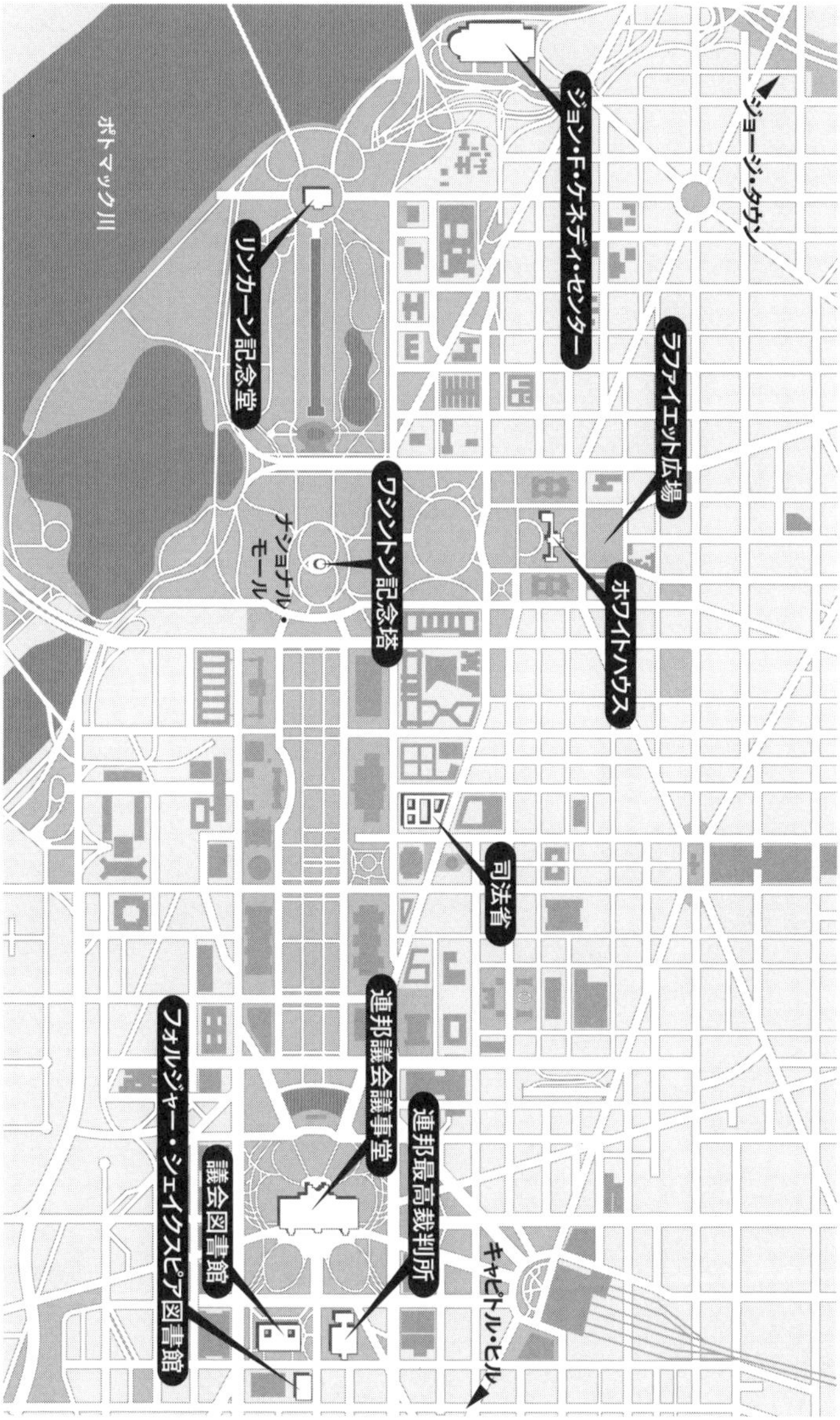

地図２　コロンビア特別区（ワシントンDC）

第1章

愛と戦争

私は戻りたいとは思わなかった。また私は、それがどうしてなのかをダニエルに言えなかったし、自分でもなぜなのか分からなかった。ひょっとしたら、オルフェウスとエウリュディケの話の印象が、子どもの頃の私には強烈すぎたからかもしれない。オルフェウスは、魔王が振り返るなと言っていたのに、エウリュディケを黄泉の国から連れ出しているときに彼女のほうを振り返ってしまい、彼女は永遠に死者の国に帰らなければならなくなった。しかし私は、エウリュディケの悲劇的な運命は、夫であり五〇年以上も愛し続けているダニエルが「ミシシッピの今の生活はどんな風になっているのだろうか」と口にする度にいつも私が無反応でいる理由ではないことを知っていた。一九六四年にミシシッピに行ったとき、私はアメリカの「闇の奥」[*1]に入ったように感じたものだった。生きて逃れ出てきたけれども、ほぼ五〇年経った今でさえ、もし戻ったら何に出くわすのだろうかと恐れていたのだ。

おそらく私は、ドイツが戦争に負けて私がアメリカに来た後にドイツに対して感じたのと同じような感情をミシシッピに対して抱いたのだろう。私に気負わせることなく、ダニエルは、第二次世界大戦が終わって四〇年以上経つというのに私にとってはいまだにナチス・ドイツであるドイツに帰ってみないかと私を説得したことがあった。一九八五年、私たちは、車を買うためにちょっと寄るだけのつもりで、イギリスからの夜行フェリーに乗ってハンブルクを訪れた。私たちの計画は、そこから車でイタリアのトスカーナ州まで行き、ダニエルがアメリカの公民権についての素晴らしい小説を書いている間、そこに住むというものだった。彼が執筆をしている間、私は、不朽の美に囲まれてトスカーナの赤ワインとまぶしい陽光のように刺激的でかつ温かい文化に浸りながら、芸術作品の制作をしようと思っていた。

〔一九八五年、〕私たちは引っ越しするためにワシントンDCの家を売ってしまっていたが、ヨーロッパに着いて最初の夜、私は胸にしこりがあるのに気づいた。そこで、ハンブルクに着いてすぐに昔の同級生に連絡し、信頼できる専門家に会えるように手配してもらった。その医者のところに行くためにダニエルと私がハンブルクで電車に乗っているとき、私は突然、吐き気が抑えられなくなった。ダニエルはどうにか私を医者まで連れて行った。そこで私は、ガンかもしれないと思って心配だったからではなく、長い間忘れていたドイツの医者に対する本能的な恐怖心が文字通り湧き上がってきて、食べたばかりの昼ごはんを吐いてしまったのだと説明した。

その恐怖心は、私は予定日よりも早く生まれてしまい処置が必要だったのに、ナチスの法律ではユダヤ人の未熟児を助けることが禁じられていたと母が話したときに植えつけられたものだった。運良く、ハンブルク・ユダヤ人病院の医師は、ナチスの法律に従うことを拒否していた。しかし私は、戦争直後、何千人ものユダヤ人の子どもたちが強制収容所の医者によって殺されたこと、そして、ハンブルクで私たちが住んでいたところの近くの病院でも、医師たちがユダヤ人の女の子たちに対して残酷な実験をおこなったうえにイギリス軍が市に入ってくる直前に殺してしまったことを聞いていた。それで私は、胸のしこりが良性だと聞いてとても安心しただけでなく、検査の結果がすぐに分かるということや、今回診てもらった医者は私がアメリカで卵巣嚢腫でかかった医者の誰よりも注意深く思慮深い人物だと分かったことで、目が開かれる思いがした。

このドイツでの私の受診経験は、おそらく史上もっとも病んでいた国家でさえ、時間をかければ回復することができるということを示した。しかし、そのような経験をしてもなお、ホロコーストと戦後の反ユダヤ主義によって私が感じた深い怒りが緩和されることはなかった。その怒りは、私がアメリカとイタリアで過ごした幸せで充実した数十年を経ても、抑え込まれてはいたもののいまだに激しやすい状態で残っ

＊1　『闇の奥』（原題：*Heart of Darkness*）は、一九〇二年に出版されたイギリスの小説家ジョゼフ・コンラッドの代表作である。「闇の奥」とは、コンゴ川を遡ったアフリカ奥地の密林の闇のことを指すが、西洋植民地主義の闇および人間の心の闇をも指すと考えられる。フランシス・フォード・コッポラの監督映画『地獄の黙示録』（一九七九年、米国）の原作としても知られる。

ていた。私はハンブルクで、ダニエルが一緒にいてくれさえすれば自分は充実していて幸せなのだと分かったのだが、そのハンブルクで過ごした七年間〔二〇〇〇―二〇〇七年の間〕ずっとその怒りが消えることはなかった。

私は、ナチス時代の私の家族についての本〔『戦渦の中で――ホロコースト生還者による苦難と希望の物語』〕を完成させるために、血なまぐさい二〇世紀の終わりにイタリアからハンブルクに戻った。私はその本を、殺された人々への追悼の辞とするとともに、自らはユダヤ人でないけれども、私たちユダヤ人や他の人たちを助けようとして殴られたり、投獄されたり、拷問を受けたり、あるいは死んでしまったりした私の父や父の兄弟のような知られざる英雄たちに捧げようと思った。私はまた、連合軍の爆撃によって殺された何千もの子どもたちの黒焦げの遺体に囲まれ、燃えさかる炎が爆発するなかで子ども時代を過ごすのがどのような感じかを読者に知ってもらいたかった。そして私は、このような経験を共有することで、戦争をしようという呼びかけや実際の行動、とくに子どもたちの命を奪うような行動に、より多くの人たちが異議を申し立てるようになることを切実に願っていた。

その本を、私は何年も前に書き始めていた。サイレンが鳴り始めたり、戦争が起こるかもしれないという話がラジオから聞こえてきたりするだけで、私はよく眠れなくなり縮こまって震えてしまうのだが、本を書くことでそういった反応を引き起こす心の中の悪魔をなだめることができないかと思ったのだ。私はいつもビクビクしたり不幸だったりしたわけではなかった。むしろ逆に、私はニューヨークにいるとどこにいるよりも安全に感じ、自分が若くて一人でやっていけるという自由な気分と興奮を味わったものだった。しかし私の夢には、火に囲まれた建物や人々の残像が憑りついていて、突然の大声や消防車の姿や音によってパニックに陥り、隠れたくなるのだった。私は、自分がいまだに苦しんでいる経験について書くことは、それを克服するのに役立つだろうと思った。一九五〇年代後半、ダニエルと私が住んでいたミネッタ通りとマクドゥガル通りの角にあるカフェ・レッジオのオーナーのヒルダが、昼下がりにはいつも私のために一番良い席を押さえてくれていた。その席はレストランの一番奥の角の窓際の席で、イタリア・ルネサンス期の絵画に囲まれていた。そして部屋の向こうには、マンハッタンで一番大きくてキラキラしていて、豪華な飾りのついたエスプレッソ・マシーンが置いてあった。このような素晴らしい環境にいては、書こうとすること、すなわち、イギリスの軍事史家のキース・ロウ[*2]が「ヨーロッパの戦争の空襲でもっともひどい被害が生じ、人間によって引き起こされた火事あらしとしては世界で一番大きなもの」と言っている出来事〔一九四三年七月のハンブルク大空襲〕を思い出そうというのが土台無理な話だった。しかし私の中の悪魔は、とても賢くて自らを光にさらすことなどしなかった。幾日も幾日も、私は座って罫線が引かれた黄色いノートを見つめ、記憶の中に閉じ込められていたことを紙に書く能力がないことに悶え苦しんだ。

この、書くことに対する心のブロックはしばらくの間しつこくつきまとっていたが、ダニエルの腕に抱

＊2　ハンブルク大空襲についての以下の著書があり、著者の『戦渦の中で』にも「はしがき」を寄稿している。Keith Lowe, *Inferno: The Devastation of Hamburg, 1943*, New York: Viking, 2007.

かれていたある夜を境に変化し始めた。そのとき私は、ゴモラ作戦というハンブルクで極めて過酷な空襲があった一〇日間について、想像を絶するほどの詳細を泣いて震えながらダニエルに話して聞かせていた。夜明けまで話していて、私はその空襲が始まる三日前に母が自殺しようとしたことや、母が火のついていないオーブンに頭を突っ込んで意識を失っているのを見つけたときに感じたことについても思い出していた。彼女は、ゴモラ作戦が始まった暑い夏の夜には完全に回復していた。空襲では、まず信じられないほど美しい炎が大きな星のように空にかかり、爆撃機を探して雲を照らす力強いサーチライトの光線がゆっくり降りてきた。まぶたの裏に焼きついているその映像は、私の中に新鮮なままずっと残っていていつでも思い出すことができる。その光景の次には、尾翼部に甲高い音を鳴らす笛が取りつけられた爆弾がピューと恐ろしい音を立て、その音が終わる度に、耳をつんざくような爆発音が響いた。これらの爆発の中にはアパートのある建物の区画あるいは病院を一度にすべて破壊するほどの強さのものもあった。

しかし、ゴモラ作戦を計画した人たちが考えていたように、三時間やそこらで五万人以上もの市民を殺すのにもっとも効率的な方法は、十分な量の焼夷弾の雨を降らせて古い町の住宅地区すべてを焼き尽くしてしまうような火事を起こすことだった。私は、私たちのアパートに直接爆弾が落ちてきたことや、ユダヤ人だからという理由で近所の人たちに防空壕に入るのを拒まれたこと、また同じ理由で教会に避難することを断られたことも思い出した。私はまた、この試練の間のことは、数えきれないほどの恐怖、期待していなかったが受けることのできた親切、そして自分が着ていた服や下着まで覚えていた。

ダニエルの腕の中で過ごした夜の後、私は思い出したことをカフェ・レッジオで紙に書き留めた。そのことで、いくらか私の中の悪霊が落ち着き、戦争や戦争になりそうな出来事についてのニュースがあっても平静でいられるようになった気がした。ダニエルは労働関係法についての著作を大きな出版社から刊行した経験があり、ほとんどのアメリカ人は知らないような第二次世界大戦のある側面について書くことで彼らの戦争にかける情熱を鎮めようとする私の奮闘を応援してくれた。しかし、戦争や虐殺について書くことは、愛しあうこと、家族をもつこと、公民権運動によって人種差別を非暴力的になくすことに比べるとほとんど癒しの効果はなく、助けにもならなかった。一九六〇年代の前半、私はとても刺激的な運動に関わっていたので、公民権運動が反戦と反貧困の運動と融合して女性の権利の運動を鼓舞する間、本の執筆を脇に置いて埃をかぶるままに放っておいた。これらの運動に参加することは大変だったけれども充実していて、私は建築物、絵画、織維作品といった美術的な創作に戻ってもいた。自分の経験と、社会の変化に伴う現代美術の拡大解釈によって、自らをリフレッシュし鼓舞させることもできていたのだ。

〔イタリア滞在中の〕一九九〇年代になって、私は再び原稿と向きあった。それは、両親やもう生きていない人たちを称えたかったからだけではなく、いわゆる文明化した国々が一世紀続いた戦争や虐殺からほとんど何も学んでいないのが明らかだったからだ。私は、「同じ過ちは二度と繰り返しません」と言って、殺人を止めるためにどうしても必要なとき以外は敵も含めて誰も殺さないようにと主張する人たちに、私の声を付け加えたかった。執筆中の原稿の抜粋が『グランタ』誌に掲載され、英米で出版された後、[*3]『ガーディ

＊3　Marione Ingram, "Operation Gomorrah," *Granta: The Magazine of New Writing*, vol.96 (War Zones), Winter 2006, pp.79-94.

アン』紙で好意的にレビューされているのを読んで、[4]私は興奮した。そこには、「戦争に投資し利益を得ている人たちがこのような回想を読めば、新しい世紀への希望が少しは明るいものになるだろうに」と書かれていたのだった。

私は、私の家族の戦争と虐殺の経験について書き上げた本を『戦渦の中で』と名づけた。『グランタ』誌に掲載された抜粋はロシアでも出版され、[5]二〇〇七年版の『ベスト・アメリカン・エッセイ』にも掲載されたが、[6]本自体も同様に高い評価を受けた。二〇一三年の春の出版後、私は自分の中の悪魔がすべて葬り去られたように感じた。しかし、そのとき、ダニエルがミシシッピの状況について、より詳しく言えば、私が一九六四年に住み込みで仕事をしたモスポイントとパスカグーラというメキシコ湾沿いの小さな町の生活について、声に出して心配し始めたのだった。私は、そこの状況がどうなっているのかを調べるのは気が進まなかった。それは、気にもならなかったとか、調べることが危険だと思ったとか、そこでの物事はすべてうまくいっているだろうと思っていたからではない。私も気にはかけていた。そして、ミシシッピの白人たちが、一九六〇年代におせっかいな公民権運動家たちに対して抱いていたのとほとんど同じくらい今でも敵対心を抱いていると考えたわけでもない。私は、一九六〇年代に私たちが勝ち取った権利が何の効果も生み出せていないと知るのが怖くて、気が進まなかったのだ。

一九八〇年代と一九九〇年代をヨーロッパで過ごしていた私たちは、南部の州でもアフリカ系アメリカ人が選挙で地位の高い公職に選ばれているという知らせに勇気づけられていた。しかし、ミシシッピの友人たちとは交信が途絶え、そこで何が起こっているのかについてのニュースはほとんど入ってこなくなっていた。二〇〇七年にワシントンDCに戻ってすぐ、私たちは近くのヴァージニア州でバラク・オバマの選挙運動に関わり、ヴァージニアとノースカロライナという、通常は人種が主要な要素となる二つの南部の州で勝利して彼が当選したときは猛烈に興奮した。実際、歴史の道徳の弧は正義に傾いていたように見えた。しかし間もなく、アフリカ系アメリカ人の大統領が当選したことは、政治的な人種差別がなくなったことを示すものではなく、反政府の感情を装って再構成されただけだということが明らかになった。財政的な保守主義をイデオロギー的に覆い隠していたことは、リック・ペリー知事のテキサスの農場の入り口にある大きな岩に、黒人に対する差別的な言葉が書かれていたことと同じくらい見え透いたことだった。[*7]

ダニエルが二〇一三年に南部に行こうと言う前から、私は、各州の法律を通じた新しい投票者の本人確認方法や他の制限が気になっていた。それは、アフリカ系アメリカ人とヒスパニックに投票をさせなくするためのものだった。重要な問題を巡る敵方の投票を阻止することによってナチスが民主的な政府を一党独裁の国家に変えてしまったということは、ドイツで育った人でなくても知っているだろう。そのような

＊4 Killian Fox, "Apocalypses Now," January 21, 2007, *The Guardian*, https://www.theguardian.com/books/2007/jan/21/features.review2（二〇二〇年三月六日最終アクセス）

＊5 Marione Ingram, "Operation Gomorrah," Essay. Translated from English by Ekaterina Filatova, *Inostrannaya Literatura*, June 2011, pp.171-182.

＊6 David Foster Wallace ed., *The Best American Essays 2007*, Boston: Houghton Mifflin Harcourt, 2007.

ナチスの歴史と比較したらおおげさだと言われるに違いなかったし、ナチスの策略はバカバカしいほどあり得ないことだと放っておかれているうちに気がついたら既成事実になってしまっていたのだと私が指摘したところで仕方のないことだったから、私はこのことをわざわざ声を大にして言いはしなかったのだ。

しかし、フィラデルフィアのような自由の要塞ともいえるようなところでさえ、新しく投票者の資格を設けたり身分証明書を見せることを要求したりといった手続きが導入された。にもかかわらず私は、いわゆるチェック・アンド・バランスの機能と「司法の独立」の存在があるのだから大丈夫だろうと思っていた。しかし、〔二〇一〇年に〕五人の黒い法服を着た厚顔な裁判官が、法人とは単なる人の集まりであって憲法で保証された表現の自由を行使するためには選挙で買収をしても良いとの判決[*8]を下したとき、私はこの国は企業がファシズムをおこなう新しい時代に入ったのではないかと訝った。そして、この五人の悪党どもがその後すぐ、連邦議会が再び認可したばかりであるにもかかわらず、投票権法はもはや不要だと宣言したとき、私はダニエルの言うことに賛成した。つまり、大好きな、そして苦しみをともにしてきたミシシッピの人たちがほぼ五〇年後の今どうしているのかを見てみる必要があると。ああ、私が住まわせてもらっていたウィリアムとロッティのスコットさん夫妻、その他、白人の掟に果敢に挑戦した年長の人たちは、もはやこの世にはいない。しかし、フリーダム・スクールに通っていた子どもたちは公民権運動のことを覚えていて、それが彼らの人生に影響があったかどうか、あったとすればどのようなものだったのかを教えてくれるかもしれない。

＊7　ペリー・テキサス州知事（在任：二〇〇〇—二〇一五年）の両親が所有する狩猟用キャンプ地の名称が「ニガーヘッド」であり、黒人に対してもっとも差別的とされる言葉「ニガー」の文字がその門に置かれた岩に書かれていた。にもかかわらず、ペリーは政界入り後もそれを放置していた疑いがあることが複数の新聞で報じられた。ペリーは『ワシントン・ポスト』紙に対し「不快な名前だ」としたうえで、父親が別荘を借り始めた一九八三年か翌八四年にはペンキを上塗りして消したと説明した。しかし、複数の近隣住民らは九〇年代まで文字が読めたと同紙に語ったほか、牧場の元従業員は二〇〇八年に文字を見たと証言した。Stephanie McCrummen, "Rick Perry family's hunting camp still known to many by old racially charged name," *Washington Post*, October 1, 2011, https://www.washingtonpost.com/national/rick-perry-familys-hunting-camp-still-known-to-many-by-old-racially-chargedname/2011/10/01/gIQAOhY5DL_story.html（二〇二〇年一月二日最終アクセス）

＊8　著者より、シティズンズ・ユナイテッド対連邦選挙管理委員会判決（二〇一〇年）を指すとのこと。同判決は、選挙の際のコマーシャルの放映についての連邦最高裁判決である。この裁判では、組合、営利団体、非営利団体に対して、本選挙の六〇日以内および予備選挙の三〇日以内にテレビコマーシャルを放映することを禁止している超党派選挙運動改革法（二〇〇二年制定）の一部規定は、憲法修正第一条の表現の自由に反しており、違憲であるという判断を下した。

第2章

はじまり

当時は気づかなかったけれども、私の最初のミシシッピへの旅はハンブルクで始まっていた。ハンブルクで、私は父から何度も教え込まれた。私はナチスの時代を生き残ったのだから、人種差別に遭遇したときは必ずそれに反対するのが私の重大かつ〔ユダヤ教徒であるという〕宗教とは無関係の義務であると。私は、父が正しいと分かっていた。無神論者の非ユダヤ人だった父は、ユダヤ人を助けたことで殴打され投獄され、職も失ったうえに危うく命まで失うところだった。しかし当時の私は、そのように教え込まれるのが嫌だった。私は学校でただ一人のユダヤ人であることで、とても辛い思いをしていた。先生たちは元ナチ党員で、生徒たちはお前らのせいでヒトラー・ユーゲント〔ナチス・ドイツの青少年団〕に入れなかったと私を責めた。実際、私は父に対して、彼らに対抗させようとするなんて酷だとひどく腹を立てていた。そ

著者（左：1973 年、右：1963 年）

の怒りは、〔一九五二年の〕一七歳の誕生日の少し前に私が父に別れを告げ、ニューヨークに向かうイタリアの船に乗ったときまで続いた。ニューヨークでは、母が新しい夫および一番下の妹と一緒に暮らしていたのだ。

その後一年と少し経ってから、母はロサンゼルスに引っ越し、私は完全に一人になった。私はニューヨークの無類な創造性を大いに楽しみ、私であれ他の誰であれユダヤ人かどうかなんてことを誰も気にしていないことに深く感謝していた。私は、世間でいうところの祖国では人間以下の存在に分類されていて、国の人たちがそうしようと思えば皆殺しにされるという目に遭ってきたので、自分の国籍があまり好きではなかった。私は自分を無国籍者と見なしていて、売上額を貧しい子どもたちに寄付すると約束しているシカゴの団体から「世界市民」パスポートを買った。私はまた、「世界言語」として提案されている国連主催のエスペラント語講座にも受講登録をした。そして、受講者数が一二人に満たなかったという理由で講座がキャンセルされたとき、かなりがっかりした。ハンブルクとスイスではイギリス英語を勉強してきたので、ヨーロッパ人でない人にはすぐには分からないのだが、聞いて分かる程度に私の英語は外国訛りだった。出身はどこかと聞かれるといつも、私はきちんと答えるのを避けた。どこだと思うか想像させては間違っていても訂正せず、正しくてもそうだと答えなかった。しつこく聞かれると、フランスで生まれたあと仕方なくドイツに引っ越したなどと答えて、とにかく私や家族を殺そうとした人たちと一緒くたにされないようにした。いずれにしても、私がどこの出身なのかは大した問題ではないようだった。聞いた人たちは、単に好奇心から聞いただけだった。

しかし間もなく、アメリカ人は黒人がどこに住んでどこで働くのかをとても気にするということが分かった。前もって注意を受けていない外国人はたいてい、ニューヨークやその他の都市がいかにゲットー〔黒人、プエルトリコ人などが集住するスラム街〕化しているかを知るとびっくりするだろう。しかし、それはニューヨークの人たちが少なくとも私には話してくれなかったことだった。彼らは、「黒人《ニグロ》」は皆ハーレムに住むのが当然だと思っているようだった。私は、黒人がハーレム以外の場所に住むのはとても難しいということ、また、ハーレムの外で単純労働以外のきちんとした仕事を見つけることがとても難しいということをほぼ同時に知った。私はとくに資格はもっていなかったが、ファッション界や自動車、歯磨き粉、フレーク石鹸の業界に顧客がいる大きな広告会社でインターンをすることができた。私はそこで、商業アートと買い手の購買意欲に関する企業秘密をいくらか学べたことに加えて、私より何歳か上ではるかに教養のある魅力的な女性と友達になることもできた。彼女は黒人で、大学を卒業していたが、私の会社の女性用化粧室の番をしていた。ジョーンという名のその女性は、ここではその仕事が黒人女性が得ることのできるもっとも良い仕事なのだと言った。

このあからさまな差別について自分の上司とさらにその上司に抗議したとき、私は特別な事情がない限り、会社の雇用の方針はマディソン・アベニュー[*1]の商業慣行に従っているだけだと言われた。私は、ほんの少し前〔一九五五年八月〕に起こったエメット・ティルの事件に誰もが腹を立てていたはずだと指摘した。ティルは黒人のティーンエージャーで、ミシシッピで白人の女性に向かってウィンクをしたらしいという理由で殺されたうえ、その殺人犯は無罪放免となっていたのだった。この犯罪にひどく腹を立てて、私は知りあいの人たちほぼ全員にこの事件について話したが、その手のことは深南部でしか起こらないから大丈夫だよと言われたのだった。ニューヨークの人たちはそういう人たちではないよと彼らは言った。私は、会社の雇用方針と南部の人種差別が同じものではないかと指摘し、しばしば会社上層部の怒りを買った。しかし、私が抗議の意を示して辞職した後、何人かの男性がこっそりと自分も会社の方針はおかしいと思っていると言ってきた。

ジョーンは、私が抗議したことに感謝すると同時に、辞職によって経済的に不安定になったことを理解してくれた。彼女は、週末には私をハーレムの住まいに招待してくれて、素敵なナイトライフと彼女の知りあいを紹介してくれた。その人たちは皆、白人たちの人種的偽善とそれに対する黒人たちの偽善的な反応といった皮肉なエピソードをたくさんもっているようで、彼らの話を聞くのはとても愉快だった。折に触れて私はジャズを聴き、素晴らしいと思った。時には、素晴らしい才能はあるが無名のコンボ〔小編成のジャズバンド〕のジャムセッション[*2]を営業時間後の居酒屋で聴いて楽しんだ。最初ジョーンは、私がまだ経験したことはないけれどもふさわしい男性を見つけたら親密な交際をしてみたいと望んでいることをおかしいとは言わなかった。以前、母が私のためにそのふさわしい男性というのを描写してくれたことがあったのだが、若い男性は対象外で、成熟していて繊細で理想主義の人物が私に合っていると母は主張した。しかし、そのような人を見つけるのは現実的に無理だと私は思った。ジョーンはその話を聞いて微笑んだが、母の注文をぞんざいに受け取ったりはしなかった。とはいうものの、私がニュージャージーにあるスイスの山小屋風のところにデートに連れて行かれた話をしたときには、彼女もゲラゲラ笑った。

その男性は、母の願いに反して若く、自分の車をもっていてコネチカットのポロの試合やロングアイランドの海岸などいろいろなところに私を連れて行ってくれたが、セックスをしたいという彼の望みを押しつけてくることはなかった。それで彼がある晩、「モーテル」に行こうと提案したとき、私はそれがどういう意味なのかも知らずにすぐに賛成したのだった。私は、荒涼としたニュージャージーの沼地を通り抜

＊1　ニューヨーク市マンハッタン区を南北に縦断する大通りで、西側には五番街、東側にはパーク・アベニューが並走している。アメリカ合衆国の広告業の中心地で、その広告業界のやり方、考え方のことを指す言葉として用いられる。
＊2　数人の演奏家が交互に即興的に主旋律を作り、これを展開させて楽しむジャズの演奏のこと。

けて、その後、側道の迷路のようなところに入って行ったときもまだ、どこに行くのか想像もつかずにただウキウキと期待に胸を膨らませていた。急な勾配の屋根と「マキバドリ・モーテル」というピンク色のネオンサインのあるスイスのスキー小屋風の建物の前で車が停まったとき、私は混乱した。周囲には大きな小屋と似たような小さな小屋がいくつかあった。私のデート相手は大きな小屋にしばらく行っていたが、少年のようにニヤニヤしながら三角形のプラスチックの板についた鍵を持って出てきた。それから私たちは小さな小屋のうちのひとつの前で車を停め、彼はとても大きなベッドの他にはほとんど何もない部屋の中に私を案内した。彼はベッドに座り、何回かマットレスの上で弾み、やけに派手な緑と白のシェニール織物のベッドの上掛けをポンポンと軽く叩いた後、マツの衣装ダンスの横の木のドアを指さした。「シャワーを浴びてきたら?」と彼は、いくぶん緊張しながらも今までに見たことがないほど幸せそうな顔をして聞いた。

完全にパニックになった状態で私はバスルームに逃げ込み、吐き気を起こさせるようなマツの油の臭いを逃すためにその小さな窓を開けた。落ち着きを取り戻そうと、私はマスカラが流れ落ちるのも気にせず冷たい水で顔を洗った。煤《すす》けた鏡を覗き込んで、私は寝室に戻ったらデート相手に言うことのリハーサルをした。しかし私は、彼が既に服を脱いで下着一枚になっているのを見たとき、そのセリフをすっかり忘れてしまった。

「ごめんなさい。でも正直に言うと、私はあなたが行こうって言ったとき、モーテルが何かを知らなかったの。もし知っていたら来なかったわ。あなたがここでしたいと思っていることはできないと思うわ。もし無理にでもしようと思うならできるでしょうけど、あなたもそんな風にしたくないでしょうし、私も嫌だわ。ここに来るためにあなたが払ったお金は返すわね。でも、本当にお願いだから、ニューヨークに帰りましょう。」私は努めて落ち着いた調子で言った。

彼は、私がさっきまでそうだったのと同じくらい唖然としたようだった。と思ったら、怒り出したのだ！とても怒って、私を攻撃するか怒りを爆発させるかするだろうと思った。しかし、罵り言葉をいくつか吐いた後、彼は無言になった。ニュージャージーの草原を通って帰る間じゅう、彼は冷たい怒りに震えていて、私は彼が今にも車を停めて私を放り出すのではないかと思ったほどだった。マンハッタンに帰り着いたとき、私は近くの地下鉄の駅で降りると申し出たが、彼は私の住まいまでわざわざ送ってくれた。私がもう一度謝ろうとしたとき、彼は黙って私の前に腕を伸ばして助手席のドアを開けた。私は車を降り、その後、二度と彼に会うことも連絡が来ることもなかった。このことがあってから私は、どういうところに行って何をするのかが分からない限りは、どんな誘いも受けないようにした。

私は、母やドイツの学校の意地悪なクラスメートの女の子たちからセックスについてアドバイスされたことは実際には大して役に立たなかったと気づいたが、ジョーンはこの空白の一部を如才なく埋めようとしてくれた。彼女は私にマーガレット・サンガー・クリニックに行くべきだと言った。[*3] それは、ハーレムに一軒あり、ロウアー・マンハッタンの私のアパートからさほど遠くないところにも、もう一軒あった。彼女は、クリニックに行くときには結婚しているふりをしたほうが良いわよと言い、彼女が持っている結婚指輪を貸してくれることになった。その指輪は、彼女が自分には守ってくれる人がいると男性たちに思わせたい特別な場面で着けるためのものだった。

次にジョーンに会ったとき、私は彼女のアドバイス通りマーガレット・サンガー・クリニックに行くことにしたと言った。なぜかといえば、生理痛がひどいのを医者に診てもらったとき、私は股関節に変形があって、もし妊娠して出産しようとしたら死ぬかもしれないと言われたことがあったからだ。私はこのことをジョーンに言うとき、顔が赤らむのを感じた。ファッションモデルの写真撮影で一〇〇ドル稼いだばかりだったし、撮影したときに着たドレスをちょうど着ていた。そこで私は、私のおごりでセントラル・パークの通りの向かいにある素敵なホテルでシャンパン・カクテルを飲みながら話の続きをしようと提案した。ジョーンは抵抗したが、私たちはホテルのすぐ近くにいたし、私はお金が入ったことと素敵な服を手に入れたことで興奮していてお祝いをしたかった。しかし、最初に入ったカクテル・ラウンジで、ホテルの給仕長がエスコートのいない女性には給仕しませんと言った。エスコートのいない女性が二人近くに座っていると言うと、彼女たちはホテルの宿泊客だと言われた。次に入ったラウンジでは、バーテンダーが私にはグラスのシャンパンを持ってきたが、ジョーンには持ってこなかった。

「一緒に飲みたいのなら、地下鉄のA線に乗ることだ」と彼は言った。私はジョーンにどういう意味かと聞いた。

「ハーレムに行きなさいってことよ」ジョーンは言った。私はグラスを取り上げてジョーンに手渡し、彼女が飲んでいる間に一〇〇ドル札をバーカウンターの上に置いた。

「もう一杯ちょうだい」私は言った。

「あなたはまだお酒を飲むには若すぎるでしょう。さあ、トラブルになる前にここを出て行きなさい。」彼は、お札を戻しながら言った。彼は私たちを今にも追い出そうとしていたので、私たちは店を出た。

ホテルから出て歩いていると、ジョーンは、バーテンダーと話していて彼女の過去のボーイフレンドを思い出したと言った。彼が真顔で嘘をついたので信じようとしなかったところ、彼女の顔を叩こうとしたというのだ。「一度なんか、彼がこぶしを握りしめたとき、自分のピストルで彼をアパートから追い出したんだ」と彼女は言った。A線に乗るため地下鉄に降りる入り口の前で、彼女はバッグからいくらか小銭を出して、私のアパートの近くのグリニッジ・ヴィレッジの四丁目まで乗れる分の電車賃を渡してくれた。そして彼女は、貸してくれると言っていた結婚指輪を外した。「あんたに本当に必要なのは、私のピストルだね。」彼女は悲しそうに言った。

次の日の朝、私はマーガレット・サンガー・クリニックに電話してその日の午後に予約を入れた。クリニックでは、彼女がマーガレット・サンガーだったのだろうが、真面目そうな女性が感じ良く迎え入れてくれた。私の結婚指輪をちらっと見て、たくさん記入するところのある問診票を手渡した。私はすぐに、自分がニュージャージーのモーテルに行ったときと同じくらい何も準備ができていないことに気づいた。

＊3　マーガレット・サンガーは米国の女性社会運動家。スラム街の多産と貧苦の悪循環を痛感し、産児制限（バース・コントロール）運動の先駆者となった。一九二一年、アメリカ産児制限連盟を設立した。これは、全米家族計画連盟（プランド・ペアレントフッド）として今に続いている。

クリニックの問診票では、結婚してどのくらいになるのかに加えて、夫と私がどのくらいの頻度でセックスをするのか、一日に何回するのかといったことを答えなければならなかった。私はためらうことなく、結婚してから一年で、セックスは毎日すると書いた。しかし、何回するのかは見当がつかなかった。そこで私は、一日に少なくとも一時間あるいは二時間は愛しあいたいと思い、絶頂に達するのに五分から一〇分かかるだろうと考え、そこから計算して、一日に一二回から一五回性交すると記入したのだった。

白衣を着た女性が内診をしながら、一日に何回するのかという同じ質問をしてきたとき、私は正しい答えを書かなかったのだろうかと思い始めた。内診では、私は身体がこわばってしまい、彼女のほうも私と同じくらいやりにくそうな様子だった。彼女は私に避妊用ペッサリーを装着するのにかなり苦労しているようだったが、どうにか私があまり不快にならずに済む、ひどくぬるぬるしたものを挿入し、そして外すことができた。それから彼女は、看護師が見ているところで自分でもできるかどうかやってみせてと言った。自分のあまりの下手さに恥ずかしくなる一方だったが、私はどうにか二、三回自分でペッサリーを出し入れした。私が立ち上がって服を着た後、医者は、ペッサリーは性交をする前に挿入しておき、次の日に取り出して洗うようにと言った。そして、二週間後にもう一度検査をするが、それまでは夫にもコンドームを使わせ続けるようにとのことだった。クリニックから出るとき、受付の人、医者、看護師が皆、愛想良く私と握手し、お大事にと言った。私はまだ少し身体に違和感があって恥ずかしかったが、もしセックスをしても大丈夫なようにドーム型のペッサリーを手に入れることができたのでうれしかった。

二週間後にジョーンに指輪を返したとき、彼女は私がクリニックでの処置を最後まで頑張って受けたことを喜んでくれた。とはいえ、蜜月が過ぎても私の架空の夫ほど激しい新婚男性はほとんどいないと思うわよと優しく教えてくれた。そして、私が失業してアパートを追い出されそうになっていることを知って、彼女は私のところに引っ越してきて一緒に住めば良いわよと言った。しかし、彼女のほうも、怒りっぽい性格の元の恋人が戻ってきて住まわせろと言ってきそうなので、今住んでいるアパートを引き払い、できればハーレムからも離れたいとのことだった。そこで私たちは一緒に別の地区のアパートを探し、できればドアマンのいるアパートに住もうと決めた。私たちはくまなく広告をチェックし、いくつも下見の予約を入れたが、どこに行っても空室だったところは既に埋まったと言われた。実際その中には、ほんの数分前に私が電話したときには、まだ借り手はいないと不動産屋が言っていたところもあった。どの不動産屋も認めようとしなかったが、私がドアマンにこのアパートは白人専用なのかと聞くと、彼は「何だって？あんたはバカか」という目つきで私を見た。そして、彼は会釈をすると二本の指で帽子のつばを触り、もう話すことはないというしぐさをした。その後も私たちは、探す範囲を広げたり条件を下げたりしながらアパートを探し続けた。そしてとうとう、私一人の名前で借りてジョーンは召使いか介護人として住人記載するのなら貸すと言われたのだった。その話を聞いたとき、私たちはこんな思いをするのはもうたくさんだと思った。私たちはそのアパートを断り、探すのを諦めた。二人で快適に住める場所を探し続けるのは無駄に思えたのだ。

そして私は同時に、ニューヨーク近代美術館*4（ＭｏＭＡ）の映像部門での仕事を見つけた。給料は良くなかったが、歩いて職場に行けたし、元のアパートに住み続けることもできた。さらに良いことには、美術館では素晴らしい学芸員たちと知りあいになることができたし、才能はあるけれどもまだ無名の人たちを含めて素晴らしい芸術家や出展者の何人かと一緒のアトリエを使うこともできた。加えて、私の仕事には、映像コレクションを個人的に鑑賞しに来る有名な後援者や訪問客の案内も含まれていた。この仕事を通じて、私はエレノア・ローズヴェルト、グレタ・ガルボ、ジャン・ルノワールといった素晴らしい人々と会うことができた。一年以上の間、私はMoMAを理想的な職場だと思っていた。しかし、その後とうとう、〔理事長の〕ネルソン・ロックフェラー[*5]のしみったれさ加減が嫌になって、給料が少なすぎることに対する差し出がましくも個人的な抗議として、私は彼からのクリスマスのボーナス一〇ドルを返上したのだった。

　美術館で働いている間に、私は母が言っていたようなタイプの男性と出会った。その男性ダニエルと私は、彼が当時住んでいたグリニッジ・ヴィレッジのアパートでのパーティで出会った。私は招待されていたのだが、ダニエルはパーティの主催者と知りあいではなく、招待されていなかった。なのに、私がデート相手の腕に掴まって階段を下りているのを見かけた彼は、パーティに押しかけてきたのだった。それは全く彼らしくない行動だったのだが、彼は私とぜひとも知りあわなくてはと思ったそうだ。私は、きれいな服を着ていたものの鉛筆のように痩せていて、カップルの間に割って入って他の男性の縄張りを荒らすほど温厚な男性に礼儀を忘れさせてしまうような曲線美を備えていたわけではなかった。しかし、これは本当に起こったことなのだ。ダニエルは見え透いた計略を使ってパーティに潜り込み、いったん入り込むと主催者から飲み物をもらい、部屋を横切ってマイケルと私が座っているところまで来て私たちの話の輪に加わった。一時間ほども話をすると、私には、もし結婚を決意するとしたら相手は彼のような人だろうという気持ちが起こってきた。機知に富んでいて、人間と芸術が好きで、私に関することなら何にでも興味があるように思わせてくれた。そのときはその気持ちを分析しようと思わなかったが、彼が数分間パーティを離れたとき、もし彼と二度と会えないとしたらとても耐えられないと感じたのだった。彼が戻ってきたとき、珍しいリトグラフを手にしていて、私にくれた。それは彼のもっとも貴重な芸術作品だった。また彼は、ジョージ・オーウェルの『カタロニア讃歌』の本もくれた。自分でもまるでお芝居の一場面を見ているか読んでいるかのようだったのだが、気がついたら私は真夜中過ぎだというのに彼をアパートに招いていたのだった。普通であれば、デート相手はとっくに私を家に送り、帰ってしまっているような時間だった。

次の朝、ＭｏＭＡの仕事場に行くと、私は真っ先に友人のアンジェラのところに行った。彼女は洞察力があり世慣れた女性だと、少なくとも私は考えていたので、私は自分にどこか変わったところがあると思

＊4　ニューヨーク五番街にある近現代美術専門の美術館で、「The Museum of Modern Art の頭文字を取って「ＭｏＭＡ（モマ）」と呼ばれて親しまれている。開設当初から、単に美術館を収集公開するばかりでなく、新しい芸術に対する啓蒙にも重点を置き、幅広い出版、教育活動をおこなっている。

＊5　一九三九―一九五八年、ＭｏＭＡ理事長。その後は弟のデイヴィッド・ロックフェラーが理事長職を引き継いだ。一九五九年―一九七三年、ニューヨーク州知事。一九七四―一九七七年副大統領。母親アビー・ロックフェラーがＭｏＭＡ設立構想者の一人であり、父親のジョン・ロックフェラー二世が建物用の土地を寄贈している。

わないかと彼女に聞いてみた。彼女は、新しいドレスを着ていることかしらと言い、私はもっと大切なことだから後で話すわと言った。しかし私が美術館の映像部門の事務室に入って行くと、洗練されたゲイの独身で六〇代の上司は、私から問われるまでもなかったようだった。彼は一目見て、私が昨晩何をしていたか分かったと言った。どうして分かったのか教えて欲しいとせがんだところ、彼は「目を見れば分かるよ」とだけ答えた。

それから数ヶ月の間、私はダニエルの秘密を探り出し、ダニエルが私の秘密を探り出すのを、全身で楽しんだ。そして、愛しあうのは想像していたのよりも楽しいだけでなく、だんだんとより良くなっていくということも分かった。私たちは、いろいろな方法で、時には意図せず、お互いの核になる信念や内なる恐れ、防衛手段、願望をさらけ出しあった。私たちのそれまでの経歴はかなり異なっていたが、多くの点で似たような結論に達していて、同じものを大好きだったり大嫌いだったりした。しかし、私たちは違いを楽しみ、お互いを変えようとは思わなかった。私たちは、私たちのものの見方や好み、そして身体がとても良く絡みあうのを神秘的だとさえ思った。

ダニエルは、テネシーにあるキャッスル・ハイツというバカバカしいほどロマンティックな名前の私立の軍事アカデミーの構内で育った。彼の父はその学校の校長で、教官や士官候補生である生徒たちの規律の権化だった。ダニエルと父はお互いに愛しあい尊敬しあっていたが、ダニエルは一緒に育った白人の南部人たちと同じように物事を考えることのない一匹狼だった。彼は、学校と在日米軍で長いこと軍国主義を経験してきた。*6 日本では、兵士たちが刑務所送りにならないよう弁護士として奮闘した。そうした経験によって、彼は権威主義的な組織を信用しなくなっていった。彼はまた、小説家であった母親〔ボーウェン・イングラム〕のことも愛し尊敬していた。彼女が世紀転換期のテネシーの田舎で起こった家族の不協和音について描いた作品は、『ニューヨーカー』誌や他の雑誌に掲載されていた。[*7] しかしダニエルと両親には、人種、権威、社会秩序といったものの考え方に、大きな、時には全く妥協しようがない食い違いがあった。とはいえ、現地の基準からすれば、彼の両親は穏健なほうだった。かつてダニエルの父は同僚とともに、黒人をリンチしようとする群衆を、馬上から軍用サーベルを振り回しながら追い払ったことがあった。

ダニエルはある朝、親しい友人たちとともに一晩過ごした後、夜が明けてすぐに私のアパートにやってきて愛していると言った。彼は、しばらく前からずっと私を愛していたのだが、それを口にして一緒に暮らそうと言う前に自分の気持ちが絶対的に本物なのかを確かめたかったのだと打ち明けた。昨晩は、独身生活へのお別れ会みたいなことをしていたんだと彼は説明した。しかし、彼は一緒に暮らそうと言ったものの、結婚のような、本質から外れた不必要なことは提案しなかった。法律あるいは聖書よりも相互の意志のほうが私たちの関係を堅く結びつけるだろうということだ。私は、私も彼を愛していると言い、結婚

＊6　著者によると、一九五二年から一九五三年にかけて、夫ダニエル・イングラムは日本に滞在したことがあるとのことである。

＊7　以下をはじめとして六篇が掲載された。Bowen Ingram, "The Walnut Tree," *New Yorker*, November 22, 1952; "Funeral of a Slave," *New Yorker*, May 10, 1958.

とは余計なものだという意見に心から同意した。その日のうちに私はミネッタ横丁の彼のアパートに引っ越した。六番街通りとマクドゥガル通り、西三丁目通りとブリーカー通りに囲まれた一角にその小路はあった。

当時、私は父との関係があまり良くなかった。というのも、母が私をハンブルクの父の元に残してアメリカに行ってしまって以来、父は私に対して非常に過保護になっていたからだった。どこで何をするのかを父が承認しないことには、私はどんな男性ともデートをすることができなかった。しかも、デートには付き添いの大人を連れて行かなければならなかった。アメリカ行きのイタリア船でも、私が不適切な行為に及ばないよう、父が担当の乗務員と主任乗務員にお金を渡して見張らせていたということを、私は航海の最後に知ったのだった。私は、自分が不当に信用されていないと思い、彼がこういった制限を加えることに本当に怒りを感じていた。それは、反ユダヤ主義がはびこっている学校に行かされたことよりも腹立たしかった。そこで、いまや自立した、そして恋をしている二一歳となった私は、父に手紙を書いた。その中で、父の過度に窮屈な子育ての事例を並べ立て批判した後、私は愛する男性と一緒に暮らしており、彼も私を愛しているので、私はこれまで生きてきたなかで今が一番幸せだと知らせた。もちろん、ダニエルについて父が気に入るに違いないこと、たとえば私にだけでなく誰に対しても思いやりがあり面倒見が良いといったことも説明した。

驚いたことに、父は七枚にもわたる手紙の返事をくれ、私が尊敬できる人と愛しあい一緒に暮らしていて幸せでうれしいと言った。彼は長いこと、お互いの一番良いときしか知らない者同士が結婚するのはバカバカしいと思っていたと書いていた。彼は、夫婦は「まず肌を合わせて生活し」、女性は男性が疲れているとき、髭が伸びたとき、あるいは空腹だったり機嫌が悪いときにどのようになるのかを知る、そして、男性のほうも、女性が腹を立てていたり、だらしない格好をしていたり、落胆していたり、あるいは生理中だったりしたらどのようになるかを知るべきだと言った。彼は、自分が気の利かないシングルファザーだったと認めたものの、それは私がいつも極端に強情で予想外の行動を取るからだとやんわりと私を諫めた。母が、父と私をヨーロッパに残してアメリカに行ってしまったという私の嘆きに対しては、母の家族に起こったことを考えれば、そのことを悪く思ってはいけないと書いていた。さらに父は、私がまだ小さな子どもだったときから既に、私が独立心が旺盛で親を含めて誰も言うことを聞かせることはできないと悟っていたと付け加えた。これは新しくて美しい父娘の関係の始まりとなり、その後も主に手紙のやりとりで続けられ、父が大好きだったブランデーのように熟成していった。そして私は、父がユダヤ人を助けるためにしてきた真に英雄的なおこないを知ることによって、父が亡くなった後も自分を高め続けることができたのだった。

私はまた、母にも手紙を書いた。文句を言うためではなく、私は母の厳しい基準のすべて——繊細で成熟していて面倒見が良くて親切で頭が良い等々——をクリアする男性と恋愛をしていて一緒に暮らしていると知らせるためだ。私はまた母に、幸せなだけでなく、関係がしっかりしたものなので安心を感じているとも書いた。母の返事は批判めいたものではなく、前のボーイフレンドとはどうなったのかとさらっと聞いてきた。そのうち母にも、ダニエルと私が巡り会えたことがどんなに幸運なことか分かるだろうと思った。

ミネッタ・タバーン〔タバーンは居酒屋やバーを指す〕のキッチンで何かを焼いているときにはいつも、私たちのアパートには窓から煙が入ってきた。しかし、私たちには自分たち用の暖炉があったし、競馬の胴元をしている居酒屋の隠れ蓑である花屋からはいつも無料で花をもらえた。この胴元のところには、周囲が疑念を抱きかねないほど大量の売れ残りの花があったので、私は彼の手助けができて心の底から幸せだった。また、私たちのアパートは人種混合だった。グリニッジ・ヴィレッジで働いているアフリカ系アメリカ人は、不動産屋のリストに載る前に空き部屋を察知して少し賄賂としてお金を渡せば住むところを見つけることができたし、ダニエルもその方法でこのアパートに入居した。これほど理想的な場所にあって、門扉のついた中庭があり、政府によって家賃統制がされている〔家賃が固定の〕アパート——私たちのところは月五〇ドルと決められていた——に住むためだったら、ちょっとした賄賂を渡すことなど全く問題なかった。

初めて二人で大晦日を迎えたとき、ダニエルと私はグリニッジ・ヴィレッジのレストランでロブスターの晩ごはんを食べた後、ロッテ・レーニャがジェニー・ダイヴァの役を演じる『三文オペラ』[*8]を鑑賞した。（その後、ミネッタ通りは、ジェニーが「マック・ザ・ナイフ」とともに暮らした「ドック通り」となり、私たちのアパートは「彼らが恋人として住んだ汚れてちっぽけな部屋」となった。）アパートから通りを渡ったところには、バーが二つとダンスフロア、天気の良いときには庭も開放してあるジョニー・ロメロのナイトクラブがあった。マフィアが壊すまで、ロメロの店は、白人と黒人が親密に入り混じっておおっぴらに過ごせる数少ない、あるいはもしかしたらハーレムより南で唯一の店かもしれなかった。私たちの真上の階には、ロメロのバーテンダーをしているジムが住んでいた。彼はサウスカロライナ出身の若い黒人で、ソーシャルワーカーをしていた。価値のある仕事だったが給料があまりにも安かったので、バーテンダーの仕事を始めたのだった。この仕事を始めたことによって、彼は四〇代の裕福な女性たちと途切れることなく付きあって性的な夢に浸っていたようだった。

ある日の晩、私はあわてふためいた状態でジムの部屋のドアをノックした。だが、彼が服の脱ぎ方が三者三様の女性三人とお楽しみ中なところを見てしまい、ぎょっとした。私は、マクドゥガル通りでストーカーに追いかけられ、私たちの三階建てのアパートに面した中庭に入ろうとしたとき手首を掴まれ、しかもダニエルは家にいなかったので、パニックになってジムのところに行ったのだった。私が掴まれた手首を振り払い、急いで建物に入って階段を駆け上がろうとしたとき、ストーカーの男は「みんな俺のことが嫌いなんだ」と言った。ジムは特段外見が良いというわけではなかったが、そこにいた女の人たちは明らかに彼に陶酔していた。彼は私を彼女たちと一緒に部屋の中に残して出て行き、ストーカーを追い払って

＊8　原題は *Die Dreigroschenoper* で、ドイツの劇作家ベルトルト・ブレヒトの戯曲。一九二八年初演。ロッテ・レーニャの夫であるクルト・ヴァイルが作曲を手がけた。主人公は貧民街の悪党、「マック・ザ・ナイフ」ことマックヒースである。ジェニー・ダイヴァはかつてマックと恋仲だった娼婦で、二人が再会し昔を懐かしんで歌うシーンがある。

くれた。そのストーカーはその後、私たちのアパートから一ブロックしか離れていない六番街と四丁目の角のところで、地下鉄駅に向かって歩いていたニューヨーク大学の図書館員に声をかけて殺したということを、翌日、私たちは知った。彼は明らかに精神を患っていて、その図書館員は関わろうとしなかったのに刺したのだった。

ジムの愛すべき母親が、サウスカロライナからちょくちょく訪ねてきた。そんなとき、彼の水色のキャデラックのオープンカーはアパートから離れたところに停められ、ダニエルと私は彼のアパートに夕食に招待されたものだった。食事中の大部分の時間は、お上品に彼のソーシャルワーカーの仕事の話をした。ジムには幸せなことに、アフリカ系アメリカ人の快活な恋人もいた。彼女はジムの生活習慣を変え、彼と結婚することを望んでいた。私たちがジンジャーという名のその女性に出会ったのは、ある晩、彼女がジムを追いかけていて、私たちのところの階段の踊り場にいたときだった。ジムは、彼女よりも前に三階分の階段を大きな音を立てながら転がり下りて中庭に出ていて、ズボンは履きかけでシャツも半分しか着ていないという姿だった。私たちがドアを開けたとき、彼女は最後にジムを一目見ようと身体を曲げてかがんでいたところだった。ジムは服を着て落ち着きを取り戻し、何食わぬ顔で仕事に出かけて行った。その間、ジンジャーは片方の手を口に当てて笑いを押し殺していたが、もう一方の手には長い肉切り包丁を持っていた。私たちを見ると、彼女はどうもお邪魔してごめんなさいと謝り、このナイフは他の女の人たちと遊び回るのをやめて欲しいと彼女がいかに真剣に思っているかジムに分からせるためのほんの小道具だといたずらっぽく笑いながら説明した。連帯の意を示すべく、私はポルトガルのロゼワインでも一杯いかがと彼女を招き入れた。この出会い以来、彼女はジムのところに来たときにはたいてい私たちのところに立ち寄るようになった。

ジンジャーは夜勤専門の看護師で、住まいも職場もハーレムにあった。つまり、ジムとは勤務時間帯がほぼ同じで、例外は彼女の一週おきの週末の休日だけだった。ジムと同じく、彼女もサウスカロライナからニューヨークに来ていた。彼女は、非常に信心深い家族とその家族が通っていた息苦しい教会から逃れたがっていた。その教会は彼女にも週に何度も通うようにとしつこかった。かといって、彼女はニューヨークで宗教を完全に放棄したわけではなかった。むしろ、カトリック教会の静かで荘厳な美しさを気に入っていた。ジンジャーは生まれながらの小悪魔――ダニエルは彼女を森の妖精の生まれ変わりだと言っていた――だったけれども、きらびやかな教会の内装や控えめな音楽、厳かな儀式などがとても好きで、長い間教えを受け、カトリック教徒になった。しかし、その後すぐに彼女は厄介なことになってしまった。彼女は婚前交渉の罪を犯したことをときどき告解するのは構わないと思っていたのだが、何回セックスしたのかをいつも聞かれるのは嫌だったのだ。彼女は聴罪司祭や他の司祭と言い争うのは無駄だと思い、結局、告解に行くこともミサに通うこともやめてしまった。彼女はその後もカトリックの教会に佇まいを楽しみに行くことはあり、おそらく祈りを捧げることもあっただろうが、自分のやり方は変えなかった。彼女はまたジムを変えることもできなかった。共通の友達に聞いたところによると、ジムは何年か後に三角関係のもつれによって殺されたらしかった。

ジムが、死ぬ前にロメロのバーテンダー仲間の一人が書いたピュリツァー賞受賞作の『ひとかどの人間としていられる場所もなく』[9]の芝居を観ることができたかどうか、私は知らない。作者はアフリカ系アメリカ人と先住民の血が入った人だった。その芝居はアフリカ系アメリカ人のナイトクラブ経営者〔劇中の名もジョニー・ロメロ〕の話で、麻薬中毒であることと強力なマフィアのドンの娘を妊娠させたことで、そのマフィアのドンによってつぶされるというものだった。ダニエルと私は、これは作り話だけれどもロメロの店で実際に起こったことをかなり正確に物語っていると思った。というのは、ロメロの店はある晩、見知らぬ男が大槌を振り回し、完全に破壊されたのだった。このナイトクラブの謎に包まれた破壊のあと数週間、グリニッジ・ヴィレッジでは一体どのような理由でこのような大混乱が起こったのかについての噂が飛び交い、私は一度ならず連邦捜査局（ＦＢＩ）の調査員を装ったマフィアの一味あるいはマフィアの仕事をしているＦＢＩの調査員から尋問を受けた。彼らはジョニー・ロメロの居場所を知りたがっていたが、ロメロは既にキューバに逃げた後だった。彼は次にパリに飛び、そこで別のナイトクラブを開いたのだった。ジムは、何が起こったのかを正確には話してくれなかったが、私たちは、推測したことを後からその芝居によって確認したような形になった。

ダニエルと私の二人の間では、ロメロの店で起こったことと似たような作り話のメロドラマを大いに楽しんでいた。ダニエルは仕事の後にメトロポリタン・オペラ[10]（「オールド・メット」のほう）のエキストラをしており、マリア・カラスと一緒に「歌い」、ロイヤル・バレエ団がやってきたときにはマーゴット・フォンテインと一緒に「ダンス」した。彼はいまだにそのときの話をするのが好きだ。たいていの演目で、私は立ち見席のチケットを買った。チケット代は、彼がエキストラをして受け取る金額とぴったり同じだった。私たちはまた、中庭の向こう側に住んでいるご近所さんが（前衛作曲家、詩人の）ジョン・ケージとマース・カニングハム舞踏団の公演の宣伝をするのを手伝った。私たちはダブリンやロンドンを除けばおそらくもっとも前衛的な劇場の近くに住み、南イタリアより西側で一番の食事を楽しみながら、ドストエフスキーやカフカ、ヘッセ、川端康成、カポーティ、そして『ヴィレッジ・ヴォイス』紙（〔創刊者の一人である〕ノーマン・メイラーが実際の公演を観もしないで〔サミュエル・ベケットの〕『ゴドーを待ちながら』の批評記事を書いて辞任させられるまで）を読んだ。私たちにはまた、向上心に燃えた画家や作家、音楽家、俳優、ダンサーの友人がたくさんできた。カーネギー・ホールの取り壊しの中止を求める嘆願書にほとんど皆、署名していて、私も（そして有名なところではヴァイオリニストのアイザック・スターンも）署名活動を広めるのを手伝った。カーネギー・ホールの音響効果は素晴らしいので、ダニエルと私はバルコニー上段の一番安い席でたくさんのコンサートを聴いており、美しい音楽を聴くことができるこのような場所を取り壊すのは犯罪だと思ったのだ。これは私が参加した最初の抗議活動となった。私たちの敵のほうがお金を持っていたけれども、人々の力が最終的にそれを上回ったのだった。

＊9　一九六九年のチャールズ・ゴードンによる作品で、原題は*No Place to Be Somebody*である。一九七〇年、ブロードウェイで上演され、ゴードンはアフリカ系アメリカ人として初めてピュリツァー賞（戯曲部門）を受賞した。

＊10　一九六七年までブロードウェイの三九丁目と四〇丁目の間にあった古いメトロポリタン・オペラの建物のこと。現在のメトロポリタン歌劇場は、アッパー・ウェスト・サイドのリンカーン・センター内にある。

ダニエルと私は、一九五〇年代後半のマンハッタンという煤で汚れた刺激的な小天国でとても幸せに暮らしていたので、他のところに行こうとは全く思わなかった。しかし、ダニエルが上級編集員——エレベーター操縦士の半分の額の給料しかもらっていなかったのだが——をしていたプレンティス・ホール出版社がローワー・マンハッタンの五番街からニュージャージーに移転することになった。グリニッジ・ヴィレッジからニュージャージー州バーゲン郡にある耐ストライキの会社——自前で郵便局をもっている〔ため、ストライキ中も書籍の配送がストップせず、ストライキによって経営者に圧力をかけることが難しい従業員に不利な〕会社だったので——まで何度も乗り換えて通勤することになるにもかかわらず、私たちは煤けた安普請のアパートから引っ越そうとは決して考えなかった。しかし、そのとき、ワシントンDCにある出版社が、今までの二倍の給料で労使紛争について書く仕事をダニエルに提示してきた。ダニエルは給料には大して興味をもたなかったが、そのワシントンの出版社が彼の専門分野では一流の出版社だったことと、従業員所有の会社[*11]だったことが彼を惹きつけた。つまり、その会社では管理職ではない従業員が〔新聞記者の組合である〕アメリカ新聞同盟の代表になっていた。「要するに、より専門的で、搾取されることも少ないってことだ」とダニエルは言った。私たちははっきりとは口にしなかったが、二人ともお互いを信じ、変化を信じていたので、ワシントンDCへと旅立った。

＊11　とくに多いのが、過半数の会社の株を従業員が所有している場合。会社の利益がそのまま社員に反映されるので、社員側も効率的に作業をおこない、会社運営に対する関心がより高くなるとされている。

第3章

ブラック牧師様、ありがとう

ニューヨークで暮らした後のコロンビア特別区は、大きな霊廟を囲む広々とした記念公園のようだった。その霊廟には私たちにとっては自明の真理がいくつも葬られているのだと、その後すぐに知った。あちこちで、銅あるいは大理石の騎手が、まるで町にたくさんいる非白人たちに距離を置くよう警告するかのようにサーベルを振りかざしていた。DCにはアメリカ国内の七つの州よりも多くの人が住んでいるにもかかわらず、住民はどの公職も選挙で選ぶことができないのだった。他のところでは選挙で選ばれた市長がもっている権限を、大統領によって任命された三人の委員《コミッショナー》が行使していた。三頭政治のうちの一人は軍の長官でなければならないと定めていた法律と、何百年も続いた奴隷制と人種隔離に根差した偏見によって、三人は全員、白人と決まっていたようなものだった。

コミッショナーたちが、一時的にせよ何かを変えることができるとすれば、緊急警察権限を使うことだった。合衆国議会はワシントンの市議会として機能していて、犯罪者を死刑にするときのロープの長さから市内の公園で犬を散歩させるときの引き綱の長さまですべてを規定していた。「代表なしの課税」*1が、昔も今もルールだった。通常、白人の南部の政治家たちがDCを統治するこの委員会《コミッション》のメンバーを務めていて、長い間、そのメンバーのうちの少なくとも一人はクー・クラックス・クラン*2の元幹部だった。

もちろん私は、この町がどのように機能しているのか、一日で学んだわけではなかった。しかし、最初の日から、人種が住民の生活に影響を与える支配的な要素であることは明らかだった。私はニューヨークでも人種の不平等は見てきたが、DCのそれは違った。二対一で黒人の人口は白人を上回っていたが、人数は重要ではないのだった。雇用差別や住宅差別があちこちでおこなわれていて、黒人は政府の専門的な職業にはほとんど就くことができなかった。また、地方政府の仕事の契約はほぼ一〇〇パーセント、白人の会社が取ってしまうのだ。驚くにはあたらないことだが、すさまじい貧困が多くの黒人居住区を深刻に打ちのめしていた。病棟や新生児室を人種別にしている病院がある一方で、レストランはたいてい白人あるいは黒人の一方の人種だけを給仕として雇っていた。プロのアメリカンフットボールチーム――もはやその名を口にすることさえ不快だ――の選手は、もちろん全員白人だった。*3

DCの学校は、何年か前に連邦最高裁から人種統合する〔人種分離・隔離をやめる〕ように言われていたが、DCの連邦判事が教育委員会のメンバーであるにもかかわらず、一九六〇年代の前半でもほぼ完全に人種隔離されていた。公民権訴訟が起こされ、小さな白人地区の学校が黒人地区の学校よりはるかに多い予算を受け取っていることがついに明るみに出た。公共の水泳プールはすべて白人地区にあり、黒人の子たちが泳ぎに行こうとして路面電車に乗ってワシントンDCの境界を越えてメリーランドまで行くと、プールだけでなく電車の路線までが閉鎖になるのだった。

ヒト類以外にもたくさんの人種があるという神話によって育まれたこのような不正義とその他諸々の不正義に対して、私は不快を通り越して甚だ腹が立った。オペラハウスやコンサートホールにしたって、アメリカ革命の娘たち[*4]（DAR）が白人だけに公演を許可した偽物のギリシャ神殿風のものしかないではな

＊1　「代表なくして課税なし（No Taxation Without Representation）」は、アメリカ独立戦争（一七七五―一七八三年）のスローガンのひとつで、イギリス植民地の人々が税を課せられていながら自ら選出した代議士をロンドンの英国議会へ送ることが許されていない状況に対する不満を語ったもの。ここでは、ワシントンDCが、独立後もアメリカ国内で、課税されていながらも政治参加に様々な制限が課されていることを指している。

＊2　南北戦争直後の一八六五年にテネシー州で結成され、反黒人を訴えた白人至上主義団体で、KKKとも呼ばれる。いったん消滅した後、一九一五年にジョージア州にて再結成され、排斥の対象を黒人だけでなくユダヤ人やカトリック教徒、外国人全般に広げて活動している。白い服と覆面頭巾とを着けて、脅迫の儀式をおこなう。

＊3　ワシントン・レッドスキンズのこと。一九九二年以来、全米の先住民や団体は、同チームの「レッドスキンズ（赤い肌）」は先住民に対する蔑称であるとして、名称の使用およびトレードマークのデザイン廃絶撤廃を求める訴訟を起こしている。二〇二〇年五月二五日のジョージ・フロイドさん殺害事件をきっかけに、同年七月、同チームは、旧ニックネームおよび旧ロゴを廃止し、二〇二〇年シーズン開始前に新しいニックネームとロゴを決定すると発表した。その後、新チーム名が決定しないため、同シーズンは暫定的に「ワシントン・フットボールチーム」として活動することとなった。

いか。私はニューヨークにも人種差別問題はあると知っていたが、ニューヨークに帰りたくなった。ダニエルは南部育ちなので、アメリカを偉大にしている理想が、他のどこよりもワシントンDCでもっとも偽善的に裏切られていると考えた。しかし彼は、労働関係法について執筆できる小さな出版社である〔ブルームバーグ〕労使関係部*5（BNA）での仕事がとても気に入っていたし、印刷出版物のジャーナリストの組合であるアメリカ新聞同盟でも積極的に活動していた。

私にはドイツのユダヤ人として生きた経験があったので、DCの黒人の若者たちと自分を同一視し、彼らに対してなされることに心を痛め、また怖いと思った。彼らは駆り集められて毒ガスで殺されたわけではないが、ゲットーに住むことを余儀なくされ、二流の教育しか受けられず、白人にとっては当たり前のいろいろな機会に恵まれず、大体において人間以下の存在ではないにせよ二流市民として扱われていた。ホワイトハウスの目と鼻の先にある黒人居住区では、雨が降ると浸水してしまう地下室で超満員で授業がおこなわれ、ネズミたちが競いあって弁当箱を狙っている状態だった。学校にもその地区全体にも、運動場はなかった。

私は、戦争が終わってようやく学校に行けるようになったとき、先生や同級生たちにひどい目に遭わされたので、私の若者らしい報復の妄想が再び沸き起こってきて、人種差別主義者たちに対していろんな仕打ちをするのを空想した。たとえば、魔法のような、しかし全く痛みがないわけではないショック療法を白人に対して施して脳に変化を起こし、隣人である黒人のことを好きにならせようというようなことだった。運悪く、それは不可能だった。しかし、運良く、同じようにDCの組織的人種差別に対して強く反対する人たちが抗議運動を始めた。おそらく彼らも、私たちと同じく、以前に〔一九五五年から一九五六年にかけて〕アラバマ州モンゴメリーで黒人住民たちのバス・ボイコット〔不乗車運動〕が成功したのを見て驚き、他にも南部の様々な町で黒人の大学生たちや大人たちがいろいろな人種隔離や排除をなくそうと挑戦していることに心を動かされたのだと思う。

これらの新しい抗議運動は、各々自然に起こったもので他の運動と連携していないように見えたが、考え方の筋道にいくつか共通点があった。そのひとつが、抗議している人たちの要求はたいてい、とても控えめなものだということだった。彼らは水飲み場やランチ・カウンター、待合室、公園、海水浴場、映画館などを使えるようにして欲しいと要求していた。白人が通っている公立の学校に行けるようにして欲しいと要求している人たちもいたが、たいていは、単に教科書や音楽隊が使う楽器が欲しいとか校舎の修理をして欲しいというものだった。ほとんどの場合、抗議者たちは非暴力を貫き、堂々としていて、公共の秩序を尊重していた。しかし、白人たちや警官たちはたいてい異常な敵意で反応し、多くの場合、暴力で応じた。そして、抗議した人たちだけが罰せられるのだった。市民的不服従[*6]を認めていない人たちでさえ

＊4　アメリカ愛国婦人会と訳されることもある。一八九〇年に結成されたアメリカ独立戦争時の精神を継承しようとする保守的な女性団体。本部はワシントンＤＣにある。会員になるには、独立戦争の兵士あるいは貢献者の直系の子孫であることが条件である。

＊5　弁護士や公認会計士向けの情報配信を手がけるブルームバーグの子会社。

人種平等会議（CORE）の方針を説明したパンフレット

——実際、黒人や白人でも認めていない人は多いのだが——、得るものはかなり小さいのに命がけでやっている抗議者たちの勇気は称賛に値すると思っただろう。

ダニエルは、南部の家を離れたきりだった。白人至上主義がとても強くて、しかも生活のあらゆる場面に浸透しているので、ずっと南部にいると息が詰まって死んでしまうだろうと感じたからだ。私のほうも、彼が感じたのよりもさらに強い怒りと迫害による傷心、そして無力さを感じながらドイツを去った。そのため、人種平等会議[*7]（CORE《コア》）の地元の支部が首都での人種差別に対する抗議をおこなっていると知ったとき、私たちは喜んで参加したいと思った。浸礼や滴礼といった洗礼式、あるいは他の儀式の恩恵に与ることなく、間もなく私たちは人種的不正義はいけないと思いながらもただ見ているだけの傍観者から、積極的に自ら組織的な抵抗を扇動する側へと変身を遂げたのだった。それは、解放感があると同時に、気分を浮き立たせるものでもあった。

私たちが参加した最初の行動は、いわゆる「男子禁制規定《マン・イン・ザ・ハウス・ルール》」への抗議だった。それは、貧困家庭であっても、父親なり夫なり息子なり、あるいは男性の恋人なり、一五歳以上の男性がいる家庭には公的扶助をおこなわないというものだった。[*8] 黒人男性はなまけもので、女性や子どもを助けるための福祉でぬくぬくと暮らしているという人種偏見が広まっているせいで、子どもたちはお腹を空かせ、家族はバラバラになっていた。私たちの主張を強調するために、私たちは母の日と父の日にデモ行進をした。しかし、家族に胸の張り裂けそうな思いをさせたうえにめちゃめちゃに破壊するこのルールがあるために、教会の牧師やソーシャルワーカーは、夫たちに彼らの貧しい家族を置いて出て行くように勧めることがあった。しかも、ワシントンDCにおけるこの決まりを、ウェストヴァージニア州選出の連邦上院議員であるロバート・バード——『ワシントン・ポスト』紙によるとクー・クラックス・クランの元幹部だそうだ——が擁護していた。DCの財政を掌握している委員会の長として彼は、比較に値する規模の都市七つを合計したのよりも多くの福祉調査員がDCにいるのを良しとしていた。驚くにはあたらないが、大部分とは言わないまでも多くの調査員は彼の選挙区の住民であり、さらにはDCの警察官の多くも、有力なヴァージニア州選出議員の選挙区の白人住民だった。しかし、DC住民には〔DCの自治に関する〕政治的な権利がないので、男子禁制規定をなくす運動も、警察をもっと適切に地元を代表するものにするための運動も、なかなかす

＊6　個人の良心に基づき、従うことができないと考えた特定の法律や命令に非暴力的手段で公然と違反する行為。代表的なものとして良心的兵役拒否など。

＊7　一九四二年に結成された公民権団体で、創設者はジェイムズ・ファーマーである。とくに一九六一年からの「フリーダム・ライド（自由のための乗車運動）」において主導的な役割を果たす。

＊8　ケースワーカーが突然、夜中に受給者の自宅を訪れ、男性がいないかをチェックするという形で受給資格の審査をおこなうもので、ワシントンDC以外の複数の州や市でも実施されていた。

ぐにはうまくいかなかった。

私が差別に対する抗議運動に熱心に参加するようになるにつれて、ダニエルは私に査証《ビザ》の問題が起こってこの自由な人たちの国から追放されるのではないかと心配するようになった。私の気性からして、権威者たちにとってはあまりにも当然だが、とくに外国人である私には不条理だと感じられる法律を破るのではないかと彼は心配したのだ。たとえ私が市民的不服従に参加しなかったとしても、警察を嫌がらせるようなことを何かすれば、私は「結婚をせずに同棲をして」いる望ましくない外国人と見なされるだろうとダニエルは思った。アメリカ人は気に食わない人の性的な行動には簡単に腹を立てるんだとダニエルは言い、ジョージ・ワシントン〔初代大統領〕とトマス・ジェファソン〔第三代大統領〕の黒人の子孫*9はヴァージニア州の教会ひとつをいっぱいにするくらいの人数いるが、彼らのうちの誰かが白人と結婚したら、その人物やその配偶者は刑務所行きになるだろうという例を挙げた*10。

ダニエルはまた、私が国外に強制追放される可能性やその他の結婚していないことによる様々な不利益について真剣に私に説明した。それは、たとえば彼が入っている従業員用の健康保険やその他の福利厚生を私が享受できないというようなことで、結論が出ないまま話は回りくどくなる一方だった。とうとう私は指先を彼の唇にあてて、彼を黙らせた。私たちは一年以上結婚について話をしておらず、結婚に何の利点も見出せないでいた。教会や州、あるいはその他の第三者が私たちの関係を規定したり変えたりするというのはばかげていると思ったのだ。しかし突然、私は彼が核心に触れるところを、わくわくしながらぜひとも聞きたいと思った。

「私にプロポーズしているの？」と、少し疑っているような感じで私は聞いた。「そうだよ。もしそれが、君が望むことならね！」と彼は、まるで結婚することは私の考えであって自分の考えではないかのように「君」を強調していった。二秒後、私たちは二人とも笑い始めた。

数日後、私たちはワシントンDCからメリーランド州ロックヴィル行きのバスに乗って、十数マイル離れた草深い小さな村でバスを降りた。そこならば、その場で結婚して結婚の証明書ももらえると思ったからだ。このようにして、ダニエルが数時間仕事を休んだだけで済む、もっとも簡単で、速くて、お金のかからない結婚式をしようとしていたのだった。

しかし、結婚証明書をもらった後、私たちはその日のうちに教会に行って結婚式をしてもらわないといけないと言われた。そこで私たちは数ブロック離れた一番近くの教会に行った。幅の狭い横手の出入り口に沿って白い木の柱のあるヴィクトリア風の建物だった。ドアをノックして待っていると、白髪交じりの髪と青い目をした恰幅の良い男の人がドアを半分開けた。彼が何の用かと聞いたので、私たちは今すぐに結婚式を挙げたいのだと言った。

＊9　奴隷制が敷かれていた時代を通じて、奴隷主の白人男性が奴隷の女性に子どもを産ませることは頻繁に起こっていた。ワシントン、ジェファソンともに奴隷所有者であった。とくにジェファソンに関しては、サリー・ヘミングスという自身の所有する奴隷女性との間に六人の子がいたことが知られている。

＊10　一九六〇年当時、ヴァージニア州では異人種間結婚は違法であった。その後、一九六七年六月一二日にラヴィング対ヴァージニア州裁判において、連邦最高裁は異人種間結婚を禁じる法律を無効とする判決を下した。

その男は私たちを上から下まで見て、結婚証明書も見た。それから、私たちに中に入るように言った。私たちは長い廊下を通って、凝った飾りのついた大きな洋服掛けの横に立った。洋服掛けには鏡がついていたが、森の中の池のようにぼんやりとしかものを映していなかった。そして、私たちは自己紹介をした。その男は普段着を着ていたが、同じように自己紹介をした。

「私は、牧師のブラックといいます」と彼は言った。

低めの柔らかい声色で、彼は、私たちは監督制教会員かと聞いた。最初に聞かれたダニエルは、そうだけれども教会には何年も行っていないと答えた。ブラック牧師はそれから、私のほうを向いた。

「お嬢さん、あなたはどうですか?」

私は、監督制教会員ではないと答えたが、ユダヤ人で宗教の決まりも守っていないということは言わなかった。それは彼には関係のないことだし、断られたら嫌だと思ったのだ。彼は、さらに優しい声で、監督制教会に入信する気はありますかと聞いた。私はありませんと答えた。

「ならば、それでよいでしょう」と彼は言った。「あなたたちは結婚すべきカップルに見えます。私はあなたたちを結婚させましょう。ただし、今日はできません。明日の夜八時に戻ってきてください。そして忘れずに指輪を持ってくること。結婚したいのなら、それぞれ一個ずつ。」そして彼はさよならといって、教会の奥のほうに行ってしまった。

私たちは、またワシントンからロックヴィルに行かなければならないのかと多少イライラしながら家に帰った。しかし、次の日は土曜日だから、大した問題ではないよとお互いに言った。ブラック牧師が感じの良い人で良かった。実際、私たちは二人とも彼を好きになった。その日の晩、私たちは祭礼の精神に則る気になり、翌日の式に三人の親しい友達を招待した。三人とも独身の男性で、ダニエルの昔からの友達だったが既に私の友達にもなっていた。ジムは私たちが住んでいたニューヨークに住んでいて、ジャックはボルティモア、ニールはワシントンに住んでいた。

三月二一日土曜日の夕方五時、ジャックはニール、ジムと一緒に到着した。ところどころへこんでいてみすぼらしいジャックの青いセダンには、たくさんのシャンパンが積んであった。ダニエルと私はフレンチ・マーケットからパン、チーズ、パテ、そしてロブスターのサラダを買ってきて、八時までに教会に着くためにあわてて出かけるまで、ご馳走を楽しんだ。ワシントンDCを出る頃になって、ダニエルは急に声を上げてジャックに車を停めてもらい、車を飛び下りると大きなアネモネの花束を抱えて戻ってきた。そして私の耳元で、今一七セントしか持っていないよと囁いた。

一五分遅れでほろ酔いの状態で到着したが、ブラック牧師のほうも機嫌が良く、私たちが友達を連れてきたことを喜んでくれた。彼は、ジャックたちに居心地の良い応接室で楽にしていてくださいと言い、本がたくさん並んでいて葉巻とブランデーの匂いのする部屋にダニエルと私を案内した。きちんと磨かれた古風な机の前に座ると、ダニエルは自信ありげでハンサムに見えた。一方の私は、未経験の仕事に応募した面接者のように緊張していた。ブラック牧師は堂々とした背もたれの高い椅子に座り、聖職者にふさわしいしぐさで両手の指を軽く合わせ、縁なし眼鏡をかけているのでより大きく見える青い目を、最初はダニエルに、そして私に向けた。

「私が独身だったときには」長い葉巻を取り出して火をつけながら、彼は言った。「自分の人生にとても満足していました。私は戦争中は海軍の従軍牧師をしていて、他の人たちが不平不満を言っているのを聞いていていましたが、私自身は何の不満もありませんでした。私は決して孤独を感じたことがありませんでした。戦争の後にも、たくさんの仲間がいました。私は自分の仕事を楽しみ、現状を気に入っていました。私が結婚したのは四九歳のときでした。しかし、いったん結婚したら、生まれたときから結婚していたら良かったと思うくらい、その生活が気に入りました！」

私の残りの人生もまさに先生がおっしゃったように感じながら生活していきたいですと感想を述べると、ブラック牧師は笑顔になり、革のように硬い頬までをも緩ませた。「あなたがた二人にも、同じ幸せがあらんことを」と彼は言った。

葉巻の煙をふうっと吐いた後、彼は続けて言った。「このような機会には、私の同僚たちはセックスと出産について若い夫婦に講義をしたがるものですよ。たいていの牧師は、セックスの精神的側面とある程度の崇敬の念を大切にすることを強調します。私は、彼らが言っていることは正しいと思いますよ。セックスは生殖のためだけのものだという者もいる。そして、生殖は重要だと。しかし私はあなたがたに、セックスを楽しみなさいと言いたいんです。楽しむんですよ！　神は、私たちがセックスを楽しむことを意図しておられるに違いないのです、さもなければセックスをこんなに気持ちの良いものにするわけがないじゃありませんか。お互いに対して善良で愛情深くありなさい。しかし、楽しむんですよ！　そして、子づくりは自然に任せておけばよろしい！」

私たちは笑いをこらえることができなかったが、ブラック牧師も自分の言ったことにとても満足しているようだった。彼は眼鏡を外して私のほうを向き、真面目な、それでいて親しみを込めた様子で言った。「新婦さん。今でなくても、数年のうちには、夫がセックスをしたくてもあなたはしたくないときが何度か訪れるかもしれません。そのことを心配する必要はありません。そのように感じるのは自然なことだから。でも、もしできることなら彼の欲望に応えておあげなさい。なぜなら、もっと後になって、あなたがセックスをしたくて彼はしたくないということもあるだろうからね。」

それから、ブラック牧師はダニエルのほうを向いて言った。「新郎殿。そのような日が来たら、あなたはあなたの義務を果たしてください。まあ、心配することはない。ただ、ブラック牧師が楽しみなさいと言っていたことを覚えておけばよろしい！」

彼は私たちに何か質問はないかと聞いたが、私たちは牧師の話があまりにも面白くてびっくりするものだったので、あえて自分が話そうとは思わなかった。私たちが友達と合流すると、大きな教会のアーチ型の身廊に連れて行かれたので驚いた。私は、自分は監督制教会員でもないことだし、建物の中でももっと小さな形式ばらないところで挙式するのかと思っていた。私たちの人数はとても少なく、教会はとても広くて凝った装飾がなされていた。私は、祭壇の近くには土手のように、そして壁や通路やあらゆる隙間にかごいっぱいの生花が飾られていることに気づいた。その香りは春らしく、酔わせるような、あるいはむしろ官能的ですらあった。

式を執りおこなうにあたって、ブラック牧師はニールを花婿付添人、ジムを花婿に花嫁を引き渡す役に指名した。ジャックは花嫁付添人にされた。オルガンの音楽が柔らかく私たちのところに流れてきていたが、ブラック牧師がいなくなったときに急に大きな音になったので、私はオルガンを弾いているたくましい体格の女性をじっくりと見てみた。彼女は、自らが奏でる音にうっとりするように、身体を前後に揺らしていた。彼女はバッハの名手で、見るからにうれしそうに私たちのほうを見つめていた。

ブラック牧師が戻ってきたとき、彼は聖職者らしい華麗な衣装を身にまとい、キラキラ輝いていた。香炉を振りながら、牧師は私たちを祭壇に連れて行った。そこで彼は私たちに、指輪を持ってきたかと聞いた。持ってきましたとも。私たちは当日、中古で幅が広くて、不格好な指輪を質屋で買った。質屋の店主は、店からのプレゼントとして隣の宝石屋に指輪に彫金をしてくれるよう頼んでくれた。それで私たちはシェイクスピアのソネット一一六番の最初と最後から言葉を選んだ。「真実の心と心が結ばれるにあたり、異議を差し挟むことを許すでない」で始まる詩だ。

ブラック牧師は指輪を聖書だか祈祷書だかのページの裂け目に置き、祭壇の黄金の十字架の前に置いた。ダニエルは、指輪に神の恵みがもたらされますようにと小声でお祈りした。私は、あの女性がそんなにも多くの活力に満ちた喜びを牧師に与えたブラック夫人なのかなと思いながら、オルガン奏者をもう一度盗み見ていた。

ブラック牧師が再び私たちのほうを向いたとき、音楽は始まったときと同じくらい急に止まったが、二つの釣り香炉からはまだ香りのする煙が漏れ出ていた。彼は咳払いをし、強く澄んだ低い声で結婚の式典を朗読し始めた。すぐに彼は、「ダニエル、汝はこの女性を正式な妻とすることを誓いますか」で始まるいくつかの質問を始めた。ダニエルは適切なところで「はい、そうします」と答えた。

それからブラック牧師は私のほうを向き、似たような質問を始めた。私はそのときまでに彼の朗々とした話し方やお香、たくさんの花の香りで半ば催眠術にかかったようになっていた。しかし、私は、夫に従うと誓いますかと聞かれていると気づいたときに突然、恍惚状態から目が覚めた。

「すみません、失礼ですが」私はブラック牧師が驚いたのと同じくらい、自分自身に驚きながら口を挟んだ。「従うとは約束できません。」

ブラック牧師は話すのをやめ、私を厳しい不信の目で見た。ダニエルは彼の黄色い目を大きく開き、友人たちはちゃんと聞こうとして近くに寄ってきた。「守ることができないと分かっている約束をしたくありません」と私は説明した。「ダニエルは私のパートナーです。父親ではありません。」

私は、自分でも当惑したし申し訳ないと思ったが、儀礼的なものであるにしてもそのようなことを誓えないとはっきり思った。ブラック牧師は不賛成だというようにおほんと咳払いをし、その音を消そうとするかのように口元をさすった。議論がその後に続いた。ジャックは、誓いというのは単なる儀式であり、誰も真面目にとらえてはいない伝統だという立場だった。ブラック牧師とベテランの弁護士であるジムは、その意見に反対だった。ジムは妻が夫に服従するという考え方はイギリスの慣習法とアメリカ合衆国憲法に組み入れられていて、女性に投票権を与えた憲法修正第一九条によっても破棄されていないと言った。

ブラック牧師は、これは教会の教義の一部であるが、夫への不服従自体は罪ではないと言った。彼はダニエルにどう思うかと聞いた。ダニエルは、思想の自由は私たちのつながりの重要な部分であり、服従を要求したくないし、服従してもらいたいとも思っていないと答えた。

結論を言わずに、ブラック牧師は私たちに元の場所に戻るように言い、ダニエルに質問をして式を再開した。私たちは余念なく聞き、私が誓いをする番になったときには、私は反対の意思を表明しようと気を引き締めた。しかしその必要はなかった。気に障る質問の言葉は口にされず、私たちの結婚は成立した。

式典を締めくくると、ブラック牧師は新婦に最初の〔お祝いの〕キスをする権利を主張した。それから、ブランデーの瓶を取り出して、いまだ正体が分からないオルガン奏者が持ってきたクリスタルのグラスになみなみと注いで皆に振る舞った。何度か乾杯した後、私たちはワシントンに帰った。そして、最後にまたシャンパンを一緒に飲みながら、ブラック牧師の驚くべきセックス談義について三人の友達に詳しく話して聞かせた。

その後、私たちはブラック牧師のいう「楽しい」時間を過ごした。間もなく私たちには子どもができたが、素晴らしく「楽しい」ことだと私たちは思った。そして春の最初の日、正確には結婚式の日からちょうど二年後、私たちは初めて買った車の後ろの座席にかごに入れた赤ん坊の息子を乗せ、メリーランドの田舎道を走っていた。ブラック牧師のところにちょっと立ち寄って、彼のアドバイスにちゃんと従いましたよと知らせようと思ったのだ。しばらく走った後、私たちは教会に着いた。今回は日曜の午後の明るい光に照らされていたが、それ以外は前回来たときと全く同じだった。ダニエルが赤ん坊を抱え、私が裏口のドアをノックした。すぐに、痩せた真面目くさった感じの、ブラック牧師より少し年配の男の人が出てきた。彼は、今はまだ冬だと言いたげな暗い灰色のカーディガンを着ていた。

私たちはブラック先生に会いたいのですがと頼んで、その男の人のフサフサした灰色の眉毛やリチャード・ニクソンに似ている鼻を見たりしていた。「どなたですって？」と薄い唇から質問が返ってきた。「神父様です」と私が答え、「牧師様です」とダニエルが訂正した。「ブラック先生です」と私たちは一緒に言った。

「私がこの教区の牧師ですが」と、カーディガンの男は私たちの言うことを訂正して言った。「私の名前はブラックではありません。」

ダニエルが二年前にいたブラック先生は他の教会に移ったのかと聞いたが、その男はこの教会ではこの一五年間自分だけが牧師だと言った。では、おそらくブラック先生はあなたが病気か休暇のときに代理をしていたのですねとダニエルは聞いた。男はきっぱりと首を振り、なぜ私たちがブラック牧師に会いたがっているのかと聞いた。私たちは、彼が二年前にこの教会で私たちの結婚式をしてくれたと説明した。牧師は、他の教会と間違っているのかもしれないからと言って、私たちに入って中を見るように言った。中を見たが、玄関の帽子かけ、事務室、その他の特徴もすべて以前と同じだった。私は、この教会が建物の中に入ったことのある唯一の監督制の教会だったから、よく覚えていた。

この教会で合っているけど牧師様が違うと私が言い張るので、牧師は考え込んでいるようだった。そして、結婚式は正確にはいつだったのかと尋ねた。私は二年前の三月二一日で、土曜日の夜だったと言った。彼は、「私たちはこの教会では土曜の夜に結婚式は執りおこないません」と言った。「それなら、庭師です。彼は日曜の朝の礼拝の準備のために花を持ってこられるように鍵を持っているのです。私は普段は教区の人たちのところに出かけていて教会を離れていますので。」牧師はそう言ったときには、ずいぶん無愛想ではなくなっていた。彼は、ブラック牧師はどのような外見だったかと聞き、私たちはショックを受け混乱してはいたが、できるだけ詳しく説明した。

「それだったら、二年前に庭師兼守衛として雇っていた男でしょう。しかし、彼は確かその年の春に辞めましたよ」と彼は言った。私たちは、彼の言ったことを理解しようとして、しばらくの間無言でただそこに立ち尽くしていた。

「申し訳ないのだが、ひどい間違いがあったようです。庭師が許しがたい違反を犯していたのだと思います」と牧師は言った。

牧師は、私たちに対しておこなわれた「間違い」を正すために喜んで結婚式のやり直しをしてくれると言った。無料で、と彼は付け加えた。実際、彼は、私たちの結婚式をとてもやりたがっているようだった。ダニエルと私は、私たちの息子の金髪の頭ごしにお互いを見た。息子はニコッと笑い、手で空気を掴むようなしぐさをした。「ありがとうございます。だけど、結構です。」私たちは言った。

牧師は心からがっかりしている様子だった。

「今のままで、幸せですから」と、私たちは二人で理由を述べた。

第4章

風が吹くなかで

ジョン・F・ケネディ上院議員が合衆国大統領に就任する前日〔一九六一年一月一九日〕、他の都市では単に少し交通が乱れたくらいだったのに、首都は遅い午後に降った雪に打ちのめされていた。吹雪のときの警察のお粗末な対応に慣れているワシントンの勤め人のほとんどは二時間早く退勤し、翌日の休みに、若い大統領と彼の美しい妻がシカゴのうさんくさい連中の手によって開かれた扉をくぐってホワイトハウスに入って行くのを見るのを楽しみにしていた。若いアイルランド系アメリカ人の大統領が、亡くなっても誰も悲しまなかったジョセフ・マッカーシー上院議員*1の陰気くさい弟子である「策略家《トリッキー》ディック」・ニクソン*2に打ち勝ったことを、誰もが喜んでいた。

雪が降るといつも故障する信号灯が、この日もやはり動かなくなってしまった。しかも、大統領就任式のまさに前日であったため、ＤＣの警官はほぼ全員、政府の要人たちの護衛についてしまっていた。そのため市内では、渋滞であっという間に交通が麻痺してしまった。ダニエルは、会社を出た後、六時間かかっても三ブロックも進めないありさまで、その間、〔ケネディ当選のため支援をしてきた〕フランク・シナトラが特別列車で一騒動起こして窮地に陥っているというラジオニュースを延々と聞かされていた。結局、市内の交通は八時近くまで動かないままだったので、運転していた人たちは車を降り、降りしきる雪にも構わず、自分第一主義の通勤者の車で詰まってしまった交差点を離れ始めた。これは、ビート族の時代の終わりを象徴していた。私たちはまだ気づいていなかったけれども、このとき既に、無抵抗は過去のものとなり、権威への服従は崖の向こうに向かってゆっくりと消え去ろうとしていた。

翌日の午後、連邦議会議事堂のなめらかなドームに陽光がとてもきれいに反射していて、雪はすっかり溶け落ちたように見えた。新しく就任した大統領は次のように演説した。アメリカ国民は国が何かしてくれると期待するのをやめて、自分が国のために何ができるかを考えて欲しいと。また、彼は、アメリカ人による月面着陸を成功させ、ソ連のスプートニク号を出し抜こうという大胆な政策を鼓舞奨励し、さらに、恐怖心にかられて外交交渉に臨むことは決してない、逆に外交交渉に臆することもないという姿勢も表した。このような言葉巧みな表現によって、一九五〇年代の欲求不満と挫折感は一九六〇年代の街頭に掃き出されたのだが、そこでは、これまでにないほど多くの人たちが社会への不満や要求を表明していた。

ケネディは、抗議活動や市民的不服従を奨励しているつもりはなかった。しかし「行動するように」との大統領の呼びかけが、アメリカ政府は〔ヴェトナムで起こっていることについて〕罪のない嘘をついていると思っている人たちや、アメリカが世界を照らす光であって欲しいと思っている人たちの耳に届いていた頃、「市民自らが参加する行動主義」は、既に進行していたのだ。彼が国じゅうを回って遊説している間、黒人大学の学生たちは人種隔離をぶち壊す方法を模索していた。抗議している学生たちの中には、ガンディーの市民的不服従の戦略を実践すべく、人種隔離された施設で座り込みをする人もいたし、そのために多くの人が刑務所に入れられたりもした。大人たちも、黒人と白人が一緒になって、人種差別に立ち向かう方法を研究したり試してみたりしていた。そしてまた若者たちは、朝鮮半島での「警ら活動」の最中に古い秩序がもたらしたものを垣間見て知っていただけに、アメリカから遠く離れたところで再びぶざまな戦争が起こり、大砲の餌食になるだけの雑兵になることを避けるためだったら何でもしようという気構えだった。

＊1　ウィスコンシン州選出の連邦上院議員。共和党。一九五〇年代初頭、マッカーシーの発言をきっかけとして、アメリカ国内の様々な組織、とくに連邦政府職員、マスメディアや映画の関係者などにおける共産主義者を摘発する「赤狩り」がおこなわれ、政界は混乱に陥った。連邦下院非米活動調査委員会（HUAC）は、議会における「赤狩り」の主要な舞台となった。

＊2　ディックはリチャードの愛称で、第三七代大統領を務めたリチャード・ニクソンのこと。一九五〇年、カリフォルニア州選出の連邦議会上院議員に立候補しているとき、ニクソンはあらゆる人物に共産主義者のレッテルを張り、共産主義とは一切関係ない対立候補に対しても共産主義者であるとして非難したことから、民主党から「トリッキー・ディック」というあだ名をつけられた。

一九六〇年代初頭にDCにあったもっとも闘争的な公民権運動のグループは、COREの地方支部だった。DCのCOREには四〇人から五〇人ほどのアフリカ系アメリカ人のメンバーと、ほぼ同数の白人メンバーがいた。COREが闘争的だといわれた理由のひとつは、「自由のための乗車運動《フリーダム・ライド》」の開始を手助けしたことだった。それは、黒人・白人混合の乗客のグループをワシントンから深南部へと派遣して、州をまたがる長距離バスでの人種差別をなくさせようとするものだった。「フリーダム・ライダー」たちが受けた凄惨な暴力、また何度襲われようとも乗車を続ける彼らの勇気は国じゅうの人々の心を揺さぶり、四の五の言わずに人種隔離制度《ジム・クロウ》*3に抗議すべきであるという新しい価値基準を生み出した。

DCのCOREが闘争的といわれたもうひとつの理由は、COREの黒人リーダーが白人を逆上させるやり方を好むことだった。それはたとえば、市が黒人居住区でネズミ駆除対策をおこなわない限り、白人居住区に生きたネズミを放つと言って脅すなどということだった。実際、COREのメンバーらがネズミをたくさん捕まえていたこともあったし、同じ時期ではなかったものの、非暴力的な方法で法律を破るという脅迫を実践することもあった。私たちが「市民的不服従」と呼んだ戦略だ。しかし、大部分のCOREの抗議活動——私たちは「直接行動」と呼んでいた——は、完全に法にかなったピケ張りで、参加者のうちの数人が市民的不服従も併せておこなうというものだった。どんなに警察や怒り狂った敵対勢力、あるいは見物人たちが暴力を振るってきても、メンバーたちは非暴力を貫くよう、常に訓練を受け、また誓約もしていた。

目に見えてCOREに反対していた組織のひとつがアメリカ・ナチ党だった。彼らは、頻繁にカウンター・デモ〔対抗的示威運動〕を繰り広げ、時には党の突撃隊員たちに卵や大きな石をCOREのメンバーに向かって投げつけさせ、反撃を誘っては警察に逮捕させようとするのだった。一度、そのような場面で、ナチ党員の卵がカリフォルニアから来ていた私の母の足に当たった。母は見物の並びから抜け出し、ナチ党の列に向かってつかつかと歩き寄った。ダニエルと私は警察よりも早く母を捕まえ、COREの他のメンバーにも助けてもらって私たちのいる通り側へ引き戻した。母は、引き戻されてもまだ、激しい怒りの言葉を投げ続けており（三ヶ国語で）、そのあまりの激烈さに、私たちは母を家まで連れ帰らなければならなかった。

ナチ党がいようがいまいが、DCの警察はあの手この手で公民権運動の抗議者たちを妨害しようとした。警察犬をけしかけたり、一人ひとりの抗議者の写真を撮ったり、一人ひとりの私生活について情報収集しているぞと言ってきたり、逮捕するときに手荒なことをしたり、暴力的な犯罪者と同じ監房に非暴力のデモ参加者を入れたりしたのだ。しかし、総じて、DCの警官の抗議者たちへの扱いは、南部の警察のものと比べたらはるかにましだった。

古参の公民権組織である全国黒人地位向上協会[*4]（NAACP）は、法的な戦術によって成功してきたの

＊3　南北戦争後の南部諸州では、解放された元奴隷である黒人に対する差別的な扱いや人種隔離を定めた法律が制定された。人種隔離を定めた法律やそれに基づく生活様式・制度は、白人が顔を黒く塗って演じるミンストレル・ショーの登場人物の名を取って、ジム・クロウ法、ジム・クロウ制度と呼ばれた。

で違法なことをするのを嫌い、法廷こそが適切な闘いの場であると主張していた。ＮＡＡＣＰのメンバーらは、地方支部の事務局長であるエドワード・ヘイルズの指揮のもと、参加者が刑務所送りにならないような公民権運動に参加していた。スターリング・タッカー牧師が率いる全国都市同盟[5]（ＮＵＬ）の地方支部は、友好的かつ怒りのこもった説得活動をおこなっていた。南部キリスト教指導者会議[6]（ＳＣＬＣ）の地方支部も同じ方法を採った。もっとも、支部長のウォルター・ファウントロイ牧師は、マーティン・ルーサー・キング牧師とともに南部での市民的不服従の行動に頻繁に参加していた。

新しく組織された学生非暴力調整委員会[7]（ＳＮＣＣ《スニック》）は、一九六一年のフリーダム・ライドおよびミシシッピ州その他の深南部の州で黒人を有権者登録[8]させる危険な運動に加わり、またたく間に主導的な役割を担うようになった。ＳＮＣＣは会員制こそ採っていなかった〔ために正確な人数は不明である〕ものの、ストークリー・カーマイケル、コートランド・コックス、エド・ブラウン、ディオン・ダイアモンドといった結構な人数の勇敢なハワード大学[9]の学生たちが教室を去り、〔週給一〇ドルで〕ＳＮＣＣの地方連絡員として働き始めた。ＤＣの差別と闘いたいというハワード大学のＳＮＣＣの活動メンバーらはもっぱら、新しく設立された〔学内の学生組織である〕非暴力行動集団（ＮＡＧ）で訓練を受けてからその仕事に従事した。ＳＮＣＣの初代委員長であったマリオン・バリーがＳＮＣＣワシントン支部の統括責任者になったのは、一九六五年のことであった。彼は後に、市が地方自治をおこなう手段を獲得して以降、ワシントンＤＣの市長を四期務めた。[10]

ＤＣのＣＯＲＥの委員長であったジュリアス・ホブソンは、外見や話し方がまるで真っ黒に日焼けした

＊4　アメリカ合衆国でもっとも古い公民権運動組織で、一九〇九年に設立された。W・E・B・デュボイスら少数のアフリカ系アメリカ人とユダヤ系多数を含むリベラルな白人が住居、教育、雇用、投票、公共交通機関などあらゆる面での人種差別・隔離に反対し、黒人の憲法上の諸権利を保障することを目指して主として法廷闘争による運動で成功を収めてきた。

＊5　全国黒人地位向上協会と同じく古参の黒人組織で一九一一年に設立された。都市部での黒人の雇用および生活状態の改善を目的としている。

＊6　アラバマ州モンゴメリーでのバス・ボイコットの成功を受け、一九五七年一月にキングを議長として結成された公民権組織。ボイコット、座り込み（シット・イン）、デモなど、非暴力の直接行動を通じて公民権運動期に重要な成果を上げた。

＊7　ノースカロライナ州グリーンズボロで一九六〇年二月に始まったランチ・カウンターでの座り込みを組織だったものにするために、同年四月に結成された。その後は一九六四年のミシシッピ・フリーダム・サマーでも重要な役割を果たす。

＊8　アメリカにおいては、選挙で投票するためには事前に有権者登録をおこなう必要がある。一九六五年投票権法が成立するまで、登録官の気まぐれで識字テストがおこなわれては黒人だけが不合格になったり、白人の雇用主が解雇するといって有権者登録をしないように脅したりしたため、南部諸州では黒人の有権者登録率は極めて低かった。

＊9　奴隷解放論者のオリバー・O・ハワード将軍が南北戦争後の一九六七年、解放された黒人奴隷のために創立した大学で、現在でも学生の大部分は黒人である。米国における黒人研究の中心的存在となっている。

＊10　一九七三年にコロンビア特別区自治法が成立し、ワシントンDCの住民の選挙により市長や市議会議員が選出されるようになった。またバリーは、一九七九―一九九一年、一九九五―一九九九年に市長を務め、主要都市の市長となった公民権運動家の例として知られている。

ブルジョワの大学教授のようだった。彼はいつもフェルト製のソフト帽とツイードのジャケット、地味なネクタイを身に着けていて、よく少し角度をつけてパイプをくわえていた。そして、ときどきパイプを外しては、講義でもするかのように話したり、支持してくれる人やライバル、敵方をパイプで指し示したりした。彼は政府に口出しできる経済学者で、思慮深く、また力強く立ち振る舞った。頭の回転が速く、横暴なところがあり、声を荒らげなくてもどんな議論にも勝てるという自信に満ちていた。彼が人種差別について話すとき、私は父を思い出した。しかし、ワシントンの白人の報道機関からは、彼は攻撃的な急進派に見られていた。彼は明らかにそのようなイメージをもたれていることを楽しんでいて、この国のもっとも傑出した家族が住むジョージタウン〔ワシントンDCの高級住宅街〕にゲットーのネズミを放つと脅すようなやり口で、そのイメージにさらに磨きをかけた。そんな彼に腹を立てた人々もいたが、多くの人は彼を慕うようになり、しまいにはネズミの数を減らそうという広範な運動につながっていったのだった。[*11]

ネズミとの闘いキャンペーンは、DCのCOREの行動としてはその典型から完全に外れたものではなかった。警察による暴力に対する抗議やアメリカ・ナチ党のカウンター・プロテストを起こさせるような抗議など、DCのCOREの行動にはかなり感情的な要素を含むものもあった。時には、何も知らない大衆が不便をこうむることもあった。たとえば、〔一九六一年に〕連邦の高速道路〔国道四〇号線〕沿いの店はアフリカ系アメリカ人にサービスするのを拒否できるが、アフリカからの外交官やそのスタッフにはきちんとサービスしなければいけないことを知ったとき、COREはその道路をふさいで交通を妨害した。これにすべての行動が、全国のCORE組織の一三条の「行動規則」に拘束されることになっていた。

は、慎重に調査をすること、民主主義的な手続きを取ること、悪意や憎悪を回避するよう誠実に努力すること、柔軟であること、攻撃されても報復しないこと、そして、抵抗せずに逮捕されることなどが含まれていた。こういった規則のおかげで、COREのメンバーたちは直接行動を起こすためにはすべての要件が揃わないといけないのかという終わりのない議論を続けることとなった。ワシントンDC支部の私たちもまた、人種差別をしている場所がたくさんあるなかで、次に攻撃の対象にすべきなのは何かを決めるのには苦心した。学校、病院、銀行、ホテル、バス路線、レストラン、商店、アパート、そして連邦政府あるいは地方政府の各部署といったものが、中産階級出身の理想主義者の多いDCのCOREのメンバーが「行動規則」に厳格に従いながら組織的に追いつめていくべきホシとして挙げられた。当初、ダニエルと私は、何かを決定することがある度にほぼ毎回起こるもめごとに巻き込まれたくなくて、非会員として活動に参加していた。ホブソン委員長などは一度、『ロバート議事規則』[*12]に則って改革運動をやるなんて不

＊11　ネズミ駆除に関してはCOREの中では長く議論されていたが、実際にホブソンがネズミを捕まえるという行動に出たのはCORE委員長を解任された後の一九六四年八月のことであった。ホブソンは、解任された後、別の新しい組織を作ってワシントンDCの人種差別に反対する活動を続けていた。

＊12　陸軍少佐のヘンリー・マーティン・ロバートが、連邦議会の議事規則を一般の会議でも用いることができるよう簡略化して考案した議事進行規則。一八七六年初版。アメリカ各地の様々な団体がこの議事規則を採用し、初対面のメンバーで構成される会議であっても議事が円滑に進行できるようになったといわれ、現在では世界各国の議会や組織で採用されている。

可能だと叫んだことがあった。そうはいいながらも、間もなく私たちも正規のメンバーとして活動に深く従事するようになった。

期待を裏切られる展開を個人的に味わわされる結果になった行動もあった。そのひとつが、ワシントン医療センターが、COREのピケを受けて、すべての施設において人種統合を図ると同意したことだった。ある慌ただしい日曜日の朝、私はワシントン病院局で息子を産んだ。病院が完全には人種統合していないことに気づいたのは、それから数週間経った後だった。息子は帝王切開で生まれたのだが、「白人用新生児室」に空いている保育器がなかったので、手術室の看護師は「黒人用新生児室」に息子を寝かせた。ところが、新生児室の看護師は黒人用のところに探しに行こうとしなかったので、私は次の木曜日まで自分の息子に会えなかったのだ。そのときまでに私は、息子は死んでしまったのだと思い始めていた。

DCのCOREが手掛けた行動の中には、一般の人たちには知られていない複雑な裏話があるものがあった。たとえばCOREは、ワシントンDCのコミッショナーらに「警察権力」を行使する口実を与えて、彼らと共謀して騒動を起こすことがあった。黒人を差別・排除している場所で私たちが交通を遮断したり座り込みをしたりして騒ぎを起こすと、コミッショナーたちは差別があると公共の安全にとって良くないからという理由でそうした場所での差別を禁止したのだった。しかし、こうした結託はまれで、私自身はコミッショナーとの秘密の交渉、後に〔市長公選制になってからは〕市長との交渉があったという内情には通じていなかった。しかし、COREのメンバーは皆、我々の選出する代議員が連邦議会で投票できない限り、地方政府としても連邦議会の監督官が許可すること以上のことには手も足も出ないことを承知していた。

このような制約はあったけれども、一九六三年にCOREは、新たに制定されたものの効力を発揮できないでいたDCの住宅差別禁止令を独創的な方法で利用したことがあった。その作戦では、ある集合住宅でおこなわれていた不公正を終わらせると同時に、「公共の安全のため」を口実にして強制力のある罰則をその禁止令に付け加えさせることに成功したのだった。〔当該の建物の前で〕何週間も空しくピケを張り、座り込みをして逮捕者も出た後、ある日曜日の朝に私たちが郊外にある家主の自宅でピケを張ると、彼は降伏した。彼は差別をやめただけでなく、座り込みで逮捕されたダニエルと他の二人に対する告訴を取り下げたのだった。このように決着がついているにもかかわらず、コロンビア特別区担当の連邦検察官は、『ワシントン・ポスト』紙を通じてダニエルと他の二人を何とかして起訴すると脅して、市民的不服従をしようとする人々の邪魔をしようとした。幸運なことに、連邦検察官はこの脅迫を実行することを思い留まった。しかし不運なことに、二〇一一年の公民権委員会の調査報告書によると、このワシントンDC政府の行動も、一九六八年に連邦政府が住宅差別の禁止を法制化した[*13]ことも、こういった差別をやめさせる効果を生み出せないまま現在に至っているということだ。

一九六三年にはCOREの抗議活動をおこなうなかで思いがけない楽しみに遭遇したが、そのひとつが

＊13　一九六八年公民権法の第八編は、住宅購入、賃貸取引などにおいて、人種・宗教・出身国等を理由として差別をしてはならないと定めており、公正住宅取引法と呼ばれる。

DCで公演をしていたハリー・ベラフォンテと時間をともにしたことだった。地方紙は私たちのピケのことを報じなかったので――他の場所での差別については報道し、はっきりと非難していたのに、地元の運動からは目を背けるという偽善ぶりだった――、COREのメンバーが、この有名な歌手であり俳優であり、しっかりとした公民権運動家でもある彼を招待してピケに参加してもらおうという素晴らしいアイデアを思いついたのだった。そして、ダニエルと一緒に数日前に逮捕された若い女の人と私の二人が、招待状を送る役目を割り振られた。ベラフォンテはピケには参加しなかったが、公演の後はほとんど毎晩、時には衣装を着替えずメイクも落とさないままで私たちの家に来て、公民権運動についてとにかくひたすら語りあった。彼は、主要な活動家と彼らの考え方をよく知っており、マーティン・ルーサー・キングやSNCCやCOREの若い活動家を含めた公民権運動の指導者たちとケネディ政権とを個人的に橋渡ししてつなぐというユニークな役目を果たしていた。

他の友人たちが一緒のこともよくあったが、ときどき、まさに私たち夫婦とベラフォンテの三人だけになることもあった。私たちは語りあい、時には、〔共産党系の活動歴があるという理由で〕ジャック・オデル*14を解雇するようにというホワイトハウスの圧力にキングが屈したことについても議論した。オデルは、SCLCの恒例行事である活動資金集めを指揮していた人物だった。ダニエルは、ベラフォンテが毎晩我が家に帰ってくる理由は、私が彼の公民権運動のやり方を尊敬していただけでなく、男性的魅力が極めて強いベラフォンテの存在に動じない性質だったからだとダニエルは考えていた。ある日、彼は劇場での用事が終わった後に電話してきて、彼の縁のあるカリブの島に一緒に行こうと私を誘った。私は、ダニエルが行って良いと言うか聞いてみると答えた。するとダニエルは、小さな息子のダニーと犬のオルフェオも連れて行きなさいと言った。するとハリーは、乳母と犬の預かり所をアレンジしなきゃと言った。私たち三人はその話を何度も思い出しては大笑いし、遂にさよならを言いあったのだった。

連邦の首都として、DCは一九六〇年代の間しばしば公民権運動の巨大な舞台となった。指導的な役割を果たした人たちの多くは繰り返しDCに来たし、しばらく滞在して活動する人もたくさんいた。当時の下っ端運動員の経験としてはよくあることだが、ダニエルと私は心を奮い立たせてくれるような人物と忘れがたい出会いを果たし、また時には長続きする関係を築くことができた。ベラフォンテだけが、私たちの家によく来ていたスターあるいは将来スターになりそうな人物だったわけではない。というのも、私たちの家では、音楽、ダンスが一緒になった真面目な作戦会議を、とくに前もって計画を立てるでもなく数日おきに開いていたのだ。それは刺激的な時間だった。多くのアメリカの都市や町でショッキングな出来事がしばしば起こっていたからだけではなく、私たちが戦争や平和、公民権、飢餓、宇宙、あるいは核廃絶といった大きなテーマを話題にしていたからだけでもない。勝ち目は小さくても、どうにかして私たちは、アメリカや世界の他の国々の社会のあり方に重大な変化を起こすことができるのだという感覚を広く共有していたからこそ、語りあいは刺激的だったのだ。

DCで最初にできた友人たちの中に、生涯の友となり、やがてはアメリカを象徴する人物となった人が

＊14　ハンター・ピッツ・オデルとして知られるアフリカ系アメリカ人の著名な公民権運動家。第6章参照。

いた。マーティン・パーイヤーは当時、アメリカ・カトリック大学で芸術を学ぶ学生で、彼の家族と知りあいになって親しくなった頃の彼は、まさに交友関係の宝庫といった存在だった。彼は近くの図書館でアルバイトもしていたのだが、私がニューヨークにいるときからの知りあいでその図書館で司書をしているレイ・エルギンが、マーティンが描いた絵を二枚持っていてDCのアパートの部屋の壁にかけていたのだった。その絵は伝統的な技法によるものだったが将来性が溢れ出ていて、私は二枚とも好きになった。そのことで、絵の持ち主だった図書館員のレイが私たちと若い画家だったマーティンを引きあわせてくれた。もちろん、レイも生涯の友達になった。会ってすぐにマーティンは私たちの家によく来るようになり、公民権や文化の変化についての活発な議論に言葉は少ないながらも参加するようになり、私たちの人生は末永く絡みあうことになった。ダニエルと私が参加するように勧めたシエラレオネでの二年間の平和部隊《ピースコー》*15のボランティアの後、マーティンは芸術家としての高みに上り詰めた。しまいには、一九八九年に、アメリカからただ一人の代表者となり、今日の世界で最高の彫刻家を選ぶ重要な国際コンテストであるブラジルのサンパウロ・ビエンナーレで大賞を取ったのだ。

一九六二年後半のあるとき、ダニエルと私はもう一人の若者と知りあった。その人とはほとんどいつも何千マイルも離れているのだが、やはり生涯にわたる親しい友人になった。私たちは彼と偶然に出会ったのだが、興味や価値観が共通していたので惹かれあい、いくつもの経験を共有するなかで分かちがたく結びついた。その経験はたいてい興味深く、時に可笑しく、しかしあまりにもショッキングなことだらけだった。その若者セルトン・ヘンダーソンは、カリフォルニア大学バークレー校のロースクールを卒業して間もなくワシントンDCに来て、ロバート・ケネディのいる司法省の公民権局で働いていた。部局で唯一の黒人の弁護士として、彼はよく南部に派遣された。最初はルイジアナ州の有権者登録の書類を調べに行っていたが、その後すぐに、状況が〔時には文字通り〕爆発寸前の市町村の黒人コミュニティでの交渉人だか紛争調停人だかの役割を果たすために派遣されるようになった。たとえば、一九六三年の五月の最初の週は、国じゅうあるいは世界じゅうの注目がアラバマ州最大の都市であるバーミンガム、別名ボミンガム〔英語の綴は Bombingham〕で起こっていた大規模な公民権闘争に注がれていた。ボミンガムというあだ名がつけられたのは、クー・クラックス・クランが黒人の居住地域でテロを起こしたり平等な権利を求める活動を妨害したりするために、多数の爆破事件を起こしていたからである。セルトンは、マーティン・ルーサー・キングによって率いられていたある活動を監視するために四月のほとんどをそこで過ごした。それは、人種差別に抗議し黒人の雇用改善を訴えるためのもので、整然と組織されたものだった。何千人もの黒人の大人が抗議の行進に参加し、キング牧師や他にも大勢の人たちが投獄されたにもかかわらず、全国紙はほとんど注目せず、活動は失敗するかと思われた。が、それも五月二日に子どもたちの列が一六番街バプティスト教会から出てきたときまでだった。一〇〇〇人近くの子どもたちが一人ずつ教会から出てき

＊15　ケネディ大統領の提唱によって一九六一年に開始された米国から開発途上国に産業・農業・教育などの援助者たちを派遣する組織。典型的には、大学卒業の学位をもつアメリカ市民の若者を二年間派遣する。原著では一年間とされていたが、実際にはパーイヤーも二年間派遣されていたようであるので、二年間と訳出した。

て、隣の公園を横切り、歌いながら笑顔で「自由」や「平等」その他生まれながらにもっているはずの権利を求める看板を掲げて、一列になってバーミンガムの本通りを歩いたのだった。彼らは頭を高くあげて歩き続けたが、最終的には逮捕され、アメリカの子どもが一度に逮捕された人数として最多という、歴史を塗り替えることをやってのけたのだった。

次の日、バーミンガムの留置所がまだ子どもたちでぎゅうぎゅう詰めだったとき、教会いっぱいの人数の別の子どもの抗議者たちが断固たる覚悟で同じ道を歩き、〔南北戦争の北軍の総司令官である〕かのユリシーズ・S・グラント将軍をも尻込みさせたかもしれないほどの戦闘部隊が待ち伏せしているところに向かっていった。彼らを攻撃するために待っていたのは、ピストルを装備し、ショットガンあるいは短銃身散弾銃、警棒、牛追い棒その他の武器を振りかざす警官たちだった。さらに彼らは、高圧ホースで放水する消防士の隊列、綱をピンと張って構えるジャーマン・シェパードたちを連れた警察犬分隊を伴っていた。子どもたちが逆方向に引き返すのを拒んだとき、公安委員長のユージーン・〝ブル〟・コナーが、警棒、犬、水を使って彼らを攻撃するよう命令した。その後に起こった混乱はテレビと新聞の写真記者の目に留まり、直ちに世界じゅうに報道された。アメリカに対する海外からのイメージが傷つくことを気にしていたケネディは、他の数百万人の国民と同様、警察犬に襲われる子どもたち、地面になぎ倒されたり、壁に押しつけられたりして動けなくなった子どもたち、めちゃくちゃに殴られ、消防士の放水に追い立てられ吹き飛ばされる子どもたち、あるいは武装しヘルメットをかぶった巡査に無理やり逮捕され怯えている子どもたちを見て、とりわけ心を乱した。

その後一週間にわたって抗議は続き、〔一九六二年一一月の選挙で〕新たに選出されたジョージ・ウォレス州知事に派遣された州兵五〇〇人によって補強された警察は抗議者たちを痛めつけ続け、その様子が報道された。公民権運動の指導者たちと司法省の仲介人として、セルトンは司法省に知られたくないことは決して自分に言うなと指導者たちに言い、懸命に個人的な感情を振り払っていた。彼は黒人教会でおこなわれている公民権の集会にはほとんどすべて参加していたが、教会で耳にする音楽や説教は、壁を倒し尖塔をぐらつかせるほど建物を揺らしていた。時に彼は、子どもたちを逮捕される危険にさらすかどうかといった高度に感情が絡むテーマについて話しあう公民権運動のグループ内での議論に参加している唯一の連邦職員だった。彼の報告書は、すぐに司法省の指揮系統ひいてはホワイトハウスに届いた。そして、そこでは、非常に困難な状況に置かれた大統領が、この問題をどうすべきかと懸命に取り組んでいるのだった。バーミンガムに軍隊や連邦の司令官を送りたくなかったので、彼は司法省の公民権部門の指揮をしているバーク・マーシャルを派遣した。そして、地元のデパートがランチ・カウンターや水飲み場、試着室を人種統合し、アフリカ系アメリカ人をもっと雇用するよう説得するために、裏のルートを使ってバーミンガムの産業界の重鎮たちに接触した。白人のビジネス界のリーダーもまた、人種隔離をなくすためのさらなる行動を考える白人・黒人両人種からなる委員会に参加することを了承した。〔五月一一日土曜日の晩〕平穏を取り戻し、アメリカの海外でのイメージがこれ以上傷つかないようにするためのこの合意がなされてからほんの数時間のうちに、バーミンガムにあるマーティン・ルーサー・キング牧師の弟A・D・キングの家が爆破された。また、キング牧師と彼の補佐役たちが宿泊していたA・G・ガストン・モーテルも爆破された。そこにはセルトンも泊まっていた。

これらの爆破によって生み出された怒りは、散発的な小競りあいから全面的な暴動に至るまで、あらゆる形の暴力としていつでも爆発しそうな状況だった。セルトンはしばしば、法執行機関と正式に関係している人物としては、黒人の目撃者や被害者が話をすることのできる唯一の人物であった。以前から、ある公民権弁護士の住む黒人地区ではとても多くの爆破事件が起こっていたので、街全体がダイナマイト・ヒルという通称で知られていた。そこでは、いったん爆破事件が起こると、その数分後には次の爆破が起こっているという具合だった。二回目の爆弾には釘や榴散弾片が詰め込まれていて、爆発すると最初の爆弾の被害者を助けに来た人たちの皮膚を剥ぎ取るのだった。セルトンは、警官たちが爆弾を埋め、二度の爆破の後に戻ってきて調査をしているふりをしているのを見たと言っている人物に聞き取り調査をした。警察は、その男の言っていることは当てにならないと言い張り、FBIもそれに同意した。しかし、彼が本当に当てにならない男かどうかはともかく、FBIは四〇年もの間、クー・クラックス・クランの爆破部隊のメンバーの身元を隠してきた。なぜなら、メンバーの中にFBIへの情報提供者がいたからだ。そういうわけで、このようなクランとFBIの結託によって、ごく控えめに言っても、クランによるテロ攻撃の後にボミンガムの誠実で善意の人たちが通報をすることは、困難であったし危険なことでもあった。

一ヶ月も経たないうちに、セルトンは司法省によってミシシッピ州のジャクソンに派遣された。〔六月一二日、〕NAACPのリーダーで、人種的な不正義に対して自制した勇気と粘り強さで攻撃を続け、活動家たちに尊敬されていたメドガー・エヴァーズが暗殺されたのだ。何千人もの人が葬儀に参列した後、セルトンはある若者グループに付き添ったのだが、彼らは警察が用意したジャクソンを通り抜けるルートを逸れ、ライフルとショットガンを装備した警察の一団と対峙することになってしまった。数人の若者が石と瓶を投げて応じたとき、警察は銃を構え、発砲しようとした。そのとき、セルトンの上司であるジョン・ドアーが警察の列に割って入り、両グループの間に立ち、若者グループに対して解散するよう説得した。殺人事件を防いだことで、ドアーは〔二〇一二年に〕大統領〔自由〕勲章[*16]を授与された。私たちにとっては、彼が、セルトンが警察の発砲によって重傷を受けずに済むようにしてくれたこともありがたい。

ところで、セルトンが難局から別の難局へと南東部を移動している間、ダニエルと私は、セルトンのワシントンのアパートに事故から回復する間滞在していた彼のカリフォルニアの友人の死刑執行を食い止めるのに必死だった。ここではひとまず彼をベンと呼ぶことにする。ベンは、私たちのところにも泊まったことがあり、私たちが知っている人たちの中でもとりわけ温和で思慮深く、善意のある人物だった。彼はまた、優美でたくましい身体つきをしていて、潜水がとても上手だった。そういうわけで、セルトンのアパートに住む白人の若い人たちは彼に惹かれて様々な社交行事に彼を誘った。また彼は他の面でもとにかく魅力的で、ある一人の白人の女性は彼を愛人にした。不幸なことに、彼女は自分が妊娠していて、合法

＊16　アメリカ合衆国の勲章で、議会名誉黄金勲章と並んで文民に贈られる最高位の勲章である。政治家、経営者、文化・芸能、スポーツ選手など幅広い分野の人物に贈られ、公民権運動家ではジョン・ルイス連邦下院議員（元・SNCC委員長）などが受章している。

的に妊娠中絶を受けるには黒人男性にレイプされたとして告訴するしか方法がないと思い込んでしまっていた。そのため、彼女はベンとセックスをした後、彼の顔に醜いミミズ腫れができるほどひどく噛みつき、アパートの廊下をほぼ裸で駆け下りて外に助けを求めたのだった。

次の日の朝におこなわれた予備審問では、ベンは、もし有罪になれば間違いなく絞首刑になるというのに、彼を告訴した女性の心をこれ以上掻き乱さないでくれと臨時の法定弁護人に言い、驚かせた。しかし、彼は裁判に出廷できない可能性も十分にあった。というのは、彼は保釈が認められず、また当時のDCの拘置所は主に伝統的なものの見方をする南部の白人によって運営されていたからだ。ベンは、力のある性的な肉食獣のような囚人と一緒の監房に入れられ、常に起きて直立した姿勢でその男にレイプされるのを防ぎ、後から抗議してどうにか独房に移動した。彼はそんな風にして何とかそこで数ヶ月間過ごし、その後、裁判に耐えうる精神力があるかどうかを調べるために聖エリザベス病院に移された。

ベンが監獄に入れられている間、ダニエルと私は公民権のグループに彼の弁護を頼んだが、うまくいかなかった。「彼が有罪になったら、上訴の手助けをする」というのが得られたなかで一番良い返事だった。そこで公選された法廷弁護人と協力することにしたのだが、私は労働関係の法律事務所の弁護士が選ばれていたことに驚いた。しかし、ダニエルの説明によると、DCの死刑裁判では、被告側の弁護人は専門分野や経験に関わりなく選任されるとのことだった。その法律事務所にいる弁護士の一人は刑事事件の法廷に立った経験があったが、訴追者としてであった。それに、そこにいた誰もが、血のにじむ噛み傷があったことと裸で廊下を駆け下りてきたことから、当然、女性がひどい扱いを受けたのだろうと思っていた。

私は、白人の弁護士たちからたいそう愚直な人間だと思われただろうが、ベンはどんな人種のどんな女性であろうとも女性を傷つけるようなことは決してしないこと、彼は絶対にレイプなどできないこと、そして、罪状認否のときの弁護士に対して告発者の女性の気持ちを害すようなことを何ひとつ言わせないようにしたことが彼の不変の優しさと他者に対する敬意の証拠であると繰り返し主張した。私は、嘘発見器テストを受けること、そして、ベンは嫌がっている女性とセックスをするくらいなら自分を傷つけるだろうと宣誓して証言したいと考えていることを申し出た。私はさらに、ホロコーストを生き延びることができたかどうかは良い人間と悪い人間を見分ける能力にかかっており、私は悪い人間と嫌というほど接した経験があるから両者を見分ける能力には磨きがかかっているとさえ主張した。

訴追の経験があるという弁護士の疑い深い目つきは、そのことを言ったときにも消えることはなかったが、アパートに住んでいる若い人たちのうち、ベンと告発者の両方を知っている人たちに聞き取りをしてみると言った。しかし、数週間後にその弁護士と話をしたとき、彼は、若い人たちは全員一致で告発者の女性を支持しているだけでなく、彼らの友人である女性を妊娠させ中絶をしなければならない事態に追いやったベンに対して非常に腹を立てており、自分たちの手で縛り首にしてやりたいと言っていると告げた。彼はまた、彼らは、ベンを下宿させたかどでセルトン・ヘンダーソンにも退去するよう建物の持ち主に対して要求したと続けたが、私がニヤニヤと笑い始めたのを見て徐々に困惑したようだった。

レイプの告発の影にあるものが何かに気づいて、私は「もし彼女が妊娠しているのなら、ベンは父親ではないわ！」と言った。私は、ベンは妻の頼みに応じてこれ以上子どもができないように精管切除をしていたと説明した。その後、彼女は子どもたちを連れて別の男のところに行ってしまったのだが。無理もないことだがベンはとても衝撃を受け、その後、単身の事故を起こして、友人たちはベンが自殺しようとしたのではないかとひどく不安になったほどだった。普段はポーカーフェイスのその弁護士は、椅子の背もたれに寄りかかり、ため息にも似た大きな息をして、それから、空気の変化を示すかのように、少しも居丈高でない様子でにっこりと笑った。彼は、その事実は裁判の助けになるだろうと言い、実は他にも助けになりそうなことがあるのだと言った。彼は、セルトンのアパートの夜間受付係がベンとその若い女性がセルトンの部屋の階までエレベーターに乗って行くのを何度も見ており、彼女は朝まで一階まで戻ってこなかったというのである。もし本当なら、女性は明らかに自分から望んでベンと一緒に時間を過ごしたのであり、レイプではないということになる。彼は、この陳述でベンの疑いが晴れたということではない——起訴された案件は依然としてかなり扱いが難しい——ものの、これで解決のための道具が手に入ったと言った。

数週間後、彼は電話してきて、この間、法律事務所で手がかりを追っていたこと、白人である夜間受付係が進んで法廷で証言をしてくれることになったこと、ベンが女性と愛人関係にあったことと精管切除をしていることを認めたこと、そして、告発者は妊娠していないし過去にもしていなかったことを教えてくれた。しかし、彼女はレイプされたという主張を変えなかった。弁護士は、法律事務所としては、予審判事に事前に事実関係を示すという、かなり通常とは異なる方法を採るつもりだと言った。予審判事はヴァージニア州の出身で、古風なところはあるが公平であることで評判が良い人物で、この案件を扱うために引退するのを延期していた。検察官はおそらく「絞首刑好きの裁判官」を任官させるために調整をしていたのだが、ベンが潔白であるという提供証拠がもし本当に説得力のあるものならば、起訴取り下げの動議には反対しないと約束した。ベンは、もし判事が起訴の取り下げを拒否してこの案件が裁判に送られると、彼を弁護するのはより一層難しくなると警告されたが、それで構わないと言った。ベンの弁護士は、セルトン、ダニエル、そして私がそれで承諾するかどうかを知りたがった。私たちは承諾した。

その後、間もなく判事は起訴を取り下げ、一〇日後、ダニエルと私はDCの拘置所の門のところにベンを迎えに行った。私たちは、コロンビア特別区の外側で安全になるまで、そしてメリーランドにある郊外の私たちの家の中に入るまで（もちろんそこでも安全であることを私たちは願った）、車の中ではベンの頭を下げたままにして移動した。そして翌日の朝には、彼をカリフォルニア行きの飛行機に乗せたのだった。

第5章

ワシントン大行進

ケネディが政権を握ってから二年半の穏やかな期間が過ぎた頃、公民権運動は組織化されてはいなかったが活発になっており、大規模な行進を計画するのに十分であった。「職と自由を求めるワシントン行進」である。行進に至るまでの間、私は最初は急ごしらえの仮のDC事務局で、後には連邦議会議事堂とリンカーン記念堂の間のナショナル・モール〔リンカーン記念堂前の広場〕に設置されたテントの事務局で、ボランティア事務局員として仕事をした。私の仕事はもっぱら、いろいろな人や団体に電話をかけて参加するように説得すること、交通や宿泊、プログラム内容に関する質問に答えることだった。また急いで作られた案内パンフレットを配る手伝いもした。ケネディ政権は当初、行進に反対していた。政権は、「黒人《ニグロ》」の不満をいや増しにする不正義について雄弁に語り、公民権法案を連邦議会に提出することさえしていた

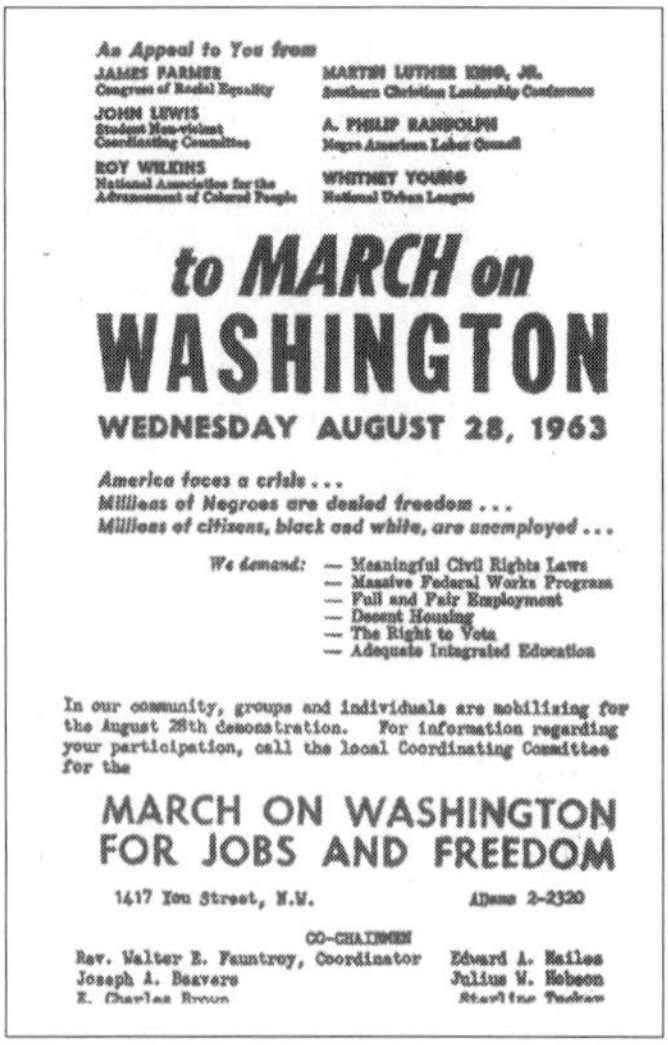

ワシントン大行進のチラシ。キング牧師が有名な「私には夢がある」演説をおこなった。

ものの、政府のこういった行動は人種問題の現状を変えようという決意の表れというよりはむしろアメリカのイメージを守りたいという気持ちに動機づけられてのことだろうという印象を一部の人々に与えていた。いずれにせよ、ケネディ政権は、行進の計画者たちが公民権法案に対する支持〔と早期成立の要求〕を議題に含めた後、行進への反対を撤回した。

言うまでもなく、この行進は公民権運動の内でも外でも議論を巻き起こした。多くの人は、タイミングが悪いし、愛国的でないし、暴力事件が起こるかもしれないと考えた。その一方で、参加者が少なかったら失敗だといって心配している人たちもいた。行進を成功させるために動いている私たちにとっては、報道機関でどのように言われているのかが非常に気になるところだった。下っ端のボランティアだった私としては、報道機関からの質問は適当にさばくのみだった。しかし、ダニエルと私はたくさんのジャーナリストと知りあいだった。というのもダニエルは、はじめニューヨークで、その後DCの大きな出版社でライター兼編集者をしており、DCでは従業員所有会社の新聞同盟交渉団の議長の仕事もしていたからだ。ダニエルはまた、大きなワシントン新聞同盟の運営委員会にも出席していて、私はピケに参加するのも含めて同盟の行事にはダニエルと一緒に行っていた。

なので、行進をおこなうことが発表されるとすぐに、ダニエルは新聞同盟が参加するように調整役を名乗り出た。そういうわけで、私たちは記者たちの態度にかなり通じていた。

残念なことに、第四階級〔言論界、ジャーナリズムのこと〕は南部と同じくらい北部でも厳格に人種別に分かれていた。南部では、黒人紙でさえ、保守的な傾向のあるものだと行進に反対していた。北部のリベラリズムの主要な要塞である『ワシントン・ポスト』紙と『ニューヨーク・タイムズ』紙には黒人の記者はおらず、全国ネットのテレビ局も多くて一人の黒人の特派員かキャスターがいるだけだった。しかしたいていの場合、全国区の白人の報道機関は、南部での抗議活動を報道するという、立派な、そして時には勇気ある仕事をした。とはいえ、北部の出版社や編集局は、北部の地元で聞かれる不満の声を報じるにあたってははるかに消極的で、DCにはかなりの程度の全国区のニュース組織が本拠地を置いていた〔が、やはり報道は不十分だった〕。『ピッツバーグ・クーリエ』紙やあちこちの都市で発行されている『アフロ・アメリカン』紙といった全国区の黒人紙や、『ニグロ・ダイジェスト』誌や『エボニー』誌、『ジェット』誌などの広く読まれている雑誌は、黒人が行進に乗り気でなかったり反対したりしていると報じていた。とくに、マルコムX《エックス》*1が行進のことをワシントン「行進」と

200 Guildsmen Join March On Washington
Locals Hoist ANG Banner For Equality
Alabama Strike Achieves Pay Increases Up To $36
ワシントン大行進で新聞同盟を率いる著者の夫ダニエル。新聞同盟から200人が参加した。

いうよりは「茶番劇」になるだろうと予測して高慢にこき下ろした[*2]ときには、かなり多くの紙面が割かれた。

一方、行進を支持している公民権組織の数々は、各々がとても異なるアプローチをしていて、名声と資金収入を激しく競っていた。リーダーたちは公の場以外では互いに口をきかないことすらあり、COREの全国事務局長であるジェイムズ・ファーマーはルイジアナの刑務所に入っていたので行進には参加せず、全国議長〔のフロイド・マキシック〕にスピーチを代読してもらうことに決めていた。宗教界のリーダーたちは参加するかどうか決めかねていて、労働組合も意見が割れていた。たとえば、全米自動車労働組合（UAW）のような国際的な組合には行進を決然と支持していたところが多かった一方で、〔行進に断固反対であり〕アメリカ労働総同盟産別会議[*3]（AFL―CIO）の執行委員会に対して行進を是認しないようにと働きかけている加盟組合もあった。対照的に、カトリック司教の全国団体は行進を全面的に称賛した。とはいえ、後になって大司教は、SNCCのスポークスマンであるジョン・ルイスがケネディ政権批判の声を和らげなければ賛同を取りやめると脅迫してきたのだが[*4]。

　行進に先立って散々意見の対立があったが、全国区の黒人メディアは明らかに、アメリカで延々と続いている人種差別を終わらせるためにはリンカーン記念堂の階段で意見の表明をすることが必要であるという見方をしていた。ダニエルの意見では、行進の主任主催者で副指揮官であるベイヤード・ラスティンが、煮え切らない態度のキリスト教の指導者たちに一歩前に進み出てもらうために、ネイション・オブ・イスラムのスポークスマンであったマルコムXが行進をあざ笑うかのように批判するよう、わざと仕向けたのではないかということだった。これが本当かどうかは別としても、マルコムXが行進を茶番劇と呼んでからは、それまで行進を支持していなかったキリスト教会の指導者たちは直ちに支持を表明したのだった。

ダニエルと私が話をしたジャーナリストたちの多くは、仕事と投票箱へのアクセスを良くするという行進の全般的な目的について賛同し、行進は宗教界からの参加者が大部分を占める平和的な抗議行動になるだろうと考えていた。しかし、彼らの上司の編集長たちは、怒りに燃えた大勢のアフリカ系アメリカ人たちがDCで行進することになるのではないかと心配しているようだった。八月二八日が近づくにつれて、

＊1　一九二五年、ネブラスカ州オマハ生まれの黒人解放運動家。奴隷の子孫としての出生時の名字を放棄し、エックスと名乗る。ネイション・オブ・イスラム（黒人回教団）に入信し暴力も辞さない急進的な黒人の解放を主張し、若年層からの圧倒的な支持を集めた。一九六四年に同教団を脱退した後はしばしば生命の危険にさらされ、一九六五年に暗殺された。

＊2　マルコムXは、ワシントン大行進が「白人の」組織（カトリック、プロテスタント、ユダヤ人の各団体および労働組合）と協同し、白人から資金援助を受けたことで、「『怒れる黒人』の大行進はいっぺんにお上品なもの、ケンタッキー・ダービーのようなお祭り騒ぎのようになってしまった」と一九六四年に出版した自伝にも記している。（マルコムX（濱本武雄訳）『完訳マルコムX自伝・下』中央公論新社、二〇〇二年、八九頁。）

＊3　アメリカ唯一の労働組合の中央組織で、加盟組合のまとめ役である。前身は一八八六年に職業別労働組合の連合体として結成されたアメリカ労働総同盟（ＡＦＬ）である。ＡＦＬ内の左派指導者が産業別組織委員会（ＣＩＯ）を設け一九三八年に脱退していたが、一九五五年に両者が再合併し、現組織となった。組合員数は一〇〇〇万人超とされる。

＊4　その結果、ルイスのスピーチは、ケネディ政権への批判と戦闘的運動への呼びかけの部分を削除されたものになった。

暴力事件が起こる可能性があらゆる角度から調査された。どの道順を通り、秩序を保つためにはどのような方法をとり、もし平和が乱されたときにはどのような人材や資材が投じられるのかといったことを記者たちが知りたがったのである。たいていの白人はCOREのメンバーのことをトラブルメーカーだと考えていたので、DCのCOREの適任者が会場整理係として奉仕するという事実を知ったところで安心しなかった。行進の日まであと数日という時期になると、参加者の安全についての白人の報道機関の関心ぶりは、行進の仕事に携わっている側からするとほとんど異常と言って良いほどだった。『ニューヨーク・タイムズ』紙でさえ、行進の参加者が暴れ出す可能性について、大した根拠もなくあれこれと書き立てた。

中でも、もっともひどかったのが『ワシントン・ポスト』紙によるベイヤード・ラスティンに対する個人攻撃だった。『ポスト』は、彼を性的異常者として描き、その犯罪歴や共産党員だった過去から、八月二八日には何が起こるか分からないという深刻な問題が生じていると報じた。ガンディーの弟子であり、社会主義者であることを公にし、個人的にはゲイだったラスティンは、すべてのアメリカ人が民主主義の恩恵を受けることができるためならと、何回も刑務所に入ることで彼の非暴力を貫く信念とその勇気を体現してきた。幸いにも彼は〔暴動なしに行進を成功させるという〕アフリカ系アメリカ人としての手柄を『ワシントン・ポスト』紙と分かちあうのを拒否したので、不幸にも『ポスト』は、暴力事件が起こるかもしれないと警告し、行進への参加をしないよう呼びかける報道を続けた。もっとも、もし『ワシントン・ポスト』紙が行進を支持するようなことがあったとしても、その支持の表明は遅すぎたし非常に限られたものになっただろうから、黒人の暴力に関して『ポスト』がそれまでに煽ってきた不安感に影響を与えることはなかっただろう。結局、ＤＣに住む黒人の多くは、報道で見聞きしたことに従って、白人のワシントン住人たちと同じく家にいた。その証拠に、ＤＣの住人の参加者は他の都市からの参加者よりも少なかった。また、白人の宗教指導者や芸能人、有名人が先頭に立ってかなり目立っていたにもかかわらず、白人の参加者の割合が行進参加者全体の二〇％にしかならなかった理由も、この『ポスト』の一件でいくらか説明できるのではないだろうか。

行進の本部では、行進の参加者が白人の参加者や白人所有の店を襲うということ――報道機関はこの点を中心的に取り上げていた――は心配していなかった。むしろ、アフリカ系アメリカ人に対する暴力がますます広がって参加者の数が大幅に少なくなることのほうを心配していた。南部全体に広がっている群衆や警察による黒人への暴力的な攻撃に関するニュースの写真や記事は、多くの人の記憶にいまだ鮮明に残っていた。そのような凶暴な行為、加えて極端な報道、人種差別主義的な組織や警察からの脅迫、そして根強い噂などのため、私たちはバスと運転手を確保するのにとても苦労した。とくに、深南部からのバスを手配するのは大変だった。一方、白人に向かって少しでも無礼な言動をすると大きな犠牲を払うことになるという知識とともに日々生きている人々には、各々勇気を奮って参加してもらわないといけなかったが、手配したバスに乗る人を見つけるのはさほど大変ではなかった。

八月二八日の朝四時、私はワシントン記念塔近くの案内係の大きなテントの中に座っていた。私は、疲れてはいたがはっきりと目覚めていて、深南部からのバスが到着していないことが気になり始めていた。行進の事務局では、およそ一〇万人の参加者のために準備に最善を尽くしてきたが、参加者を迎える側の案内係の私たちには、何人くらいが来場して、人種的な構成はどのようになるのかを知る術がなかった。誰も口に出して言わなかったが、こちらに向かっているバスが少なくとも何台か妨害を受けたり襲われたりしているらしいことは、同僚の表情を見ていれば明らかだった。私は、数時間前にレナ・ホーン〔アフリカ系アメリカ人の女優・歌手〕が私の首にかけてくれたハワイの美しい蘭のレイを指で触って傷つけないように気をつけていた。彼女は、私たちのところに会いに来て、応援していると言ってくれた。さらに、帰るときには私たちのほうを振り返って「あなたたちは美しい！」と歌うように言ってくれたので、私たちは皆、励まされた気持ちになって興奮で頬が赤らんだ。

その後しばらく経っても数人しか訪問者は現れず、運動員が何人かテントを出て行ったので、男性三人と女性三人の六人だけが残された。四時半頃、カメラマンが入ってきて、ポラロイド・カメラで私たちの写真を撮っても良いかと聞いた。私は、お気に入りの同僚で、ＳＮＣＣの代表としてＤＣの指導者会議に出席していたエド・ブラウンの膝の上に座ってポーズを取った。エドはハワード大学で経済学を勉強していて、私は彼がカール・マルクスをドイツ語から英語に訳すのを手伝っていた。カメラマンが出て行った後、エドは、彼の弟ヒューバート[*5]の話をして私たちを元気づけようとした。ヒューバートは、辛辣なウィットと、時として韻を踏んだ言葉の曲芸をずっと続けるという才能があったので「ラップ」というあだ名で呼ばれていた。しかし、誰かがテントに顔を出してミシシッピから最初のバスが到着したと告げたので、私たちは会話をやめ、飛び起きるように立ち上がった。安堵のため息が喜びの笑顔に変わり、即興で踊り出す人までいた。

ボランティアの一人がテントに残ったが、残りの人たちは急いで駐車場に行った。そこでは、遠くにあるホワイトハウスとテントの後ろにちらっと見えるワシントン記念塔をよく見ようとして、バスの乗客たちがウロウロしていた。

「ようこそ！　ようこそ、ワシントン大行進へ！」エドは、大きな低い声で言った。

「お会いできてうれしいです！」同僚も息を切らしながら何度も言った。私も歓迎の言葉を言い、たくさん握手をし、会えてうれしくてお互い笑顔になっている人たちと抱きあった。蘭の花は傷んでしまったが、気にならなかった。

「何人、来ますか」とエドが聞いた。

「少なくとも三〇〇人です」と、でっぷりと太って白髪交じりの口髭の牧師の男性が答えた。「しかし、何台か途中で来られなくなってしまったようです。バスが壊されたり警察やクランに止められたりしましたから。」

私たちは乗客たちと一緒に輪になって、牧師が安全な旅ができたことへの感謝の祈りを捧げている間、頭を垂れた。エドと私、そして他の皆もアーメンと唱えた。それから私たちは手をつないで「勝利を我らに《ウィー・シャル・オーバーカム》」[*6]を歌った。少なくとも、私以外の人たちは歌った。というのは、私は立派に歌い始めた

＊5　原著ではハーバートとされていたが、正しくはエド・ブラウンの弟の名はヒューバート・ラップ・ブラウン（H・ラップ・ブラウンとされることが多い）であるので、訳者の判断でヒューバートと訳出した。

ワシントン大行進のチラシ。「勝利を我らに（“We Shall Overcome”）」は有名なプロテスト・ソング。

ものののすぐに感動で胸がつかえてしまい、繰り返しの部分は聞くだけになってしまったのだ。「私たちは新しい世界を作るんだ！　私たちはいつか新しい世界を作るんだ！」

彼らの声は感情が高ぶっていただけではなかった。彼らが歌っている間、バスが次々と駐車場に入ってきてはエアブレーキの音をシューッと上げて停まった。開いたバスの窓から見えている黒い面々が開いたドアからそろりと出てきたのを見て、エドはしばらく歌うのをやめて私の近くに来て、うれしそうに耳元で大声で言った。「結局、ニガーの行進になりそうだな！」

何時間も経った後、人々が肌の色ではなく人間性の中身によって判断されるというマーティン・ルーサー・キングのアメリカの夢の話がスピーカーから聞こえてきているのを耳にした。その間ダニエルは、リンカーン記念堂の近くの芝生の畝のところでスピーチを聞いていた。とても素晴らしく、そして時に魔法のように感じられる日だった。ワシントンでは八月の下旬はいつもそうなのだが、その日は気温も湿度も高かった。水の補給は十分ではなく、行進に参加した人の中には水不足で困っている人もいた。一方で、多くの人は、水着美人か何かのようにリフレクティング・プール〔ナショナル・モールに広がる人口の池〕に足を浸しては水をはねかけていた。しかし、暑すぎもせず、湿気が多すぎることもなかった。スピーチを傾聴している人たちの間を涼風がそよそよと吹き抜け、うちわを持っている人たちも風を送ってくれた。とはいえ、本当に温かさがこもっていたのは、知らない者同士がお互いに抱いた好情だった。それはとても顕著であると同時に癒やしの効果もあったので、まるで土、空気、火、そして水の四元素にもうひとつの要素が加えられたかのように、誰もがその好情の存在を感じることができた。

マーティン・ルーサー・キングが歴史に残る「私には夢がある」演説をおこない、永遠の祝福を世界じゅうに与えた後、私たちは皆、今までにおこなわれたなかで最高に素晴らしい市民イベントに自分たちが参加したと感じた。それは、何世紀も続いた人種的抑圧を終わらせることを要求する、前例のないほど良心のある人々の集まりだった。それはまた、国の首都にとって記録に残る平和な日だった。テレビでイベントを見た多くの人たちと同様、ケネディ政権は明らかにこの行進に感銘を受けていた。行進の直後、ホワイトハウスの大統領執務室で、大統領は行進の指導者たちに対し、当時、連邦議会で棚上げされていた公民権法案を通過させるよう努めると約束した。〔ジャックとジャクリーン〔ケネディ大統領夫妻〕は後日、マーティンとコレッタ〔キング牧師夫妻〕を昼食に招待した。〕とはいえ、私には今でも忘れられないのだが、翌日『ワシントン・ポスト』紙はほぼ一面を使い、捨てられたプラカードなどのゴミがナショナル・モールに残されている写真を掲載したのだった。

＊6　一九六〇年代、公民権運動の集会や行進でもっともよく歌われたフリーダム・ソング。ピート・シーガー、マヘリア・ジャクソン、ジョーン・バエズなどが歌い手としてよく知られている。

大行進の後の数ヶ月間は、民主主義と人権を信じている人たちにとって、行進前の数ヶ月間以上に不快な期間になった。私たちには理解できない理由によって、司法省は正当な理由もなくセルトンを大行進の直前にワシントンDCから追い出していた。イベントの規模も大きく、暴力沙汰が起きるのではないかとメディアや市民が心配していたことに鑑みても——実際、厳しく規制されていた行進エリア近くの学校や店は閉校・閉店して予防策を講じるように言われていた——、トラブルの解決人および黒人リーダーたちとの橋渡し役として必要とされているときに公民権局唯一の黒人弁護士を追放するなんて、本当に意味が分からなかった。当時私たちは、なぜ司法省がそのようなことをするのかいろいろ考えたが、良い答えは思い浮かばなかった。しかし五〇年経って、司法省は行進の際に使われた音声と映像の送信装置を密かに盗聴してすべての演説者を監視し、必要とあらばいつでもその演説の伝達システムを遮断できるようにしていたということが明らかになった。私はそのことを知ったとき、セルトンがキングや他の指導者たちと親しいということをJ・エドガー・フーヴァー〔FBI長官〕が知っていて、セルトンがその監視計画について知ってしまわないよう手を回したのかもしれないと考えた。

ベンが辛い思いをしてワシントンから去って行った後、セルトンのアパートは普段は空室になった。セルトンは、もうそこには住みたくないと言っていた。私たちは、一緒に住もうとセルトンを誘い、彼は引っ越してきた。私たちとは、ダニエルと私、二歳の息子のダニー、二歳の黒いスタンダード・プードルのオルフェオだ。当時、私たちはメリーランド州とコロンビア特別区の境界の通りから二ブロック離れたメリーランド州モンゴメリー郡の静かな通りのささやかな貸家に住んでいた。

行進から三週間後の美しい日曜〔一九六三年九月一五日〕の午後のことだった。セルトンは南部から戻ってきたところだったが、ちょうどそのとき、玄関の横に置いたラジオが通常の放送を中断し、バーミンガムの黒人教会が爆破され人命が失われたというニュースを伝えた。南部の日差しを避けるためにかぶっていた麦わらの中折れ帽を取る間もなく、セルトンは受話器を手に取り司法省に電話をかけた。間もなく彼は青いフォルクス・ワーゲン社のビートルに戻り、ワシントン南東にあるアンドルーズ空軍基地に向かって急いで出発した。到着してすぐ、彼は空軍のパイロットが操縦するジェット機に飛び乗り、一時間と少し後にはバーミンガムに着いて一六番街バプティスト教会に向かっていた。その教会は四ヶ月前に世界を驚かせたデモ行進の集合場所だったから、彼はよく知っていたのだ。彼は、おそらくはクー・クラックス・クランであろう爆破犯が子どもたちの日曜学校を標的にし、幼い女の子たちが傷つき殺されたことに激しい怒りを覚え、喉が詰まった。犯人は、ここ何年も殺人や殺人未遂を犯してはまんまと逃げている同じ爆破犯だろうと思うと、彼はムカムカした。

「あいつらは、何をやっても逃げおおせられると知っててやっているんだ。」彼は、爆破された教会の敷石のところに立ち、怒りと苦痛のうめき以外に何も聞こえなくなっている見物人たちに向かって言った。その後ようやく知っている人に出会い、ＳＣＬＣの牧師たちは住民の怒りが今にも爆発しそうになっている黒人居住地域に出かけて行って平和を説いているところだと知った。そこで、牧師たちに追いつこうとして、セルトンは「ダイナマイト・ヒル」の名で知られた頻繁に爆破事件が起こっている地区に向かったのだが、近づくにつれ、司法省に勤め始めてからそれまでで一番、彼を待ち受けている反応を怖いと感じている自分に気づいた。車を降りながら彼は、唸っているライオンでいっぱいのローマの闘技場に入って行くような気持ちになった。立腹した人々が通りにひしめいていて、苦悩の表情をにじませ、爆破事件に関わった者を散々に打ちのめしてやりたいと大声で訴えていた。そこにいる者は誰も、連邦司法省から来たという見知らぬ人の慰めの言葉を聞きたいとは思っていなかった。その人物の肌の色が何色かはもはや関係なかった。一週間以上経ってからワシントンDCに戻り、セルトンは、SCLCの指導者たちが春のキャンペーン[*7]の間に地元の黒人たちから受けた尊敬だけが、血みどろの人種戦争が起こるのを食い止めていたと私たちに話した。

日曜学校に来ていた四人の女の子が殺されたことは、誰が犯人で誰がどうやってこの殺人事件を起こさせたかという直接的な問い以上の深い問題を提起した。殺人犯の精神錯乱状態がどのようなものだったのかを正確に知るのは不可能であるにせよ、爆破犯は公民権運動のバーミンガムのキャンペーンと、おそらくデモに子どもたちが参加したことに対しても復讐したかったのだろう。爆破がワシントン大行進への反応だったのかどうか——多くの人はそう思った——も分からなかった。実際、あの大行進が何かを成し遂げたのかという疑問を明らかにしている人もいた。マルコムXは、〔一九六二年四月二七日〕信者がロサンゼルスで警察に殺されたのにネイション・オブ・イスラムが復讐しようとしないことに憤慨したという経緯があり、ワシントンの行進をあざ笑ったのだが、この頃にはより多くの若者たちから預言者として崇められるようになっていた。[*8]非暴力は、批評家や非暴力を実践したことのない傍観者からはもちろん、公民権運動の内部でも疑問に思われ始めていたのだ。

バーミンガムでは、ワシントン大行進の前からたくさんの爆破事件が起こっていた。教会や個人の家、学校、そして運動の指導者たちやジョーン・バエズといった著名な非暴力の主唱者たちがバーミンガムでの定宿にしていたA・G・ガストンのモーテルさえも標的となった。セルトンもそのモーテルを利用していて、チェックアウトした数時間後に爆発が起きたこともあった。しかし、子どもたちの日曜学校が爆破されたことで、人種差別主義者が無実の人たちに負わせた苦しみに対する人々の復讐心は劇的に強まった。公民権運動の指導者たちと運動員たちは、我々にこのような残忍な事件を招く権利などないのではないかと自問せずにはいられなかった。何千人もの国内の市民グループあるいは宗教指導者たち、そして彼らを支持している何百万人もの人たちが、市民的不服従や子どもたちによるデモといった特定の戦略だけでなく、いかなる抗議活動にも反対を表明するとともに、人種隔離主義者たちを容認し、味方していた。マーティン・ルーサー・キングがバーミンガムの刑務所から著名な宗教家たちに宛てて送った手紙——そ

＊7　第4章で述べられた、SCLCにより一九六三年四月からアラバマ州バーミンガムで展開された「プロジェクトC」を指す。CはConfrontation（対決）の頭文字を取って名づけられており、バーミンガムでの人種隔離撤廃を目指して、子どもによるものを含む行進、ボイコット（不買運動）、座り込みなどの非暴力直接行動が断続的におこなわれた。

＊8　ロサンゼルスのネイション・オブ・イスラムのモスクで、丸腰の信者たちが警察官による暴力を受け、七人が怪我を負い、一人が至近距離から撃たれて死亡した。マルコムXは事件後のスピーチで、白人との協調を否定するとともに、公民権運動家たちの非暴力の戦術は役立たずであると発言した。

の大部分は無視されたのだが——の中で書いた有名な言葉にあるように、ある人々にとって、抗議運動をするのに適切な時期などないのだ。[*9] 運動の内部においてさえ、市民的不服従には反対のほうがおそらく多数派で、大部分の人は法廷闘争および憲法で明確に保障されている活動スタイルを好んでいた。一方、日曜学校の爆破事件の後、武装抵抗を主張する人たちの声は大きくなった。また、より多くの穏健派の黒人たちも、暴力を目の前にしたら自分が非暴力でいられる自信がないという理由で、いかなる抗議運動にも参加したくないと主張し始めた。もちろん、健全な精神の持ち主であれば子どもの命を危険にさらしたいとは誰も思わなかった。しかし、少なからぬ時間、自己省察した末に、人種差別主義との対決から退いてしまったら、結局、子どもたちの命が危険にさらされることになり、次世代の未来が台無しになってしまうという暗黙の合意が形成されたようだった。

爆発物、警察の狙撃者、カッとなった役人たち、傍観者たち、そして犠牲になった人たちだけが、セルトンが任務の最中に直面しなければならない危険ではなかった。黒人の連邦職員として、彼は警察や報道関係者、人種隔離主義者の団体、そして司法省の中ではFBIといったものからまでも特別の注目を浴びていた。彼は、人種隔離を定めた法律に従うよう期待され、彼を連邦職員だと気づかない警察官にときどき罵倒されることがあった。一度など、逮捕されて保安官に警棒で殴られたこともあった。その保安官は、セルトンが一度だけかけて良いと許可された電話で司法省に連絡を取りロバート・ケネディ司法長官につないでくれと頼んだところ、電話を切り、態度を一変させた。

セルトンが闘わなければならなかった著しく厄介な問題の中には、FBIがしつこく自らには公民権運動や有権者登録運動の運動員に対する暴力を防ぐ権限などないと言い張ることや、ホワイトハウスが南部での軍隊の投入やその他人々を守るための手段を用いることに不承不承であることなどがあった。というのも、ケネディ政権は、一九六二年九月にジェイムズ・メレディスをミシシッピ大学初の黒人学生として入学させるようにという裁判所命令を執行するために軍隊を使いすぎたという非難にいまだに苦しんでいたのである。大統領はそのとき、三〇〇人の連邦警察——その多くは連邦保安官だった——ではひどく憤慨した白人たちによる暴動を鎮めることができずに、ミシシッピ州兵を配備したのだった。その暴動では数十人が怪我をし、フランス人記者一人を含む二人が死亡していた。

セルトンの仕事に関してもっとも厄介なことのひとつが、南部の報道機関によって不行跡を厳しく咎められ、弁明せよと書き立てられてしまうことだった。不行跡といっても彼の仕事はそもそもこと細かく監視されており、ＦＢＩによってむしろ善行であると考えられているようなことだった。たとえばセルトンが黒人と白人が同席する祈りの集会に出席したりすると、報道機関から、革命を起こそうとしているだの白人の女性を誘惑しようとしているだのと描写されかねなかった。彼は、取るに足らないはずのこのよう

＊9　一九六三年四月、キングはバーミンガムでデモを指揮していて逮捕された。地元の八人の聖職者がデモ行進は「無分別で時宜に適していない」と批判する公開書簡を『バーミンガム・ニューズ』紙に掲載すると、キングは獄中で公民権運動と非暴力直接行動の正当性を明快に論じる反論の文章を書きため、『クリスチャン・センチュリー』誌（一九六三年六月）に掲載した。

な歪曲や作り話に何度も対応しなければならなかった。

セルトンが一一月の中頃にバーミンガムのガストン・モーテルから電話してきて司法省を辞めてすぐに家に帰りたいと言ったとき、私は、それまでにこのような背景があったことを忘れていなかった。彼は、〔一〇月一六日の〕夜中に司法省の人から電話がかかってきて起きてしまったという。その人物は、その日の昼間、セルトンがマーティン・ルーサー・キングを車で送ってアラバマ州セルマでの集会会場まで連れて行き、さらに次の催し物の会場まで州を横断して送って行ったかと聞いた。セルトンは目を覚まし、またもやひどい歪曲だとかなり気分を悪くしながら、電話をかけてきた人物に対して自分はキングを乗せて運転したこともないし、その日は一日じゅうバーミンガムにいたと答えた。車はどこにあるのかと聞かれて、セルトンはモーテルの前に停めてあると答えた。その後、朝になって起床すると、前日に起こったいつもと違う、そしてやや複雑な出来事についてすべて、電話をかけてきた人物にちゃんと時間をかけて説明しておくべきだったかもしれないと、セルトンは不安な気持ちになった。

というのも、前日の朝一〇時頃、セルトンのところにSCLCの牧師が来たのだった。セルマでは人種差別主義の暴漢やダラス郡の保安官であるジェイムズ・クラークらがしばしば暴力的な反対運動を起こしていたけれども、キングが重要な有権者登録の集会に出向くということで、その牧師がキングを車で送る手はずになっていた。その牧師が言うには、キングは正午には会場に着いている必要があるので急いで行かないといけないのだが、彼の車は前のタイヤがひとつ悪くなっていて途中のどこかでパンクするかもしれないとのことだった。キングは、彼を暗殺する機会を探っている人種差別主義者たちから常に後をこっそりと付けられていたから、乗っている車のタイヤがパンクするというのはかなり危険だった。キングの命を狙う者の中には、メドガー・エヴァーズを暗殺した男もいるかもしれなかった。牧師は、キングはその恐れを承知したうえで行き先や予定を変更することを拒んでいるので、運転中にタイヤがパンクするのを避け、キングを付け回している者たちを混乱させるためにも、車を交換してくれないかとセルトンに懇願したのだった。セルトンは、様々な危険性を考え、車の鍵を交換した。

完全に目が覚めてから、セルトンはすぐに司法省に電話をかけ、前の晩には手短にしか話さなかったことを詫び、前日の出来事をすべて話した。しかし、もう遅かった。司法省が夜中に彼に電話したときには既に、ある新聞記事が司法省に突きつけられていたのだった。それは、連邦政府の職員が州内でキングの運転手をし、立ち寄った至るところで人種的な不穏を掻き立てたといって、アラバマ州知事のジョージ・ウォレスが連邦政府を非難しているという内容の記事だった。知事は、これまで自分がずっと告発してきたこと、すなわち、ケネディが政権に就いて以来ずっとこの国を悩ませてきた人種的な混乱は、実は政権自体が裏で糸を引いていたのだということがこの出来事で証明されたと主張したのだった。セルトンに急いで電話した後、司法省は、ウォレスの言っていることは壮大な作り話で、司法省と関係がある人物がキングを車に乗せて運転した事実はないという声明を発表していた。それに対してウォレスは、キングが乗っていた車は司法省の弁護士のセルトン・ヘンダーソンのレンタカーであるという証拠があると反論したのだった。

司法省が報道関係者へ誤った発表をしたことについて聞かされるとすぐに、セルトンはその事件における自分の関与について再度謝罪し、辞任を申し出た。司法省は訂正の声明を出し、司法省の職員がキングの運転手に数時間車を貸していたことに気づいていなかったと説明した。続けて、この行為は正式に許可されてしたことでも見逃されていたことでもなく、当該の職員は辞職したと発表した。しかし、「人種隔離よ、永遠に」[*10]に取り憑かれていたウォレス知事は、自分が北部のリベラリズムという大きな白鯨を銛でしとめたと思い込み、そこで幕引きしなかった。

すっかり図太くなったウォレス知事は、一九六三年一一月までには合衆国大統領の選挙に出馬することを決意した。[*11]州権至上主義者軍のナポレオンとして、セルトンがキングの安全に配慮して車を貸したことは、ジャック・ケネディをホワイトハウスから追放し、ウォレス自身でないにしても自分が選んだ人物が大統領になるために利用できる出来事だと感じたに違いなかった。最低でも、彼は、選挙のときに投票箱をいっぱいにする黒幕になれると考えたに違いない。彼は、ケネディ政権は二期目に向けての支持を得るために密かに人種的不調和の種を蒔いては暴力事件を起こさせ、それを収拾するという収穫を得ていたという話題を作り、メディアによる攻撃キャンペーンと政治的な策略を開始した。その「疑う余地のない」証拠が、セルトンが車を貸したと認めたことと、キングをセルマに乗せて行った車のナンバープレートの番号を書き留めた〔クー・クラックス・クランの〕頭巾を外したアラバマ州兵〔またの名をウォレスの突撃隊員という〕の証言だったのだ。すぐにセルトンに関して、彼は暴動を扇動するために政府のお金、契約、資産などを不正に使用しており、この件は広範囲にわたる政府当局の人員による特別大陪審によって深刻な犯罪行為として調査されるべきだという主張がなされた。さらに、地元で注目を浴びるだけでは満足できずに、ウォレスは大陪審をワシントンDCで開く計画を実行に移し、そこで世界じゅうの報道機関から監視してもらおうと考えた。この、笑える（しかし本当には笑えない）計画についてセルトンが私たちに電話をしてきたとき、ダニエルと私は、この虚飾の大陪審に対して抗議するデモを組織しようかと言った。実際、本物の権威など何もないばかげたプロパガンダにすぎなかったのだから。

数日後の一一月二二日、セルトンはワシントンに戻っており、ウォレスとケネディはどちらもテキサス州のダラスにいた。ウォレスは記者会見を開くためにそこに来ており、〔司法省の職員である〕セルトンがマーティン・ルーサー・キングにレンタカーを使わせたのでケネディは大統領にふさわしくないと言って彼を非難する予定だった。ケネディは、二期目に向けての支持を獲得するためにダラスに来ていた。この二人、すなわち自由な世界の指導者〔であるケネディ〕と〔大統領の〕後継者になりたがっている人〔ウォレス〕が空港で会ったという話も聞いたが、本当なのかは分からない。その一時間ほど後、ダラスの通りを車で通っているときに、ジョン・F・ケネディ大統領は銃弾によって殺害された。その銃弾は、〔アメリカの戦後の自信に大きな穴を開け、何世代も続く疑惑と不信を作り出した。[*12]〕

＊10　一九六三年にアラバマ州知事に就任したときの就任演説で、「今ここで人種隔離を！　明日も人種隔離を！　永遠に人種隔離を！（I say segregation now, segregation tomorrow, segregation forever.）」と発言した。

＊11　原著では一九七三年とされているが、一九六三年の誤りではないかと思われるため、そのように訳出した。ウォレスは実際、一九六四年、一九六八年、一九七二年、一九七六年に民主党内の大統領候補者の指名争いに参戦あるいはアメリカ独立党の候補として立候補している。

この直後、ダニエルがテレビを借りてきた。彼とセルトン、私は、〔一般に動作や音響などが大げさである〕古代ギリシャ悲劇に勝るとも劣らない痛烈さと重々しさで、この出来事の結果が白黒放送で流されているのを見た。しかし、暗殺の二日後、銃を持った男がダラスの警察官二人に脇を抱えられた主要容疑者リー・ハーヴェイ・オズワルドを撃ち殺すのを見たとき、私たちは電気ショックを受けながら〔コメディトリオの〕『三ばか大将』のショーを見ている気分になったものだった。*13

アメリカはジョン・ケネディの暗殺によって傷を負い、それは二度と完治することがないと思われたが、それでも公民権運動が長い間休止させられることにはならなかった。リンドン・B・ジョンソン大統領は、殺された大統領が議会に提出した公民権法案を通過させることでケネディ大統領を称えるよう連邦議会に要求した。この知らせは、ダニエルの言葉を借りれば、前日の晩の消灯合図の後に起床ラッパが鳴り響くかのようだった。こうして私たちは、起きて仕事に戻ったのだった。

---

*12　日本人読者に不快感を与えかねない表現が含まれていたため、訳者と著者の協議により〔　〕内のように変更した。

*13　オズワルドは、一一月二四日午前一一時二〇分頃、ダラス警察の地下駐車場で、郡刑務所へ移送される車に乗る直前にジャック・ルビーによって銃撃された。ただし、暗殺事件前後に「オズワルド」を自称する者が複数目撃されたという証言や、狙撃時のオズワルドの所在について、狙撃がおこなわれた五階にはおらず二階の食堂で昼食を取っていた姿を目撃した証言もあるなど、オズワルドは実行犯ではない、あるいは単独犯ではないという説は根強い。

第6章

ボールドウィン兄弟とオデル

ケネディの死後、ウォレスはセルトンを攻撃することでケネディ政権の評判を失墜させる試みを諦めた。セルトンは、その後数ヶ月間イングラム家に滞在してからカリフォルニアに戻り、弁護士の仕事に復帰した後、最終的にはスタンフォード大学ロースクールの学部長、そして連邦地方裁判所の判事になった。セルトンがDCを去る前、彼と私はジェイムズ・ボールドウィンの講演を聞きにハワード大学に行った。ボールドウィンは、大統領やアメリカでの人種差別の根深さについて真剣に考えている人たちから、〔一九六三年に出版された〕『次は火だ』という本の中のエッセイによって注目されていた。エッセイのうちの一編は、一九六二年に『ニューヨーカー』誌で発表されていた。[*1] ダニエルも行きたがっていたが、ギリギリになってベビーシッターがキャンセルしたので、息子と家にいなければならなくなったのだった。なので、講演の後、私は講堂からダニエルに電話をかけて彼とダニーがうまくやっているかを確かめ、いかにボールドウィンが素晴らしかったかを話した。

「それはよかった。それが聞けてうれしいよ。でも、彼を家に連れて帰ってきてくれたら、僕も話を聞けるからもっとうれしいな」とダニエルは私の話を遮って言った。

私がセルトンにダニエルの要望を伝えると、セルトンはボールドウィンと話をした。セルトンは彼と、〔一九六三年六月の〕メドガー・エヴァーズの葬儀のときにミシシッピで会っており、〔同年九月一五日の〕一六番街バプティスト教会の爆破事件の後にもアラバマで会ったことがあった。セルトンに話をした一時間後、私たちはジェイムズ・ボールドウィンを自宅に連れて帰ってダニエルを驚かせ、喜ばせた。彼の弟のデイヴィッド、友達のジャック・オデル、そして、公民権運動に熱心に興味をもっている二〇人ほどの人たちも一緒だった。セルトンと何人かが、コネティカット・アベニューの北京パレスというレストランから、湯気を立てている熱い食べ物の箱の入った大きな紙袋を運んできた。そのレストランは、ダニエルと私が一年以上前にセルトンと初めて会った場所でもあった。訪問客の何人かが、五ガロン〔米国の一液量ガロンは約三・八リットル〕はありそうな赤ワインや白ワインを持ってきてくれていた。私たちは、夜明けまで話しては食べ、話しては飲み、話してはタバコを吸い、笑いあった。誰もが言いたいことがあり、ジェイムズ・ボールドウィンも含めて、誰もが他の人の話を聞きたがった。デイヴィッド・ボールドウィンのようにあまり話さない人もいたが、ジェイムズは他の人の三倍以上は話した。たいていは、彼が既に書いたり話したりした人々や場所、出来事についてさらに詳しく話して欲しいという要望に答える形だった。

ジェイムズは情熱的に話したが、同時に思慮深くもあった。意見や質問に答える前にしばしば熟慮し、タバコをふかすために話すのをやめた。人間のありように関するほぼすべての面について彼が真剣に考えたいと思っているのは明らかで、私は彼の思想にも惹かれたが、人柄にも惹かれた。黒人であることと公民権は、彼にとって重大な問題だったが、それだけでなく、個人の人間関係、歴史、宗教、選択、感情、子どもたちの考え、そして食べ物の好みまでもが、彼の重要なテーマだった。彼が箸を使って餃子を皿からつまんでいるのを見ながら、私は、彼がかつてまともなパンを作れない国が魂をもつことができるのかと問うたことを思い出していた。彼がおいしそうに餃子を食べているとき、私は彼に、ドイツ人はおいしいパンを作るけれど魂がないわと言った。彼は顔を上げ、餃子を飲み込み、答える前ににっこり微笑んだ。

「そうですね。彼らはファウスト[*2]のように魂を悪魔に売ってしまったのですよ。」

彼は背が低かったが、頭が大きいので身体が実際以上に小さく見えた。そして、大きくてわずかに膨

＊1　『次は火だ（原題：*The Fire Next Time*）』には二編のエッセイが収められており、そのうち“Down at the Cross: Letter from a Region in My Mind”が、“Letter from a Region in My Mind”というタイトルで『ニューヨーカー』誌の一九六二年一一月一七日号に掲載されている。なお、原著では、一九六三年の『ニューヨーカー』誌とされていたが、正しくは一九六二年であるので、そのように訳出した。

＊2　ドイツの詩人ゲーテの詩劇『ファウスト』の主人公。悪魔と契約を結び、宇宙の神秘を探り人生を味わい尽くして、「ある瞬間に向かって、留まれ、お前はいかにも美しい」と言いうるなら、魂を引き替えにしても良いとした。『ファウスト』は二部構成で、第一部は一八〇八年、第二部はゲーテの死の翌年の一八三三年に発表された。

らんだ目は〔米国の女優の〕ジョーン・クロフォードのように表情豊かだったが、笑っているときですらしばしば悲しそうだった。また、タバコを吸うときの彼の素早くて正確な手の動きは、〔米国の映画女優の〕ベティ・デイヴィスを思い出させた。彼が膝をつめて居間の足乗せ台に座っているのを見、そして、アメリカは自分に若くしてハーレムで死んでもらいたがっていたのだと感じたという辛い思い出話に耳を傾けていると、彼が知的で驚嘆すべき人物であると同じくらい、孤独で傷つきやすい人であることが明らかに分かった。彼の批評家としての才能と言語能力は非常に研ぎ澄まされていて、〔イギリスのディベート団体である〕オックスフォード・ユニオンの討論でフェンシングの名人のような中性的な優美さをもってウィリアム・バックリーに勝てるほどだった。[*3] これらの武器によって彼は生き残ってきたし、ハーレムの壁を飛び越えてくることもできた。しかし、それらは同時に恋人を遠ざけてもきた。明らかにジミー〔ジェイムズの愛称〕には愛されることが必要だった。

その夜のある時点で、私はデイヴィッド・ボールドウィンが兄に愛情のこもった眼差しを向けているかなと思い、彼のほうを見た。驚いたことに、彼が見ていたのは私だった。彼が抱いている感情は明らかで、何の手も加えられていない真っ直ぐな思慕だった。お互いに惹かれあっているという感覚が、温かく、そして身体じゅうに駆け巡るのを感じて、私はびっくりしてしまった。デイヴィッドは口の周りに髭を生やしていて、それは私の好みではなかったのだが、目が深くくぼんでいて肌に暗い艶がある以外はジェイムズより外見が良いわけではなかった。しかし、私はダニエル以外にはいわゆるハンサムな男性にとくに魅力を感じたことはなく、ダニエルと出会って以降は他の男性にそのようなときめきを感じたことはなかった。丸々一分ぐらいはあっただろうか、デイヴィッドと私は互いに見つめあい、お互いがお互いの感じているいることに勘づいていることに驚き、胸が高鳴った。そのとき、ジャック・オデルが大きな声で叫び、我に返った。

「この電話は盗聴されてるぞ！」

ジャックはちょうど私たちの家の電話機で通話を終え、受話器を片手に持って電話台のところに立っていた。

ダニエルとセルトン、私が一斉に注意を向けると、彼は言った。「気づいていたかどうか知らないけど、この電話は盗聴されている。本当だよ。こういうことにはたくさん経験があるから、いい加減なことを言っているわけじゃない。これは確かだ。そうじゃなきゃ、何も言わない。」

「きっと私のせいだ」とセルトンが言った。「キングの車の件か、あるいはそれより前からかもしれない。フーヴァーは、私が司法省に来た初日から私を監視していたんだな。」

＊3　ウィリアム・バックリーは、雑誌編集者・作家で、一九五五年に保守派の雑誌として『ナショナル・レビュー』誌を創刊し、編集長を長く続けた。同誌は知的な保守思想の牙城となった。また、実際、ボールドウィンとバックリーは一九六五年二月一八日、イギリスのケンブリッジ大学の講堂ケンブリッジ・ユニオンで「アメリカン・ドリームは黒人の犠牲の上に立っているのか」というテーマでテレビ公開討論をおこない、多くの視聴者に強い印象を残したうえ、ボールドウィンが観客の投票により五四〇対一六〇で勝利した。著者が、この討論会の会場や勝敗の結果を誤認して本文を書いたのかどうかは不明である。

「そうかもしれない。」オデルとボールドウィンがうなずいた。ダニエルと私は気が動転したが、セルトンが余計に気を揉むといけないので、それ以上は議論を深追いしなかった。それから、外がほぼ明るくなっていたので、私たちは来ていた人たちが数時間でも眠れる場所を作り始めた。私は、デイヴィッドにお休みなさいと控えめに言ったのだが、私たちが感じた強い感情が消えていないことは明らかだった。私は、自分がデイヴィッドに対して抱いている感情を彼に悟られるようなことは一切言わないし、しないようにと気を配ったのだが、後から考えると、一向にうまくいっていなかった。

翌朝、コーヒーとクロワッサンの朝ごはんを食べていたとき、私は、ジャック・オデルがキング牧師の率いるSCLCの資金調達者としての職をクビになっていたことを知った。J・エドガー・フーヴァーがオデルは共産党のスパイだとしつこく言うので、大統領とロバート・ケネディがキングを強硬に説得したのだった。ジェイムズ・ボールドウィンの説明によると、ジョセフ・マッカーシー〔議員が「赤狩り」をしていた〕時代にジャックは、ミシシッピ州のジェイムズ・イーストランド上院議員が委員長を務めた調査委員会で証言をするのを拒否したことがあった。その委員会が、まるでこそこそと嗅ぎ回るような委員会だったからだ。また、ジャックはイーストランドに、黒人はミシシッピでは投票することができないのだから、あなたは適法に選ばれた上院議員ではないと言ったことがあった。その他にもジャックは、異議を唱えることを反逆罪のように扱ったことで悪名高い連邦下院非米活動調査委員会[*4]（HUAC）に対しても、質問に答えることによって魔女狩りに威厳をもたせることはしたくないと述べたこともあった。

ボールドウィンは、最近ジャックは『フリーダムウェイズ』誌というW・E・B・デュボイスの寡婦が編集している雑誌に記事を書いたので、おそらくフーヴァーはそのことでもう一度攻撃してくるだろうと言った。デュボイスは学者でかつＮＡＡＣＰの創立者であり、晩年には共産党に入っていた。ボールドウィンが言うには、ジャックの記事は北部の大きな会社についてのものであり、南部にあるそれらの工場や子会社が人種差別をおこなっていることを指摘していた。[*5] 彼は、これらの会社の重役の中には自分の地元ではリベラルとして振る舞っている者がいて、ＮＵＬやＮＡＡＣＰの理事をしていることさえあると書いたのだった。

ダニエルと私がその記事を読みたいと言ったとき、ジャックは自分用に一冊だけ持っていた冊子の扉紙に「謹呈」と書き、サインをして私にくれた。彼は、別の冊子をもらえば良いからと言って、私が遠慮するのを制した。その記事はかなりの議論を巻き起こしたので、冊子をもう一冊私が見つけるのは難しいだろうとのことだった。

数時間後、ＤＣのナショナル空港で、ダニエルと私はジャックとボールドウィン兄弟と一緒に小さなカ

＊4　一九三八年に国内の破壊活動を調査する特別委員会として連邦議会下院に設けられたが、第二次世界大戦終結後に米ソ冷戦が開始されると、共産主義団体やその協力者を監視するようになった。マッカーシズムが台頭すると「赤狩り」の主要な舞台となった。

＊5　同誌はアフリカ系アメリカ人の政治・文化評論誌で、オデルは雑誌が発行された全期間（一九六一年―一九八五年）を通じて寄稿していた。当該の記事は、Jack H. O'Dell, "How Powerful is the Southern Power Structure?" *Freedomways*, no.4, Winter 1964.

クテル・ラウンジにいた。遅れている彼らのニューヨーク行きの飛行機の搭乗が始まるのを、シャンパンを飲みながら待っていたのだ。ジェイムズは私たちの息子を膝に乗せて乾杯と言い、デルフォイの神託の巫女の真似をして「ダニーはいつかアメリカの大統領になるだろう」と言った。数分後、落ち着きのない三歳児がラウンジから迷い出て行くと、ボールドウィンも突然ダニーを追って駆け出した。ダニーがエスカレーターのほうに向かって駆けて行くのを見たからだった。ダニエルも急いで彼らを追いかけたが、ジェイムズが先に着き、まさにエスカレーターによじ登ろうとしていたところを急いで抱き上げた。金髪で肌の色が白く、青い目をした男の子がボールドウィンの腕にしっかりと抱かれているのを見て、年配の白人の女性が見るからに狼狽して、辺りに警察官がいないか探しながら大声で聞いた。

「その子はあなたの子なの?」

「ご心配なく、マダム。私の子です。」と、ボールドウィンは答えた。満面の笑みを浮かべて、彼はダニーを抱えて私たちのテーブルに戻ってくると、私に手渡した。その様子を見ていておそらくボールドウィンだと気づいた人たちが数人テーブルのところにやってきて、ダニーを助けたことを褒めた。そのうちの一人が、最近〔一九五七年〕、映画界における異人種間恋愛のタブーを破るストーリーの映画〔『日のあたる島』〕でハリー・ベラフォンテと共演した女優のジョーン・フォンテインだった。彼女は私たちのテーブルにやってきて、チャーミングな挨拶の言葉を述べた後、ボールドウィンの最新の〔一九六二年の〕小説である『もう一つの国』[*6]が映画になったら悲劇のヒロインの役をしたいわとはっきりと言った。ジェイムズは、そちらについてはいつ映画ができるのか分からないと言ったが、もうすぐ新しい戯曲『白人《ミスター・チャーリー》へのブルース』[7]の配役をすると言った。彼は、「ミスター・チャーリー」は、南部の黒人が白人の地主のことを言うときの言い方だと説明した。ジョーン・フォンテインは去る前に、自分と他にもたくさんの人たちが彼の作品と同様に彼の公民権の活動を尊敬しているとジェイムズに言った。彼女が行ってしまってから彼は、「今までに私が望んだのは、良い作家になることだけなんだけどね」と、ほとんど独り言のように言った。

ようやく飛行機の搭乗が始まり、私は、心からの愛情を感じながら三人の男性にお別れのキスをした。しかし、デイヴィッドに対しては、身体に電気が走るような感覚があまりにも強く残っていたので、私たちは聖エルモの火[8]で覆われているに違いないと思った。その後、私は心地良いショック状態になった。私は、ダニエルを裏切るようなことは何もしていないので、罪の意識は感じなかった。私が感じたのは、自分ではコントロールできない、自然に生じたものだった。可能性がないとは思わなかったが、この火が再び発火することは現実にはないだろうと思った。

＊6　原題：*Another Country*, 野崎孝訳で集英社（一九六九年、一九七七年文庫版）や新潮文庫（一九七二年）から邦訳が出版されている。

＊7　原題：*Blues for Mr. Charlie*, 橋本福夫訳で新潮社（一九六六年、一九七一年文庫版）から邦訳が出版されている。一九六四年四月二三日～八月二九日に上演された。一九五五年のエメット・ティル少年殺害事件を土台にしたストーリーは激しい白人批判を含み、一九六三年六月に暗殺されたメドガー・エヴァーズに捧げられている。

＊8　洋上で天候が悪いときなどに船のマストの先端で光がゆらゆら揺れているように見える物理的な発光現象。船乗りたちはこの光を「聖エルモの火」と呼んで突然の嵐や雷から船を守ってくれる守護神として崇めた。

実際、ダニエルはそれまでにも増して愛しかった。彼は私の英雄だったが、私だけのものではなかった。COREでの彼は戦略家および広報担当、そして個人的には危険を冒しても物事をやり遂げる人として評価が高まっていた。彼は、カール・フォン・クラウゼヴィッツ[*9]やソウル・アリンスキー[*10]、ガンディーなどの著作を読んで、人種差別により効果的に対抗するための知識を蓄えていた。彼は、新聞同盟がワシントン大行進に参加するように人を動員しただけでなく、勤め先の出版社に年金を給付する計画を立てるよう交渉した。そのため、ストライキの許可を得るために彼は、労働関係法の専門家である花形のライターや編集者が加入している会社の組合を味方につける必要があった。そして、ストライキ開始の決議の投票をした後、彼は二日二晩の間、連邦調停仲裁庁での苛烈な交渉にかかり切りになった。ところが、会社が降伏した後、国際組合[*11]は地方の組合支部がストライキをおこなうことをそもそも認めていなかったのだと言って、皆、突然、彼に対して怒り始めた。ダニエルは、同僚にストのことを言ったときの感触から国際組合はストライキを支持するだろうと思っていたのだが、実は、国際部の幹部と張りあっていた地方支部の幹部が彼に嘘をついていたのだった。そのため、ダニエルはすべての職場内派閥が参加する会合を招集したが、後は任せて自分自身は出席しなかった。

数ヶ月後、代表者として交渉を成功裏に終わらせたことと、組合のワシントン大行進への参加を組織したことで、ダニエルは「ワシントンの今年の組合員」賞を受賞した。彼が賞金はボールドウィンの『白人へのブルース』の舞台を観るためのニューヨークへの旅費として使い果たしたいと言うので、私は授賞式があったホテルからジェイムズに電話し、もしチケットがまだ手に入るなら明日ニューヨークに行くよと言った。それは正式に公演が始まる前の最後の試演でチケットは完全に売り切れていたが、ジェイムズは「だけど、心配することないよ。入れてあげるから」と言った。

彼に泊まるところはあるのかと聞かれたとき、私は急に膝ががっくりと折れそうになるのを感じた。もし、デイヴィッドのところに泊まるように言われたらどうしよう？　私は、もう手配はできていると思うが、もしうまくいかなかったらまた電話すると言った。

「うん、分かったよ！」

私たちは翌日の午後にロシアン・ティールームで会うことにした。それから私はミネッタ通りの友人であるイサベルに電話した。しかし彼女は、私たちには会いたいけれども部屋を掃除するのが大変だというジレンマに陥った。彼女は網や閉まった窓の小さな隙間さえすり抜けて入ってくるニューヨークの煤が好きというわけではないのだが、いったんあるべき場所に物を配置してしまうと狭いアパートを大掃除して煤を取り除く気にはなれないのだった。そこで、煤掃除をさせるのは悪いから私たちは泊まらないわという

＊9　プロイセンの将軍かつ軍事理論家で、『戦争論』（一八三二年刊行）を記した。

＊10　アメリカのコミュニティ・オーガナイザーの先駆者で、シカゴのストックヤード地区での活動事業（一九三九年）が有名である。著作に『市民運動の組織論』（一九四六年刊行）など。

＊11　アメリカ新聞同盟総本部のことを指していると思われる。一九五〇年代から、同同盟にはカナダの新聞の組合も加入するようになり、一九七〇年代には、米国外でも活動している実態を反映するために「アメリカ通信労働者新聞同盟」に改称した。

うと、イサベルは逆に泊まってちょうだいと言い張った。

私が埃嫌いなのを知っているダニエルは、ジェイムズが泊まるところを世話してくれると言っているのになぜ断るのかと訝しがった。彼はこの話題をそれ以上深追いしてくることはなかったが、私の答えに十分に納得していたとは思わない。「新しい友達ができたからといって、昔の友達を捨ててはいけないと思うの。それにあなたはグリニッジ・ヴィレッジが好きだし、会いたい友達がたくさんいるでしょう。」これはすべて本当だったが、デイヴィッドと一緒に過ごしたらどういう反応をしてしまうか自分でも分からなかったというのも本当だった。

私たちがロシアン・ティールームでジェイムズに会ったときには、ジャック・オデルも来ていた。そのときまでに私はジャックが『フリーダムウェイズ』誌に掲載した南部における企業の力についてのエッセイを読み終えており、人種隔離政策を影で支えているものを見事に描き出していると思った。私は彼にそれを伝えたが、紛れもなくジャックのエッセイは権力者の感情を害してしまっていた。ジェイムズが予測したように、J・エドガー・フーヴァーは彼の言いなりになるジャーナリストを鉄床《かなとこ》として使い、二〇〇紙以上の新聞に載る記事を書かせてジャックを叩きのめした。私たちがニューヨークで一番気取ったティールームで会った三日前に、全国的に同時配信されるコラムニストのジョセフ・オールソップが、共産党が公民権運動に入り込んでいると主張し、ジャックをその極悪な例として引きあいに出す記事を出していたのだ。[*12] オールソップは、政府の役人からジャックは「筋金入りの共産主義者」だと聞いて以来、マーティン・ルーサー・キングは彼との付きあいをやめたと書いた。オールソップはさらに、キングはもともと非暴力に傾倒していたのだが、「共産党と協力することを受け入れ、共産党のアドバイスも受け入れてきた」と書いた。ついでにオールソップは、敬虔なキリスト教徒で非暴力の公民権運動家であるSNCCのジョン・ルイスの体面を汚すことも書いていた。SNCCのことを「スニック〔Snick〕」と綴り、オールソップは、ルイスは共産党員ではないものの、「武力闘争まがいの戦略を愚直に信じている。こうして、名の知れた共産党員たちは既にスニックにおいて何らかの役割を担い始めているので、スニックの戦略は共産党の戦略と大して違いのないものとなった」と書いた。

「あのどぎつい中傷記事には、ビッグ・ブラザー[*13]の指紋があちこちについているな」とボールドウィンは言った。

ダニエルは、「彼の記事では、COREにも共産党員がいるって書かれてたよ。だけど、キングを『主要な共産党の標的』と思っているのか、個人名は挙げていなかった」と言った。

私は、ジャックが政治的にどこの党に加入しているのかは知らなかったが、父が自分のことを共産党員だと言っていたこと、また、人々を東ドイツから密出国させるために命の危険を冒していたことをはっき

＊12　一九六四年四月一五日付の『ワシントン・ポスト』紙、『ニューヨーク・ヘラルド・トリビューン』紙、『ボストン・グローブ』紙などに「不幸な秘密（原題："An Unhappy Secret"）」として掲載された。

＊13　ジョージ・オーウェルの小説『一九八四年』（一九四九年刊行）に登場する架空の人物で、独裁的な指導者のことをいう。

りと覚えていた。父と私は二人とも、ソヴィエト連邦の非民主的な政治構造と抑圧的な国内政策および外交政策には反対だったが、ソ連が捨てた理想の多くを実践した。しかし私は、父の目的がファシズムとの対峙であったのと同様に、ジャックが真に熱心に訴えているのは人種差別の撲滅であることを知っていた。ジャックを攻撃する人たちは確かに、彼がキングの「ダイレクトメールによる資金調達人」として働いてきたことを知っていた。それは、革新的なコンピュータの技術を使ってはいたが、人種差別と闘ったこと以外、アメリカのものを脅かすようなことは何もしていなかった。彼は技術屋であって政策決定者ではなかった。しかし彼は、一市民として、力をもった資本家と南部の政治家に対抗心を燃やしていたので、FBIから共産主義者とのレッテルを貼られ、市民的不服従を実践しているキングや非暴力の公民権団体の信用を落とすことに利用されてしまった。私がジャックに名誉毀損で訴えたらと言ったところ、彼は、真剣に考えているよと答えた。

私たちはロシアン・ティールームから劇場へと向かった。裏方は舞台装置の仕事をしていて、俳優たちは話したり少し演技のリハーサルをしたりしていた。誰かが、芝居のメッセージ性に関する持論を説明しようとして、「ブルース・ミュージシャンの」ライトニン・ホプキンスのものだというあるストーリーを話した。それは、綿花の圧延工場が火事になっていることを工場主に伝えようとしている小さな男の子の話だった。その男の子は工場主の前に立ったが、息を切らしておりドキドキしすぎて言葉が出なかった。彼が口ごもるのを聞いて、工場主は男の子に対して話せないのなら歌えと言った。そこで、その男の子は「おお、ミスター・チャーリー、あなたの圧延工場は火事で焼け落ちています!」と声を張り上げたのだった。[*14]

デイヴィッドも見かけた。彼は兄の舞台で役をもっていて、舞台の反対側でリハーサルをしていた。彼が私に気づいたようだったが、すぐには近づいてこなかった。近くに来たときの彼は、見とれてしまうほど素敵で、私は再び聖エルモの火で覆われたように感じた。しかし、数時間後、舞台が終わった後になると、私たちは普通に会話することができた。劇場にいた他のすべての人たちと同じように、感情が洗われてしまったからだ。その劇の長期的な価値が何であれ、出演者たちはこの劇は迫りくる炎と同じくらい今この瞬間に重要であると信じていたようだった。〔俳優の〕リップ・トーンは、黒人の被害者の妻と恋に落ちる乱暴者の白人の地主という役に没入しすぎて、舞台後にボールドウィン兄弟や他の友人たちと一緒にパーティに出かけることができなかった。デイヴィッドもまた、別の理由で気が動転していた。彼は、セリフを忘れ、小道具を取り落としてしまった、こんなに演技がうまくいかなかったのは初めてだと言い、それを私が観客席にいたからだと言った。彼に頼まれて、私は初演日には見に行かないと約束した。

パーティ会場に行くため、私たちは四人組でタクシーに乗るために二手に別れ、私がひとつのグループ、ダニエルがもうひとつのグループのためにタクシーを呼んだ。というのも、ニューヨークではタクシーの運転手は黒人の乗客を乗せたがらないことで悪名高かったからだ。ダニエルも私もそのときまで知らなかったのだが、パーティはある俳優の誕生祝いで、その俳優というのは私たちがワシントンで懇意にしている美しい女性バーニス・フックスの弟だった。バーニスはＤＣでもっとも危険で打ち捨てられた地域で

＊14　曲名は「ミスター・チャーリー（原題：“Mr. Charlie”）」、一九六一年。

あるアナコスティアの〔低所得者のための〕公営住宅に住んでいて、劇やバスケットボール・チーム、その他にも若い人向けのスポーツや教育のイベントを企画していて、しばしば友達が参加しては協力していた。彼女はいつも自分自身の子どもの他に、一人か二人、時には三人の子どもを引き取って一緒に住んでいた。そして彼女は公営住宅に住んでいる子どもたち皆に、あなたには心配してくれる友達がいるのよと伝えていた。彼女の弟のボビー・ディーン・フックスはゲットーの劇団で芝居をしていて演劇に興味をもつようになったらしく、彼がDCを出てニューヨークに行ってからの成長ぶりを、バーニスはいつも私たちに教えてくれていた。

私がパーティ会場に到着したとき、主賓はロバート・フックスですと自己紹介したが、私がボビー・ディーンと呼んで温かいキスと抱擁をすると、彼は驚きながらも喜んでくれた。デイヴィッドも驚いていたが、ダニエルは先に着いて挨拶を済ませていたので、ボビー・ディーンを驚かせるという私の計画を台無しにしないよう静かに見守っていた。私たちは夫婦ともどもバーニスと知りあいで彼女を大好きなだけでなく、お兄さんのチャーリーとも友達で、そのお姉さんや弟ともパーティで一緒だったことがあると説明した。私たちは家族の集まりにも顔を出していたので、ボビー・ディーン――またの名をロバート・フックス――に会うのは、話は何度も聞いていたが会ったことのない親戚と会うような感覚だった。家族がワシントンDCで現在どうしているのかを話した後、彼は今、リロイ・ジョーンズという若い黒人の劇作家が書いた『ダッチマン』という芝居に出ているのだと言った。彼は私たちにぜひ芝居を見に来て欲しいと言った。その芝居は、イサベルのアパートから歩いてすぐ近くのチェリー・レーン劇場で上演されていたので、行けるかどうか後で返事すると言った。

パーティは、私にボールドウィンの小説『もう一つの国』のみだらな一場面を思い出させた。その中では、二人の主要登場人物がお互いに夢中になり、他の人たちが酒盛りで浮かれ騒いでいるアパートの暗がりでセックスをするのだ。はっきりと覚えていないのだが、その人物は、本の中で登場する唯一の白人女性だったのではないかと思う。ボビー・ディーン・フックスの誕生日パーティにはたくさんの俳優やコメディアン、ミュージシャン、デザイナー、ライター、その他にも芸術家や芸人が来ていて、小説の中のパーティよりもずっと盛大な宴だった。ユーモアに富んだ逸話や名言は、ほとんど常に自己卑下するか、逆に皮肉として自己を誇張する内容で、発せられるや否やゲラゲラ笑う声が続き、それが気取った手の動き、身体の動きによってさらに増大した。あるとき、私はほのかに灯りのついた寝室に迷い込んでしまい、そこでジェイムズ・ボールドウィンが一人でひどく寂しそうな様子でいるのを見つけてしまった。アメリカでもっとも率直に物を言う人物がここまで途方に暮れた様子でいるのは、信じられないことだった。私たちが静かに話をしていると、会ったことのない人が近づいてきて彼に手巻きのタバコを渡し、銀メッキのジッポ・ライターを取り出して彼のために火をつけた。ジェイムズは数回タバコをふかしたが、その様子を見て私は再びジョーン・クロフォードに似てるなと思った。それから彼は、タバコを私に渡した。私は、マリファナの匂いを嗅いだことはあったが吸ったことはなかった。普通のタバコを吸うときよりも深く吸い込むと同時に、落ち着いた様子を保とうとできるだけ我慢した。しかし、ひどく咳き込んでしまった。それで私は、ドラッグを吸い慣れているところを見せようと思い、さらに何回か吸ってみせた。

その晩の残りの時間は、極めて楽しかっただけでなく、素晴らしく感情が冴え渡った時間でもあった。私は明晰な会話と、ダンスと、音楽と、すべて同時に味わい尽くした。私はいまだにデイヴィッドに惹かれていて、マリファナ入り巻きタバコをもう一本吸った後はやたらとみだらな気分になり、暗がりがないかと思って周囲を見回し始めた。しかしそのとき、私がセックスをしたいと思ったのはダニエルとだった。

次の日、私たちは『ダッチマン』を観に行き、その後、ボビー・ディーンと一杯飲んだ。彼は与えられた役をこなしただけでなく、それ以上の才能を見せた。しかしその劇は明らかに、白人の魔性の女という著しく独創的な役柄を中心に描かれたものだった。飛び出しナイフのように斬新に、リロイ・ジョーンズは一幕劇の中で、ボールドウィンの大作が南部での抑圧について伝えようとしているのと同じくらい、北部の人種関係について多くのことを伝えようとしていた。ちなみにジョーンズは後に、彼の名前は「奴隷の」名前であるとして、アミリ・バラカに改名することになる。どちらの芝居も異人種間のセックスと白人による若い黒人男性の殺人を扱っていたが、ジョーンズは病的な人種差別に対する鮮やかな洞察力で観客を驚かせたのに対し、ボールドウィンの劇はあまりにもよく知られているアメリカの悲劇を厳しく非難したものだった。

『白人へのブルース』は、メドガー・エヴァーズとバーミンガムの〔一六番街バプティスト〕教会の爆破で亡くなった四人の子どもたちを追慕するものだった。そして、一九六四年の夏の最初の日〔六月二一日〕、観客たちがニューヨークのアクターズ・スタジオ劇場で『白人へのブルース』を観ているとき、さらにもうひとつの全国的な悲劇がミシシッピ州のネショバ郡で起きつつあった。ジェイムズ・チェイニー、マイケル・シュワーナー、アンドルー・グッドマンという、郡の教会の爆破事件を調査していた三人の公民権運動家が突然、行方不明になったのである。三人の活動家は、公民権運動の中でも、大部分が白人の中流階級であるおよそ一〇〇〇人の大学生を投票権を巡る闘争に巻き込もうという計画に参加していた。この着想は、南部以外からやってきた学生をミシシッピの黒人コミュニティに夏の間住まわせ、〔黒人の子どものための学校である「フリーダム・スクール」で〕教えたり、奉仕活動をしたり、あるいは自らも学んだり、ミシシッピ自由民主党（MFDP）を組織するのを手伝ったりしてもらおうというものだった。夏が終わると、学生たちは自分たちの地域社会や大学に戻り、経験を語るよう期待されていた。「フリーダム・サマー」として知られたこの計画の成果として、八月下旬の民主党全国大会でそれまでは白人だけだったミシシッピ州の代表に黒人を入れることが目指されていた。

CORE-LATOR

Published bimonthly by the CONGRESS OF RACIAL EQUALITY
38 Park Row, New York 38, N.Y. Subscription $2.00 a year
A National Organization with affiliated local groups working to abolish racial discrimination by direct nonviolent methods
James Farmer, *national director* Jim Peck, *editor*

JULY-AUGUST 1964 No. 107

THREE CIVIL RIGHTS WORKERS MURDERED

Andrew Goodman, James Chaney and Michael Schwerner were assassinated near Philadelphia, Mississippi, late at night on June 21. Their bullet-ridden bodies were found by FBI agents 44 days later buried in a newly-erected earthen dam six miles from town. Arrests are expected as this issue goes to press. Goodman was a student who had just arrived in Meridian from the Freedom Summer training center in Ohio. Chaney was a CORE Task Force worker and a native of Meridian. Schwerner also was a CORE Task Force worker who, with his wife Rita, had directed a CORE community center in Meridian since January.

THEIR STATION WAGON . . .

. . . charred and wrecked, was found on June 23 by FBI agents in a swamp on Bogue Chitto Creek. Former CIA Director Allen Dulles was dispatched to the scene by President Johnson and a Navy contingent joined the search. CORE National Director James Farmer flew to Mississippi to help press the inquiry.

(*Continued on Page 2*)

白人至上主義者に殺された３人の遺体が発見されたことを報じるCOREの機関紙（1964年7-8月号）

　行方不明になった活動家は三人ともCOREのメンバーだったので、全国本部は、私たちの良き友人でCOREのもっとも勇敢な問題解決人であるルー・スミスを調査のために派遣した。何日かして、ルーがワシントンに寄って司法省の人と話をし、私たちの家に立ち寄って一息ついた後にニューヨークに戻ったときも、まだ三人の若者は行方不明のままだった。彼は、チェイニー、シュワーナー、グッドマンが生きている可能性はほぼないだろうと言っていた。彼らは学生たちが到着する一日かそこら前にネショバ郡に行き、教会が爆破された事件と地元の黒人三人が殴打された事件を調べようとしていたのだが、すぐに逮捕されてミシシッピ州フィラデルフィアという近くの町の刑務所に連れて行かれていた。地元の保安官は、彼らはその晩の一〇時には釈放されており、その後に彼らに何が起こったのかは知らないと言った。ルーの意見では、若者たちは、警察やおそらく他にも役人が手助けして、クランに殺されたということだった。州や地元の役場、地元の新聞による反応の大部分は、これは捜査をするほどの事件ではなく、おそらく三人は「怖気づいて」家に帰ったか、キューバかどこかに隠れて「偉大なるミシシッピ州」の評判を傷つけようとしているのだろうといったものだった。セルトンの司法省での元上司のジョン・ドアーは、最初の日からかなり心配していたとルーは付け加えた。しかし、ミシシッピにいるFBIは当初、連邦法違反は何も起こっていないといって、調査をしようとしなかった。彼は、三人がまだ生きていてどこかに拘束されている場合に備えて、地元のCOREとSNCCは、捜査をするよう司法省に圧力をかけるべきだと言った。

　これが、メディアで「長く暑い夏《ロング・ホット・サマー》」と呼ばれたものの始まりだった。これは、赤っ首〔南部の無学で貧しい白人農業労働者〕たちと一緒に住み、働いた経験をもち、それが彼の情熱の源泉の大部分となっているウィリアム・フォークナーの作品から取った言葉だった。[*15] DCのCOREは司法省の前でピケを張ったが、行方不明になった仲間に何が起こったのかの捜査に大した進展がないので、私たちはSNCCとともに建物の入り口でロウソクを灯して寝ずの行をした。その間、私は実質的にＳＮＣＣのワシントンの事務所に住んでいるような状態だった。そして、毎日三時間のシフトで四回、司法省のドアの前で三人のためにロウソクを燃やし続ける行をしてくれる人たちの当番の調整のために電話をかけ通しだった。

残酷に殺された三人の犠牲者の遺体がネショバ郡の土堰堤の下でようやく見つかった日〔八月四日〕は、それまで白人のみが代表者になっていた州の伝統を破ってＭＦＤＰが議席を得たいと、民主党全国大会でデモをする準備を始めようとしていたときだった。民主党に対してだけおこなうというのを避けるため、サンフランシスコのカウ・パレスで先におこなわれた共和党の全国大会でも、我々は大規模なデモをおこなわなければならなかった。民主党の全国大会はアトランティックシティでおこなわれることになっていたので、ＳＮＣＣとＣＯＲＥは東部の都市の団体に連絡を取り、開会から閉会までの間、バス何台分かの人をよこして、有名な板張りの遊歩道で座ったりウロウロしたり、寝そべったりして欲しいと要請した。

ＤＣのＣＯＲＥの問題は――私たちはブルジョワだと私は言っていたのだが――、メンバーの大部分が連邦職員だったことだった。連邦職員は、ハッチ法によって特定政党の政治活動に参加することを禁止されていたのだ。自分の町での呪わしい詳細に気づいて、リンドン・ジョンソン大統領は、自分を大統領候補に指名する党大会でこういった疑わしい行動が確実に「企てられて《ハッチされて》」いるが、そういった行為は厳しく

＊15　『長く熱い夜（原題：*The Long, Hot Summer*）』（一九五八年）は、フォークナー原作の小説『村（原題：*The Hamlet*）』（一九四〇年）をマーティン・リット監督が映画化したものである。

訴追されるだろうと述べた。このときまでには、DCのCOREの委員長のジュリアス・ホブソンは〔組織内部での〕権威主義的な行動によって解任されており、新しい議長は、メンバーが仕事をクビになったり逮捕されたりする恐れのあるデモはおこなわないと宣言した。彼はまた、政府の仕事を辞めてデトロイトのウェイン州立大学で教えることにしたので、自分は議長を辞任すると付け加えた。

こういった混乱が続くなかで、私はハッチ法の対象とならない人たちや参加を禁止する決まりを無視しても良いという人たちを組織するのに駆り出された。そして間もなく、私はブロンクスのCOREから来たハーブ・カレンダーという魅力的な荒っぽい男と一緒にハワード大学の学生たちをアトランティックシティでのデモに勧誘する仕事に従事することになった。同級生たちに対する差別をなくすための仕事を放ったらかして〔遠いミシシッピの人たちのためにアトランティックシティ〕まで行ってくれる大学生が何人ぐらいいるかしらと思うと気が滅入ったが、アトランティックシティで党大会開会の槌が鳴らされたとき、バス二台分のDCからの人たちが遊歩道の上やら下やらにいたのだった。

第7章

一九六四年　ミシシッピ行き

一九六四年の八月に既にアメリカ合衆国大統領だったリンドン・B・ジョンソンは、変化を求める南部からの向かい風が吹いてはいたものの、〔同月二四日から二七日におこなわれた〕アトランティックシティでの民主党全国大会で自身が次期大統領候補として指名される流れになるよう、目に見えない舵取りをしていた。MFDPの党員たちはミシシッピ州の代表団に黒人を含めることを求めていたが、大統領は、マーティン・ルーサー・キング、ロイ・ウィルキンス、ホイットニー・ヤング、ベイヤード・ラスティンらを含む公民権運動の良識派の指導者を要人として扱うことで自分の支配下に留まるよう取り計らい、彼らから突きつけられた課題に応じる準備を整えていた。彼は実際、ギリギリになって、パトリシア・ハリス[*1]というアフリカ系アメリカ人の女性が候補者指名においてジョンソンを支持するよう仕向ける手配さえし

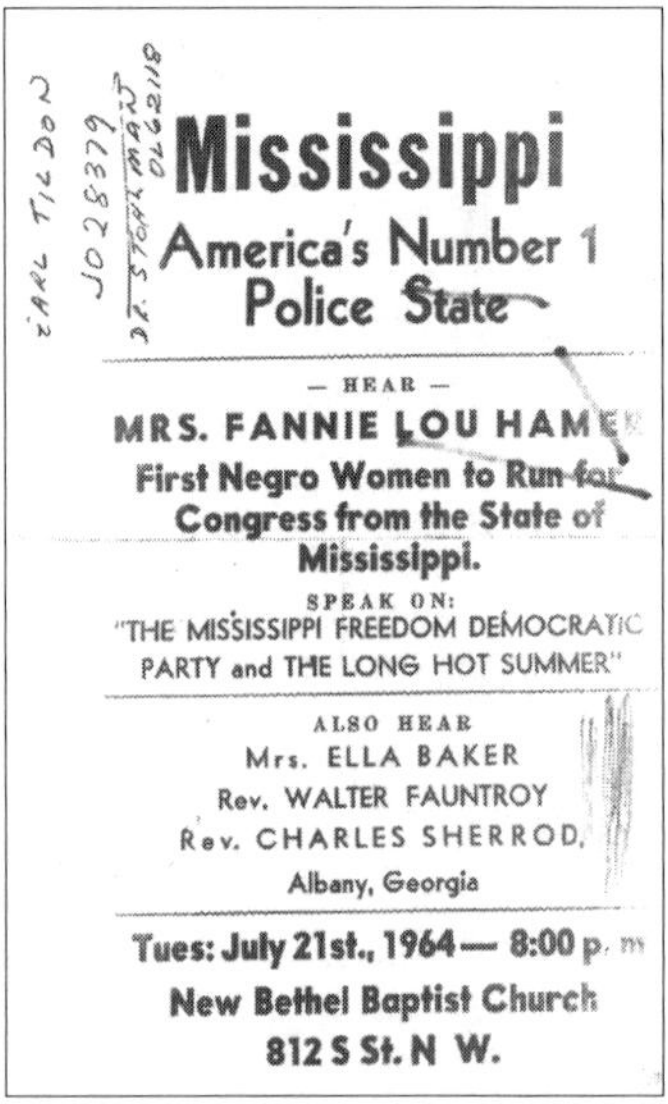

ファニー・ルー・ヘイマーの演説のチラシ（1964年7月）

た。しかし優れた政治戦略家であったジョンソンは、全員が白人であるミシシッピ州代表の「常連」から議席を奪おうとはしなかった。そのようなことをしたら、少なからざる人数の南部の代表が離脱する事態を招くだろうし、そのような分裂が生ずれば彼の再選の望みはほぼ間違いなくついえると思ったのである。後に我々も実感するのだが、彼は辣腕であると同時にとても不安定な立場に立たされていた。

この党大会で起きたことは、リンドン・B・ジョンソン大統領も予期していなかったであろう。MFDP代議員団の中の一人の暗黒星が証言をおこない、何百万人もの人たちが見守るテレビ画面で輝き始めたのだ。彼女の南部的な素朴な輝きは、大統領自身の輝きをまるで日食のようにひととき覆い隠した。この人物、ファニー・ルー・ヘイマーがテレビに映る時間を短くしようと必死の対抗策が取られたが、彼女の個人的な魅力は、〔海沿いにある〕党大会の会場を係留綱から解き放って、海のほうまで運んでいきそうな勢いだった。彼女はシェア・クロッパー*2の娘で、刑務所での殴打によって殺されかけるような目に遭っても口を閉ざさなかった勇気ある活動家だった。白人至上主義者らがミシシッピの黒人たちにこれまでどのような仕打ちをしてきたかを彼女が語ったとき、テレビを見ていた人たちは、そのどんよりとした瞳と枯れた声から、彼女が経験してきた苦しみを理解したのだった。

党大会会場の中の議論がくすぶり続ける一方で、近くの遊歩道にいた抗議者たちは座っておしゃべりしたり、もうすぐ起こりそうな直接行動の話をしていたりした。私たちはまた、デイヴィッド・デニス、ストークリー・カーマイケル、ワシントン大行進以来の友人のエド・ブラウンなど、COREやSNCCの筋金入りのメンバーの激励演説も聴いた。三週間前、デニスはネショバ郡で殺された三人のCOREメンバーのうちの一人であるチェイニーの追悼演説をおこなったばかりだった。ここでもそのとき〔ミシシッピのチェイニーの地元でおこなわれた葬儀〕と同様に、公民権運動家の命と投票をしたいと願う黒人の命を政府の役人が守ろうとしないことについて、デニスは熱情的に語った。エドは、あるときは説教でもするように、あるときは皮肉めいた口調で、ジョンソン大統領がミシシッピで過半数の票を取るには黒人票が必要だと主張した。ストークリーは、「アメリカ独立革命のために初めて自分の命を捧げたのは黒人のクリスパス・アタックスだった。クリスパス・アタックス[*3]はバカだったたんだ！」というようなことを言っては、

＊1　アトランティックシティの民主党全国大会にはワシントンDCの代表として出席していた。後に、ジミー・カーター政権時に住宅都市開発長官、保健教育福祉長官、保健福祉長官を務めた。

＊2　分益小作人。南北戦争後の南部で、農園主から土地、種子、肥料、家畜、農器具などを借り収穫物の一部で小作料を納める小作農民のことをいう。南北戦争後に解放された元奴隷の多くが自作農になることができず、シェア・クロッパーとなった。小作料は通常、収穫の三分の一から半分に及び、元奴隷たちは結局、債務奴隷的な立場に陥りプランテーションに縛りつけられることとなった。

聞いている人にショックを与えるのを楽しんでいた。きっと、こういう話し方は、生徒のほとんどがユダヤ人だったブロンクスの高校[*4]で覚えたのだろう。彼はまた、ゴールドウォーター陣営の保守派[*5]は勇ましいことを言っているが、リベラル派のほうが度肝を抜くことをやらかしそうだとも言った。しかし彼は、ときどき調子っぱずれになりながらも、黒人の誇りを教え込もうと真剣だったのだ。私は、アメリカ青年民主党[*6]の一団がアメリカ・ナチ党の起こしたカウンター・デモを暴力的に蹴散らしたことを彼はうらやましく思っていただろうと思う。

　党大会がＭＦＤＰに議席を数席与える申し出をしたと聞いて、遊歩道にいる皆は喜んだ。明らかにファニー・ルー・ヘイマーの証言のおかげだった。そして、私たちの大部分は、全国の公民権の指導者や彼らの弁護士までもがその申し出を受けるようにと忠言したにもかかわらず、ＭＦＤＰ代議員団がこれを断ったことを誇らしく思った。というのも、その申し出は、投票権をもたない全州の代表として、全員が白人で占められたミシシッピ代表団とは別に二議席くれるというものだったのだ。主義の問題として、一般に認知されている代表団の中の投票権のある議席しか受け入れないと言い張ることは、勇気のいることだった。なぜなら、ミシシッピ州やいくつかの市の政府がＭＦＤＰを「正式な代表」の議席を奪おうとした罪で起訴しようとしていたので、その申し出を受け入れる取り引きをすることは彼らを守るのに役立ちそうだったからだ。ある時点で、デモ参加者は党大会の会場で気もそぞろに「座り込み」をした。私たちはすぐに元の場所に戻ったが、ＭＦＤＰ代議員団はミシシッピ州の代表団の席に座り、離れることを拒んだ。これが唯一の理由かどうかは分からないが、全員が白人のミシシッピ州代表団は退出し、党大会を非難した。

白人の報道機関は、ＭＦＤＰが「妥協案」を拒否したことを「単純なことしか理解できない者が政府の転覆を図っているようなものであって、片意地を張るよりもたちが悪い」と報じた。白人だけでなく黒人の中にも、遊歩道のところに出てきて私たちを怒鳴りつける人がいた。怒鳴っていたうちの一人は、候補者指名でジョンソン支持に回るようにと間際になって起用されていた（そして後に入閣した初の黒人女性となった）例の女性（パトリシア・ロバーツ・ハリス）だった。ダニエルは彼女からあまりにも厳しく叱責されたのでずっと落ち込んでいたが、それもベイヤード・ラスティンが出てきてエド・ブラウンの助けを借りて演説者用の壇になっているテーブルによじ登るまでのことだった。報道陣のカメラ・クルーが駆けつけると、ラスティンは公民権運動をするなかで自分が経験してきたあらゆる困難について長い独演を始めた。

＊3　独立戦争の前触れとなる一七七〇年のボストン大虐殺において、イギリス軍に殺された先住民と黒人の混血の水夫と言われている。

＊4　カーマイケルは、理系のトップスクールとして有名なニューヨークのブロンクス・サイエンス高校を一九六〇年に卒業し、ハワード大学に進学している。

＊5　バリー・ゴールドウォーターはアリゾナ州選出の連邦議会上院議員で、一九六四年の大統領選に出馬し、七月におこなわれた共和党全国大会で党の大統領候補に指名された。小さな政府、政府の市場経済への介入の限定化、強硬な反共路線などの保守的な政策を打ち出した。

＊6　一九三二年に設立された民主党の青年部。

殴打され、刑務所にぶち込まれ、中傷を浴びせかけられてきた。何年間も辛い挫折感に満ちた仕事をしてきてどんなに疲れ果てているか。その証として見せられるものは傷跡ぐらいしかないと。

「今、私に活動を続けさせているもの、すなわち、朝起き上がって服を着替え仕事に戻る力を与えてくれるものは」ここで彼はいったん話を止め、ぽかんとした聴衆を見渡し、「ジンだけだ！」と言った。私たちが割れるような拍手喝采を浴びせると、彼はズボンの足に半分隠れていた瓶を取り出して掲げ、大きく振ってみせた。彼は続けて、MFDP代議員団は見せかけの申し出を断って絶対に正しかったと述べた。「なぜなら、いまや民主党は党内の人種差別をなくすという本当の改革を迫られているからだ。」彼は、私たちにそれぞれの地元に帰って〔一一月の選挙に向けて〕組織票をまとめ、私たちが選んだ政治家たちが「少しでも不誠実さの点でましに」なるよう「油断せずに」動くよう頼んだ。

エドは、彼のかつての助言者がテーブルから降りるのを手伝いながら満面の笑みを浮かべていたが、私は、彼の目は涙でかすんでいるだろうとも思った。数年前、ラスティンはエドに、インドでガンディーの教えを学んだときに手に入れた水彩画をあげた。ワシントン大行進の後、カール・マルクスの原文のドイツ語の文章を翻訳するのを手伝ってくれたお礼といって、エドはその絵を私にくれた。私は、あまりにもすごいことなので、それが本当にガンディーがラスティンにくれたものなのかどうか疑っていたが、黒いベレー帽、黒いタートルネックを着てサングラスをかけるのが好きな飛び切りたくましいエドが、老いぼれの悪党であるラスティンを大好きであることは全く疑わなかった。

党大会の最後の日の晩、ダニエルは既にDCに向けて出発していて、私は他の数百人のデモ参加者たちと一緒に遊歩道に座っていた。私たちは皆へとへとに疲れていて、家のきれいなシーツで寝たいと思っていた。そのとき、ジョンソン大統領の誕生祝い〔八月二七日〕が始まり、私は圧倒されてしまった。誕生日を祝っている人たちが風船か何かを飛ばしていたのはぼんやりと覚えているような気がするのだが、私は頭の真上で炸裂する花火の光景と音に全く心の準備ができていなかった。閃光の中にいると、一九六四年ではなく一九四三年のドイツのハンブルクでイギリスの爆撃部隊が起こした火事あらしの中にいるように感じられた。完全に怯えて、私は胎児のような姿勢でうずくまって泣き叫び始めていたに違いない。しかし、私はすぐに現在に戻ってきて、私にかけてくれている慰めの言葉、さすってくれている手、危険から守ってくれている身体の数々に気づいた。私が爆弾とか遺体が燃えているといったことを口走っているのを聞いた誰かが、今、打ち上げられているのはただの無害な花火だと教えてくれた。私は頭では素早く状況を理解したと思うのだが、すっかり落ち着いて誰かの温かい膝で眠りに落ちるまでにはしばらく時間がかかった。

翌朝、私は元気になったので、寝袋がわりにしていた大きなバッグと身の回り品を嬉々として片づけ、新しい友達と住所を教えあい、バスに乗る人のリストのチェックをした。私は、ダニエルと息子のいる家に帰るのを楽しみにしていた。ここ数ヶ月間あまり考えたことはなかったけれど、翌日の朝には私にとってものすごく重要な予定が入っていた。朝九時までにボルティモアにある連邦裁判所に行けば、私は宣誓をしてアメリカ市民になれる手はずだった。この地点に辿り着くまでには、かなり時間がかかった。おそらく公民権のグループの人たちと付きあっているためだろうが、私は他の人たちよりも広範囲にわたる調

By Wally McNamee, Staff Photographer

NEW CITIZEN MARIONE INGRAM
. . . a survivor of persecution now fights it here

Death Camp Survivor Joins Rights Drive

Marione Ingram heard the the fireworks exploding at the Democratic National Convention last week and had difficulty convincing herself that she was not hearing the bombs she narrowly escaped in her native Germany during World War II.

"I was absolutely terrified," she said yesterday, "Of course I knew better, but I could hardly believe it wasn't really the bombs."

It is because of those wartime memories that she has become active in the civil rights struggle here. "I just can't get over the feeling that as long as anyone is being persecuted, it can happen to me again," she said.

Mrs. Ingram, who is 27 and the mother of a 3-year-old son, became a U.S. citizen two days ago. She became interested in the civil rights movement when she worked as a volunteer in the March on Washington a year ago.

She said that although things in this country are far from perfect, she is grateful that here at least she is permitted to protest what she calls "oppressive conditions" for Negroes.

花火の音を聞いて著者がドイツでの爆撃を思い出したと報じた『ワシントン・ポスト』紙の記事（1964年8月30日）。記事では「強制収容所帰り」とされている。

査を受けなければならず、また、一九五二年にアメリカに来て以来、六ヶ月ごとに保証人になってくれる人を二人手配しなければならない面倒が続いていた。どういう理由なのかきちんと説明されることもなく、誰がなる場合でも六ヶ月以上の期間まとめて保証人になるというのはできないと言われていた。しかし、友人たちは最後まで協力してくれたし、とにもかくにも私は宣誓をする予定だった。

ところが、アトランティックシティ最後の日の行事と仕事は予定よりも長引き、空席のあるDC行きの最後のバスを逃してしまったことに、暗くなった後に気づいた。そのバスに乗らなければならなかったのに！　ご心配なく、誰かに乗せて行ってもらうわ、と私は思った。しかし、全く突然、私と同じ方向に行く人が一人も残っていない状況になってしまったのだ。私って何てバカなんだろうと思い始め、いささかやけっぱちな気分になった。というのも、市民になるチャンスを裁判所がまたすぐにくれるとは思えなかったからだ。誰かが、ＭＦＤＰのバスに乗ったらどうかと勧めてくれた。そのバスだったら出発が遅れていてまだいるし、南部まで帰る途中でワシントンの近くも通るからと。私は全力疾走で駐車場を横切ってバスのところまで走っていき、息を切らしながら、開いたドアの外で紙ばさみの板を持って立っていた若いきれいな女性の慈悲にすがるべく近寄った。彼女は、私が説明をしようとするとそれを遮って、

「ごめんなさい。空いている席はないわ」

とぴしゃりと言った。

私が息を整えながら、次にどうするかと考えていると、バスの中からしわがれ声で

「お嬢さんよ、私の席に座るといいよ。私は他で探すから」

と聞こえてきた。

私か紙ばさみの若い女性が返事をするよりも早く、二つの温かい手が私をバスの中に引き入れ、支えてくれた。そして気がついたときにはミセス・ファニー・ルー・ヘイマーが一緒の席に座ってくれることになっていた。

バスが出発したのは真夜中過ぎだったが、私たちはどちらも寝なかった。代わりに、私たちはお互い、どこの出身でどういう経緯でアトランティックシティにやってきたのかを話した。私たちのそこに至るまでの旅はあまりにも違っていた。私たちが一緒の席で旅をするというのは信じられないことのようでもあったが、同時に、必然であるようにも感じられた。暗闇の中で、私は高速道路ではなく宇宙を旅しているような気分になった。ミセス・ヘイマーも、私たちの出会いは特別だと感じていたようだ。なぜなら、

これは私たちの関係のほんの始まりよと約束してくれたのだから。

ダニエルを除いて、前の晩に思い出したような子どもの頃の辛い体験について、私は他人に、とくに会ったばかりの人に話すことはほとんどなかった。その日の昼間、話を聞きつけた『ワシントン・ポスト』紙の記者の取材に柄にもなく応じたのだが、彼は思い出したくもない出来事についてたくさんの質問をしてきた。新たに呼び起こされた記憶が私の中にまだ残っていて私自身もおどおどしていたのだが、暴力的な人種憎悪を経験してきた強い女性と一緒にいることで心強く感じた。おそらくそのおかげで、私は子どものときにどのように感じていたか、大人として今どのように感じているかについて、心を開いて話すことができた。彼女は、遊歩道で起こった出来事について聞いたのだけど、詳しいことは知らないのと機転を利かせて言った。彼女は、私はユダヤ人で、空襲の間、母と私は防空壕や教会に入れてもらえなかったことがあるという話をしたとき、驚いた表情を見せなかった。後になって、私がバスに乗ってきたとき、花火で気が動転して倒れた人ではないかと思ったと言った。彼女は古くからの伝承に出てくる賢い巫女のような容姿と声の持ち主だと私は思っていたので、どうして分かったのかはあえて聞かなかった。

ミセス・ヘイマーの目は悲しげで口調は厳かだったが、会話をしているときは微笑んだり笑ったりしてくれた。彼女は、穏やかに笑うこともあればゲラゲラと笑うこともあった。彼女は、クー・クラックス・クランや白人市民会議、政治家たちの独り善がり、友人たちの困惑、警察の残虐さ、北部の大学生たちのばか正直さ、そして運動の混乱を笑った。身体の肉をそぎ落さんばかりに殴打されても、彼女の意志やユーモア・センスが弱らせられることはなかったのだ。彼女は、ミシシッピという言葉を口にするとき、見逃してはならないとんでもない見世物であるかのような響きをもたせた。子どもの頃から畑で働かされて白人たちにゴミのように扱われてきたけれども、彼女はそれでも、そこに住んでいる黒人だけでなくミシシッピ州自体を愛していた。はっきりとは言わなかったけれども、自分が死ぬかジム・クロウ制度がなくなるかのどちらかまで、ミシシッピで闘い続ける決心なのは明らかだった。ときどき、笑いが収まると、彼女は私の手をぎゅっと握り真面目な顔をするのだった。「あなた、来ると約束して。大学生の男の子たちが帰ってしまったから、余計に重要なんだよ。彼らは私たちがミシシッピで運動を始めるのを手伝ってくれたけど、私たちはこれからも続けないといけないんだから。じゃないと……」彼女は頭を振り、夜の影が過ぎ去っていく窓の外を見ていた。

私が彼女にダニエルとダニーの話をすると、彼女の表情に明るい笑顔が戻った。「息子と旦那も連れておいで！」彼女は言った。「これは子ども皆にあてはまることだ。ミシシッピの白人のやつらは私の言うことを聞こうとしないが、子どもたちのために生きられる場所を作ってあげなきゃいけない。彼らにはチャンスをあげなければ。私を手伝ってくれるよね。」

私がミシシッピに行くと約束したとき、彼女の言葉と私の言葉が私の身体の中で響き渡った。私が既に長いことその道筋を辿ってきていたことを私の身体は知っていたのだと思う。

ワシントンの郊外でバスを降りたとき、私は全く疲れを感じず、ミセス・ファニー・ルー・ヘイマーがお別れの抱擁をしてくれたときの温かさに包まれていた。しかし、私は道路上の広い場所にぽつんと一人きりだったので、斜めに差している朝日がありがたかった。午前四時のトイレ休憩のときに電話した夫がバスが去って間もなくやってきたときには元気になった。ダニエルと一緒に友達のローラもやってきた。ローラは、両手に小さなアメリカの国旗をしっかりと握った息子を抱いていて、その様子は私がもうすぐ市民権を得るのを祝福してくれているようだった。

ローラの肌はミセス・ヘイマーと同じ色だったが、すべすべしてなめらかでミシシッピの太陽に照らされたことはなく、襟ぐりの深い白い絹のブラウスによって美しく引き立てられていた。息子は黒いカウボーイ・ハットをかぶり、公民権のバッジをたくさんつけたデニムの上着を着ていた。さらに濃い色のブレザーを着た夫も加わって、私は自分がヨレヨレの乱れた服装であることを思い出させられた。ジーンズに男物のシャツを着たまま三晩も遊歩道で寝泊まりし、背中まである髪はとかしておらず、胸には「一人一票」を主張するへこんだバッジをつけていた。しかし、身なりを整えている時間はなかった。ローラがハンドルを握り、私がダニーを抱っこし、夫は市バスでDCにある職場へ向かった。集合時間には遅れてしまったが、誰かが「全員起立！」と叫び、ようやく判事が入場してくるまでに四五分はあった。

黒い法服を着て、集まった志願者よりもはるかに高いところにある机に座った判事は、アメリカの市民権を得られるとは私たちがいかに幸運であるかを痛感させようとした。彼は、ここは機会の国であり誰もが能力に応じてどこまでも上昇できると語った。また彼が、ここには四八人いて四八の別々の国から来ていると言ったところ、ざわめきがおこり、人々は周囲の人をチラチラと見回した。ローラと私も首を伸ばしたが、見たところアフリカからの子孫はローラ一人だった。たいていの人は裕福なヨーロッパ人のようで、私は意気消沈し始めた。しかしローラは、「がっかりしてはダメよ」と言っているような明るい笑顔を私に見せてくれた。

運良く、判事の説教は短かった。彼は公民権運動とヴェトナムで激しくなってきている戦争について話すことはなく、厳かな口調で「市民としての責任を負うこと」について話した。私は、それは年齢、性別、健康状態などに関わりなく、どの志願者もアメリカのために喜んで武器を手に取って戦うことを誓わなければいけないということだと解釈した。話が終わると、全員で忠誠の誓いを言わされ、ローラとダニーはうれしそうに唱和に加わった。その後、個人個人に正式に市民証明書が手渡されることになった。証書は一つひとつ巻かれて赤いリボンで結ばれていた。

判事は、DARの「ご婦人」が証明書を手渡しますと言った。ピンクと白のストライプの綿のスーツを着てフリルの襟のついたピンクのブラウスをジャケットの縁から覗かせた五〇代のその「ご婦人」は、判事の机の前で事務官の隣に立ち、濃紅色の口紅を塗った唇を開けずににっこりと笑った。ジャクリーン・ケネディがかぶっていたことで流行り始めたピンクの円形の縁なし帽が、よそ行きに巻いた金髪の上に載っていた。白い手袋と靴が彼女の装いを完成させていた。

私たちの名前がアルファベット順に呼ばれると、新しい市民はそれぞれDARのご婦人のところに歩いて行って、彼女が手袋をした左手で優美に高く掲げた証明書を受け取った。手渡す前に彼女は「アメリカにようこそ」と言い、にっこりとした笑顔を向け、白い手袋をした手で握手をし、それからやっと羊皮紙に似せて作られた証書を手渡した。私の番になったとき、ローラがダニーを抱いて私のそばを歩いた。しかし、私たち三人の姿は明らかにDARのご婦人の青い血管を流れているものを固まらせたようであった。

彼女の目は、まるで私たちが彼女のピンクの服を引き剥がし、外国人たちの前で裸をさらさせる害獣であると言わんばかりに、恐怖のあまり生気を失っていた。彼女は両手を引っ込め、ぽっかりと開いた濃紅色の唇の口角は下がり、しまいには悲劇役者のお面のようになった。どうしたら良いか分からなかったので、私は膝を曲げておじぎし、笑顔を作り、右手を差し出した。彼女がお尻の後ろに証明書を持ったまま手渡すことができないことが分かると、私は一歩前に出て手袋をした彼女の手からそれを引ったくった。

「こんちくしょう！」と私は快活に言った。とはいえ、近くにいた人たちには聞こえるくらいの大きな声で。それから私は再び膝を曲げておじぎし、ローラ、ダニーと私は向きを変えて裁判所の通路を出口のほうに歩いて行った。出口に辿り着く前に、ダニーは旗を振り、「勝利を我らに」を歌い始めた。笑いそうになるのをこらえながら、ローラと私も調子を合わせて歌った。

次の週、私はミシシッピ滞在の準備をした。ミセス・ファニー・ルー・ヘイマーが勧めてくれたように、私はSNCCで働くことを志願し、ハワード大学のSNCCの学生指導員たちから非暴力直接行動について教えてもらった。私はまた、「運動」の内外の友人たちからたくさんの警告を受けた。チェイニー、シュワーナー、グッドマンの殺人犯はまだ捕まっていなかった。ルー・スミスは「彼らはライフル銃をピックアップ・トラックの荷台に載せていて、白頭巾をズボンの後ろポケットに入れている」と教えてくれた。彼も学生指導員たちも両方とも、今は選挙の二ヶ月前で、公民権の運動員にとってものすごく危険なときだと何度も言った。私たちの仕事は何よりも、アフリカ系アメリカ人たちに有権者登録をさせ、投票所まで行かせることだった。それは、ミシシッピでは極刑に値する罪だった。ルーも学生指導員たちも行くなとは言わなかったが、ルーは安全が守られるか心配だとはっきりと言い、学生指導員たちは私の訓練期間中、私を挑発しては「冷静さを失う」ことなくいられるかどうか、懸命に試していた。

学生指導員たちの非暴力に対する態度は様々だった。個人的な信念として信じている人もいたし、必要な戦略だとは思うものの、暴力に満ちた今日の社会でうまくいくのか疑問に思っている人もいた。しかし皆、農奴の境遇に似た状態から〔アフリカ系アメリカ人〕皆を抜け出させるという目的を達するためには、自衛する権利さえ進んで放棄していた。

ダニエルは南部育ちで危険については痛いほど分かっていたにもかかわらず、私にミシシッピに行くなとは決して言わなかった。彼は冗談で、彼の母親の作った南部料理を私の胃が受けつけなかったことを引きあいに出して、私は南部にそう長くはいられないだろうと言った。とはいえ、すぐに「まあ、母はそれほど料理が得意じゃないんだけどね」と白状した。しかし、私の母が「行ったらダメだと言ってちょうだい」と電話でダニエルに頼んだとき、彼は母に「行かないように言っても無駄だということは、お義母さんが誰よりもよくご存じでしょう」と返答したのだった。

「もし僕が両足を骨折すれば彼女を引き留めることができるのだとしたら、僕はそうするでしょうけどね。」彼は付け加えた。「でも、ドイツでの出来事があるからこそ、彼女は行かなければならないと思っているんですよ。」

母は答えなかったがすぐに電話を切ったので、ダニエルはひどく罪悪感を覚えた。彼は折り返し母に電話をして謝りたいと思ったが、私は彼に、彼女は過去のことについては私とでさえ話しあおうとしないと言った。彼女にとってはいまだに辛すぎる出来事だったのだ。そうと分かっていながらも、私は、自分がミシシッピに行くことでむしろ母と私の距離が縮まることを願った。父は、とても温かく私の決断に答えてくれた。ダニエルのように、彼は、私が行かなければならないことを理解してくれた。また、母同様、DCのCOREのメンバーの中には子どもを「見捨てる」べきではないという人もいた。それに答えるとき、私はミセス・ファニー・ルー・ヘイマーの言葉をそっくり真似て、私は子どもたちのために、すなわち自分の子とミシシッピの子どもたちと両方のために公民権運動をやるんだと言った。

白人が黒人の自由のために何ができるか、SNCCの面々が私の応募について検討し話しあっている間に、私はミシシッピ州ジャクソン行きのバスの切符を買った。SNCCの人たちの判断がどうであれとにかく行こうと思い、また、バスで行くのがもっとも目立たない方法だろうと思ったのだ。私は、ミセス・ファニー・ルー・ヘイマーに行くと約束したし、到着しさえすれば、私が役に立てる仕事を彼女が見つけてくれるだろうと思った。結局、出発前に「フィールドワーカー」としてSNCCに受け入れられることになったと知らせがあった。私はまずジャクソンのリンチ通りにあるSNCCの本部に出向き、そこで、モスポイントという町で活動しているチームでの仕事についての簡単な説明を受けることになった。ワシントンDCのトレイルウェイズのバスターミナルで、私は夫に十分に注意するからと約束した。ダニーにも、赤い消防車をお土産に持って帰ると約束した。そして、ストークリー・カーマイケルが地球上でもっともセクシーな男性だと思っているローラには、彼がときどきつけているピアスを持って帰ってきてあげると約束して笑わせ、溢れる涙を止めさせた。

ルー・スミスは、クランのやつらは私がトレイルウェイズに乗るとは思わないだろうから、裏をかいて乗るのが良いと言った。というのも、トレイルウェイズは黒人の運転手と事務員を雇っていなかったので、COREはボイコットをしていたのだった。ルーは、私が働くことになっている連合組織評議会（COFO）の地区内における「安全状況」が気に入らなかった。その地区は、三人の運動員が殺されたところだった。COFOとは、カウンシル・オブ・フェデレーテッド・オーガニゼーションズの略で、フリーダム・サマー計画に参加している公民権組織の統括組織だった。[*7] 夏の終わりに、これらの組織はミシシッピから引き上げるか現地スタッフの数をかなり減らすかしていた。SNCCが中心となり、COREの運動員も少し残り、地元のNAACPの支部も一緒に、一一月の州全体の選挙にできるだけ多くの黒人を投票させようとしていた。彼らは、正式な投票と、それと並行しておこなわれる、正式な投票を拒否されたアフリカ系アメリカ人たちも投票できる「自由のための投票」の両方での投票を奨励していた。ルー・スミスによると、他の主流の公民権や宗教の組織がいないので、SNCCの運動員の安全対策はあまりにも手薄になっていた。彼は、「連絡を絶やしちゃダメだよ。それから、何かあったらためらわずにその場を立ち去って逃げること」と警告した。

まだ夏のことで、バスに乗っている時間は長く、暑かった。バスの中ではすることもあまりなく、本を

＊7　COFOは、ミシシッピ州の有権者登録運動を監督するために一九六一年に設立され、NAACP、SNCC、COREの他、SCLCも参加していた。

開いたり窓の外を見たり、ダニーやダニエルのことを考えたり、ルー・スミスの「ためらわずに逃げろ」という注意事項について考えたりした。ミシシッピに近づくにつれ、地面の色は赤くなり家々は貧しくなっていった。多くは岩を少し積み上げた上に建つおんぼろの小屋だったが、それでも人が住んでいるのだった。ひどい臭いのするトイレで休憩を取ったとき、しわのある日焼けした首の二人の男が私に興味をもっている様子なのに気づいて、私は心配になった。兵士の一団がウロウロしているのを見つけて、難を逃れようと私はその中に駆け込んだ。誰かマッチをくれないかと尋ねると、代わりにタバコ数箱とライターが返ってきたので受け取った。怪しげな赤っ首たちはすぐに興味をなくしたようだったので、私は火をつけるときにわずかに手が震えるのを止めることができなかったものの、うまいこと助かってほっとした。

ストークリー・カーマイケルはジャクソンのSNCC本部にいなかったので、彼が本当にピアスをしているのかどうか確かめることはできなかったが、アトランティックシティでMFDPのバスの外に立っていたきれいな若い女の人がいた。彼女はモスポイントのプロジェクト・リーダーの名前を教えてくれた。そして私に、有権者登録運動に加えて、メキシコ湾岸にあるモスポイントより大きいパスカグーラという町でフリーダム・スクール[*8]を開いて欲しいと言った。それと、パスカグーラの造船所で働く黒人たちの組織を作るのを手伝ってとも言われた。私が今まで学校で教えたことはないと言うと、彼女はにっこり笑ってあなたは飲み込みが早そうよと言った。彼女は、アドバイスや何か必要な道具が欲しいときに頼めそうな女性の名前を教えてくれたものの、間に合わせのもので作ってやりくりするしかないだろうと実情を明かした。

コートランド・コックスというニューヨーク訛りの大柄な男性からは、温かい人柄がにじみ出ていた。彼は非暴力と私たちが直面しているいくつもの危険についてさらに詳しい説明をしてくれた。彼はストークリー・カーマイケルと同じくハワード大学に行っており、アトランティックシティでのMFDPの取り組みに参加しただけでなくDCでも公民権の運動をしてきた人だった。今までお互い紹介を受けたことはなかったが、私は彼を何回か見たことがあったし彼のほうは私のことをかなり知っているようだった。彼は、逮捕につながるような対立の類はとにかく避けるようしなければいけない、選挙前の数週間はとりわけ気をつけなければいけないと私に言い含めた。

「警察がしつこく何か言ってきたら、何も言い返さずとにかく言われたようにすること。あなたには今みたいな素敵な笑顔でいてもらいたいからね」と彼は言った。私は若い頃、歯が大きいことで悩んでいたのだが、彼の歯も私と同じくらい大きくて笑うと素敵だったのでうれしくなった。彼はまた私に、SNCC

＊8　ミシシッピ・フリーダム・サマー計画の最中、有権者登録運動と併せておこなわれた事業で、公立学校での黒人用の教育が十分でないことに鑑み、白人ボランティアたちが黒人教会の建物などを利用して、主として六〜一八歳の子どもたちに無料で読み書きや、数学、フランス語、タイピングなどの科目の他、公民権や黒人史を教えた。一校あたり五〜六人の教師で五〇〜一〇〇人の子どもを教えるのが標準的で、一九六四年七月二六日の時点で州内の三八校に二〇〇〇人以上が通っていたという。（Sandra E. Adickes, *The Legacy of a Freedom School*, New York: Palgrave Macmillan, 2005, p.103.）

が支払う額はミシシッピの浮浪者の罰金よりも少ないくらいしかないから、ワシントンのCOREに少し給料をもらえないか聞いてみると良いよと言った。

「あなたが役に立つ存在になればなるほど、白人《ミスター・チャーリー》は邪魔をしてくるようになるよ」とコートランドは言った。「他のCOREの支部では、運動員たちが刑務所に入らずに済むよう保釈金のカンパをしているし、DCのCOREには同じことをするだけの資力がちゃんとあるよ。」事務的な会話を終えた後、彼は私にDCの活動家たちの動向について聞き、私はミセス・ファニー・ルー・ヘイマーについて尋ねた。コートランドは、おそらく彼女は州内のルールヴィルというところで懸命に活動をしていると言った。「だけど、あちらこちらに行っているみたいだ。決して止まることはないから！　あなたがここに来ていることを彼女が知っているか、確かめてみるよ。喜ぶだろうからね。」

若くて肌の色が明るく、額が広くて沈着冷静な、アイバンホーというロマンティックな名前の黒人の青年がトレイルウェイズではないバス停まで車で送ってくれて、私がモスポイント行きのバスに乗るまで一緒に待っていてくれた。バスの席の開いた窓から、帰ろうとして振り返った彼に警察官が近づいてきたのが見えて、私はうろたえた。アイバンホーが自分は姉がバスに乗るので見送りに来ただけだと警察官に言っているのが分かったとき、私は頭を引っ込めて暗い影の中に入るようにし、手を頬に当てて隠した。バスが停車位置からゆっくりとバックして動き始めたとき、警察官はアイバンホーから目を離して私のほうを見、また彼を見た。アイバンホーは手を振り、私も手を振った。バスが向きを変えて発進し順調に走り出すまで、うまい具合に警察官からは見えないようにできた。

ハティスバーグや小さな町を二〇以上も通り過ぎながら、私は、北部と違って、黒人と白人が隣同士の家に住んでいる様子を何度も見てうれしくなった。しかし、ピックアップ・トラックに銃架があって実際に銃が載せられていたり、時に「黒んぼ狩り人《クーン・ハンター》」という言葉とともにバンパーに南軍旗が張りついていたりするのを見ると、穏やかな気持ちではいられなかった。松林のある広い土地を通ってＤＣから始まった旅の終着点に向かいながら、私は本来の住処からあまりに遠くまで来てしまい、帰り道が見つけられなくなったのではないかという気持ちになった。私はお菓子の家に魅了された世間知らずのグレーテルではなく、子どもの頃から「田舎暮らし」が嫌いな都会っ子だったし、田舎といえば〔ドイツで一九四三年から一九四五年にかけて〕二年間も土壁の地下壕に隠れて生活した陰鬱な日々が思い出された。戦争の後も、煙中毒のような結核だか結核のような煙中毒だかで身体を壊したので、父が健康回復のためといって私を田舎にやったのだが、私は自殺すると言って父を脅したものだった。

　平坦な土地を延々と走り、沼地を過ぎ、製材所を過ぎ、さらに刈株の残っている畑を過ぎ、バスはようやくモスポイントに着いた。そこは木造の家や商店、教会のある、強い日差しで退色したような色合いの小部落で、建物は高くても二階建てか三階建てだった。ピンク色に染まった雲の下で、松の木が何本か長い影を落としていた。細かい粉になった血のような土埃がそこここで舞っていた。小さなバス停で待っていてくれたのは、パーカーさんという体格の良い中年女性だった。何もかも見通すような眼差しの持ち主で、アフリカの女王の子孫に違いないと想像してしまうような堂々とした威厳があった。彼女と一緒に、所作にいたずら好きのヒグマのような控えめな気品のあるティルモン・マッケラーというＳＮＣＣの運動員も来ていた。私はアトランティックシティでティルモンに会っていたので、知った顔に会えてうれしかった。彼も私に会えてうれしそうだったが、自分がプロジェクト・ディレクターとして折り目正しく、きちんと状況を把握しているように見えるかどうかも気にしているようだった。

傷がついてへこんだオールズモビル車〔自動車メーカーの名前〕に乗ってバス停を出ると、ティルモンはジャクソンでどんな話を聞いてきたのかと尋ねてきた。そしてパーカーさんが、ここでの優先事項について説明した。リストの一番上は、一一月三日の選挙に向けて人々に有権者登録をさせるために一致団結することだった。パスカグーラに建てるフリーダム・スクールはそのための活動の重要な一部分だと彼女は言った。それと、地元の公立学校での人種隔離もなくさせて、モスポイントで黒人の警察官が雇われるようにもしたいと、私の腕や脇腹、足をさすりながら彼女は言った。彼女には明らかにX線のように透視をする能力があったので、私の骨にどれくらいの肉がついているのか彼女が突いたり握ったりして診ている間、嫌だとも言わず、それどころか身を反らすこともしなかった。ティルモンは、選挙が終わるまではどんな形の市民的不服従もするなというコートランド・コックスの忠告を繰り返した。私は彼に、私だって刑務所には行きたくないわと言って約束した。「明日〔九月一七日〕は憲法記念日よ。私たちは午前中、高校の集会に行くから、ご両親に有権者登録に行ってもらうように生徒たちに言うといいわ」とパーカーさんが言った。「それからアフリカン・バプティスト教会に行って、あなたが日曜に教会で話せるように調整をしておくわ。イエスは皆さんにレディッシュしてもらいたがっていますよって。」

ミシシッピの人たちは有権者登録することをわざと「赤くする《レディッシュ》」と言うとルー・スミスから聞いていた

ので、私はパーカーさんが私に何をするように言っているのか理解することができた。そして私は、今日はヨム・キプールというユダヤ教の贖罪の日だなと思った。というのも、自分自身、有権者登録していなかったのだ。そして、それよりひどいことに、私はバプティストでもキリスト教徒でもなく、信仰をもってすらいなかった。私は、疲れたのと奇妙な南部訛りを聞き取ろうと緊張していたのとで、目眩がしそうだった。そして、〔信仰心もないのに教会で話をするという〕宗教的な偽善を働くことになってしまい、苦痛を感じ始めていた。これも仕事の一部なのだと分かってはいたが、何とも居心地が悪いことだった。

私はパーカーさんに返事ができず沈黙が生じてしまったが、ティルモンが機転を利かせて、今、私たちの車はママ・スコットの家に向かっていると教えてくれて間をつないでくれた。彼は、スコットさん夫妻は公民権運動を強く支持している老夫婦で、私に家に泊まるよう名乗り出てくれたのだと教えてくれた。そして彼は、モスポイントに来た白人の公民権活動家で黒人の家族と一緒に寝泊まりするのは私が初めてだと付け加えた。

「ママ・スコットはすごく面倒見が良いのよ。彼女の料理を食べたらこの骨にも肉がつくんじゃないかしら」とパーカーさんは言った。

疲れが吹き飛んでいくのを感じながら、私はフリーダム・サマー計画に参加した白人たちはどこに泊まっていたのかと尋ねた。ティルモンは、彼らはたいていモーテルかアパートを借りていたと言った。私はその老夫婦、とくにママ・スコットと一緒に暮らせるのだと思うと身体に喜びが満ちてくるのを感じた。その喜びは、祖母がもう一度私のところに帰ってきてくれたような気持ちとも言えるほどのもので、個人的には、私の祖母を連れ去ったナチスに勝利した気分だった。

私たちは、ペンキを塗っていない木の家のところで車を停めた。その家は、古い木が何本か植わっていて一面に花や薬草が広がっている一区画の中の石積みの土台の上に、一軒だけぽつんと建っていた。私たちが車を降りたとき、家のドアが開き、大柄な白髪交じりの女性が外に出てきた。彼女は二段階段を下りて家の前に立ち、その間にカーキ色のズボンと白いシャツの背の高い男の人も静かに戸口のところに出てきた。ママ・スコットのところに歩いて行くと、ミセス・ファニー・ルー・ヘイマーよりも大きな腕でこれ以上ないほど強く抱きしめられた。彼女に抱きしめられると、二日二晩眠っていなかった緊張が消えていった。

「ようこそ、おちびさん、ようこそ！　待っていたのよ。」ママ・スコットは言った。

私は一瞬で彼女が大好きになった。私は、一部の人には確かに起こることとはいえ、一目惚れというものをあまり信じていない。しかし、抱きしめられたり触れられたりしたときの感じで、その人のことを今後どのように感じるかが分かることがあり、それをママ・スコットから感じたのだった。そして私は、ミスター・スコットが楽しそうにしている割に遠慮してよそよそしくしていることも少しも嫌な気分にならなかった。私を家に泊まらせてくれること自体が、保護者たらんとする強い責任感と同時に彼の親切さを静かに物語っていた。

ママ・スコットが部屋を見せてくれた。コントラストの利いた色使いとデザインのキルトが掛けられた錬鉄のベッドが置いてあった。ベッドの横にはナイトテーブルを兼ねた小さなドレッサーがあり、窓の近くには乳飲み子を抱いた母親にぴったりそうな桜材のロッキングチェアがあった。少し色あせているがきれいに洗濯してあるかぎ針編みの敷物が、ベッド横の暗い色合いの床においてあった。その床は、様々な幅や長さにカットした厚板を組みあわせてできていた。私はこのような素敵な部屋に泊まれてとても光栄だった。

晩ごはんに何を食べたいかと聞かれ、私は、今一番すぐに欲しいのはお風呂だと答えた。ママ・スコットは私を風呂場に連れて行った。設備が真鍮でできていて、私はヨーロッパで使っていたものを思い出した。そして、ティルモンとパーカーさんは晩ごはんまでここにいるけれども、お風呂から上がってからごはんにするので、急ぐ必要はないと言った。

肌に残ったミシシッピの焼けつくような熱を冷まそうと旧式の浴槽に冷たい水を張った後、私はその中に浸り、石鹸で埃を洗い流し、十分満足するまで手足をくつろがせた。それから私は栓を抜き、立ち上がり、浴槽の足元に置いてある壁の棚からタオルを取り出し、身体を拭き、乾いた布が肌に触れるのを目を閉じて感じて楽しんだ。しかし、すぐに身体じゅうが妙にひりひりし始めた。幻想から引き戻され、脚、腰、胸がすばしこく這い回る生き物に覆われているのを目にした。小さな黒い蟻の軍隊だ！　蟻はタオルにもいっぱいついていて、呆然として見ているると、私の手や腕、その他の箇所にも這って動いてきた。大声で叫び出したかったが、怖がっていて、ヒステリックになり、完全に狼狽しているということを示すまいと喉にぎゅっと力を込めた。SNCCでは、罵り言葉をかけられたときや突然襲いかかられたとき、逮捕されたとき、あるいは電流が流れている牛追い棒で追いかけられたときに対してさえどう反応すべきか教えてもらっていたが、私は、蟻の攻撃には何の備えもできていなかった。

泣きそうになりながら、私は自分の姿が流しの上の鏡に映っているのを見た。自分の表情とタオルの掴み方を見たとき、私は、市民権の証明書を渡したがらなかったDARの女の人のことを思い出した。それまでのパニック状態から一転して、私は笑い出した。大してヒステリックにならずに、すぐに浴槽の残っている水に飛び込んで、すべての悩ましき者たちが排水溝に流れていくまで払い落とした。

私は晩ごはんのときに蟻について話さず、その後も話さなかった。ママ・スコットとパーカーさんは、痩せっぽちの私がとても食欲があるので喜んでいた。私はお腹が空いていたのだ。そして、南部の料理を好かないだろうからミシシッピ行きは長続きしないだろうと夫が皮肉を言ったのを思い出した。

しかし、次の日の朝に余波があった。台所に行くと、パンに、お腹が空いたネズミが開けたとしか思えない穴が開いていたのだ。昨晩のごはんでまだお腹がいっぱいだからとママ・スコットを説得し、高校生たちに何を話そうかと計画を立てながらチコリを入れたコーヒーを良い気分ですすった。しばらく物思いにふけっていると、ミスター・スコットが黙って粉砂糖を振った揚げバナナを目の前に置いてくれた。一口食べてみて、うれしさのあまり、私は残りを貪るように食べた。

第8章

自由の道

私は、パーカーさんに言われた一日目の仕事を、見たところは彼女を困らせることなくどうにかこうにかやり遂げた。高校生たちは、よりによって憲法記念日に、私が憲法が奴隷制を許容してきた点について批判を加えたので驚いていたようだが、喜んでいた。彼らの先生はこれまで、建国の文書を聖書のように扱い、非難するなどもってのほかだったようだ。無論、聖書も奴隷制を黙認しているのだが。しかし後から、教頭先生は良いことを言ってくれたと私に感謝し、私を連れてきたパーカーさんにもお礼を言っていた。

バプティスト教会では、苛立っているような声の牧師が、日曜日は会衆に何を話すつもりなのかと尋ねてきた。まだ計画は立てていなかったのだが、私は、自分がナチス・ドイツで生まれたユダヤ人で自由を求めてアメリカにやってきたが、自由でない人がこの国にもたくさんいることを知ったというような話をするつもりだと答えた。私はさらに、〔奴隷だった〕古代のイスラエル人は自由になるためにボートに乗らずに紅海を渡ったという話、そして、有権者登録事務所はあなたがたにとって渡らなければならない紅海ではないでしょうかという話を会衆の皆さんにはするつもりだと言った。実際、この話は大成功だったようだ。少なくとも、パーカーさんは満足していたようだった。ただ、日曜日に話をした後に分かったのだが、会衆の人たちは私をまだ一〇代だと思ったらしかった。

私たち四人は、ミシシッピの東南の端にあるメキシコ湾から一〇マイルほど離れたモスポイントという小さな町の、COFOの事務所を拠点として働いた。ママ・スコットの家から事務所までは、暗い沼地の脇道を歩いて一五分だった。その沼地は、新しく建設された土堰堤の下で数週間前に遺体が見つかったばかりの三人の公民権運動家を思い出させた。彼らが殺されたのは遠く離れたところだったけれども、土堰堤というのは、〔ダムという〕その言葉の響きから何か沼地の縁にあるものという印象があったのだ。私は、事務所の向かいにある白人の学校に騒々しい若者たちが着く時間をできるだけ避けて、仕事場に行くようにしていた。事務所の前を通り過ぎる生徒たちの様子を見、軽蔑するように発せられる言葉を聞いていると、彼らと出くわす危険を冒してはならないと感じた。ダニエルへの手紙を書いているときにそうした生徒たちを事務所の窓越しに見かけ、彼らが将来ミシシッピのリーダーになるかもしれないと思うとがっかりだと書いたものだった。

公民権運動家への暴力はずっと続いていたが、私は怖がってばかりいたわけでなかった。喜び、愛、怒りを感じたり、また、自分の倍も年上の人にどうやって字の読み書きを教えたら良いかといった複雑な仕事に頭を悩ませたりしていると、恐怖心は脳幹の奥深くに追いやられてしまった。しかし恐怖自体は、どんなに安心安全を感じられる状況であっても、影のように常につきまとっていた。そして、遠くにいるダニエルや親しい友人たちもまた、同じ恐怖心を感じていた。というのも、DCのアーティストのマーティン・パーイヤーがそのことを思い出させてくれたからだ。ダニエルと私は、軍隊に入るくらいなら平和部隊に行くようにと彼を説得したのだが、マーティンはシエラレオネの内陸の原始的な小屋に一人で暮らしながら私の安全を案じる手紙をしたため送ってくれたのだった。

冷静さを保つために、私はときどき、次のようなことを思い出すようにしていた。犠牲者になりたくないと思うのと同じくらい強く、人を傷つけるくらいならむしろ犠牲者になることを選びたいと願っていることや、自分が子どもの頃はもっとひどい恐怖心――たとえば、自分が何かしでかしたせいで母が殺されてしまうかもしれないというようなとてつもない恐怖――を抱えて生きていたのだということを。ミシシッピでは、地元の白人たちはナチス政権下のドイツ人たちよりも居心地が悪そうにしているように見えた。彼らの中に殺人犯がいることは分かっていたのだが、公の場では、地元の人たちはドイツ人よりも強がり虚勢を張っているようで、本当に何の脅威でもない人を、たとえば子どもなども含めて怖がっているように見えた。きっと、自由を説いていながら抑圧をしているという矛盾のために、自分のしていることは正しいという彼らの信念が弱められているのだろう。黒人たちこそ、恐れるべき存在が多く、理性というよりも人種差別思想に支配されている白人の心を読まなければならないので疲れ切っているはずなのだが、彼らのほうがむしろ自意識に囚われることなく過ごしているようだった。非暴力と銃の規制が私の信条ではあったけれども、ミスター・スコットが枕の下にリボルバー銃を置き、弾を込めた散弾銃を近くに置いて寝ているのには嫌な感じはしなかった。私は、彼の武器は自衛のためだけのものであると分かっていたし、備えができていることは喜ばしいことだと思っていた。

モスポイントのCOFO事務所では、フリーダム・サマーの間は十数人が働いていた。しかし、フリーダム・サマーが終わるとボランティアたちは家に帰ってしまい、私が着いたときにはSNCCの運動員が三人いるだけで、COFOの他の組織の運動員はいなくなったり他の土地に配置替えされたりしていた。ルイジアナから来ていた主任のティルモンの他に、若い黒人の男性一人と、若い白人の女性一人がいた。男性のほうは、ミシシッピ州内から来ているものすごくチャーミングな若者だった。そして女性のほうは、ウィスコンシン出身の夏季ボランティアで、この二人は付きあっているのだった。私は、キャロルというこの女性の金髪碧眼のドイツ人らしい外見にもすぐに慣れて、彼女は世間知らずなのではなく、とても勇気があって異人種間結婚によってもたらされる困難から逃げようとしない人なのだということを理解した。私たちの同僚の黒人男性二人は、キャロルと私が異なっているのと同じくらい違いがあった。ティルモンは控えめで思慮深く、あまり話し好きではなく慎重で冷静だった。一方、若いほうの田舎の伊達男はいつもにこやかで、人を喜ばせるのが大好きだった。

私はまだ二〇代だったが一番年上で、SNCCのフィールド・スタッフとしては数少ない既婚女性だった。私たちを結びつけたのは、ミシシッピに不正義があるならそれが何であろうと闘おうという決心だった。私が到着して少なくとも一ヶ月ほどが経った頃、スーツを着てネクタイをした白人のボランティアが到着した。彼は明らかにスパイだったが、ティルモンは、彼が車をもっていたので疑いをいくらか抱きつつも彼を受け入れた。その車は、私たちのと違ってきちんと修理されており、しばしば警察に押収されてしまうということもなさそうだった。私たちは重要な情報やデリケートな情報が彼の目につかないように最大限気を配った。

夏季ボランティアと公民権運動家たちは、MFDPを支援するための組織を作るのに目覚ましい働きをした。そしてそのMFDPは、アトランティックシティでの民主党全国大会で白人ばかりの代議員に異議を叩きつけることに成功した。私たちの仕事は、もうすぐおこなわれる連邦と地方の選挙でそのエネルギーを実際の票に変えることだった。普段は二人組で、私たちはモスポイントと周辺の小村落、そしてメキシコ湾の造船業の中心地である大きな町のパスカグーラで、一軒一軒を訪問し、有権者登録するよう依頼して回った。白人に報復されるのが怖いという訴えに対しては、司法省は訴訟を起こしてミシシッピでの不正な選挙手続きを連邦の監視下に置いたから大丈夫だと説明した。何人かの登録官が、アフリカ系アメリカ人たちから投票資格を奪うために使っていた適格要件を抜本的に作り直すよう命令されていたのである。この訴訟のおかげで、今では有権者登録が成功するチャンスがかなり大きくなったんですよと私たちは語りかけた。私たちは、有権者登録をしたいという人たちに手続きの説明をしたりその他の手助けをしたりし、心配なことがあれば私たちや家族、友人たちに話してくれるよう人々を励ました。

公式の選挙のための有権者登録ができなかった人たちには、非公式だけれども肌の色を問わず《カラー・ブラインド》投票できる「自由のための投票」に参加するよう奨励した。それは、投票期間が先に始まり公式の選挙の前日には結果が出るようになっていた。「自由のための投票」は、アフリカ系アメリカ人はたとえ投票するチャンスがあっても投票しないだろうという人種差別主義者らの神話を打ち崩すためのものだった。また、彼らが支持する候補者にスポットライトを当てるためでもあった。連邦議会の上院下院両方の選挙で、二人のMFDPの指導者が立候補していた。ジョン・ステニスが〔一九四七年以来〕務めている連邦上院議員の職に〔COFO議長の〕アーロン・ヘンリーが、また、連邦下院議員には〔州内ハティスバーグの公民権運動家〕ヴィクトリア・グレイが立候補した。これまで投票することができなかった人たちと話していると、選挙の争点や選挙の際に働いている歴史的な力について彼らがとても博識なことに繰り返し感銘を受け、頭の下がる思いがした。

私の最初の仕事の中に、有権者登録についての講座と集会の会場として教会を使わせてくれるよう、パーカーさんが地元の牧師を説得するのを手伝うというものがあった。それは簡単にできる頼み事ではなかった。というのも、この地域では、何ヶ月か前〔六月二三日〕に、公民権運動の集会に使われていた建物が人種差別主義者に放火される事件が起こっていたのだ。〔七月六日には〕同じ建物の中にいた若い女性が腹部を撃たれ、重傷を負った事件もあった。車の中にいたアフリカ系アメリカ人たちがその様子を目撃し、暴漢を追いかけた。しかし、彼らがその暴行について通報しようとしたところ、逮捕されたのは彼らで、撃った連中はお咎めなしだった。このような状況だったので、牧師が教区民を似たような暴力行為にさらすことを躊躇したとしても無理はないと私は思った。しかし、パーカーさんは教会を守る防波堤のような人だったので、私の助けなど借りずに牧師の躊躇を打ち破った。彼女は一人でやってのけたのだ。牧師が拒否するなら、彼女も他の人たちも教区民を辞めるとはっきりと言ったところ、了承されたのだった。牧師が協力すると他の人たちにそれが伝わった。すぐに、地元の黒人牧師たちは皆、来たるべき選挙への投票を促す活動に熱心に関わってくれるようになった。

黒人コミュニティが手強いと考えていた二つの問題が、学校の人種統合と黒人警官の雇用だった。「可及的速やかに」人種統合するよう連邦最高裁が一〇年前に命令した後でも、モスポイントでは学校は人種別のままだったし、他のほとんどの南部地域も同じであった。[*1] 地元のアフリカ系アメリカ人たちは何か進展があるまでは黒人だけの学校への登校はボイコットすると強く言っていたが、白人たちは、時おり中古の教科書を黒人児童に譲渡するというような譲歩をしては、勇気ある黒人児童をほんの二、三人白人学校に受け入れるのをさらに数年遅らせていた。黒人警官の必要性に関しては、パーカーさんの説明によれば、黒人が被害者となる犯罪に警察が無関心なことが、まずもって悩ましい問題なのだということだった。「子守をやってるかとか晩ごはんを作ってるかとかの、家政婦の仕事をちゃんとやっているかどうかということ以外、私たちの身の上に何が起こっているかなんて、やつらは何も気にしちゃしないのさ」とパー

*1　一九五四年のブラウン対トペカ市教育委員会判決において、人種別の公教育は本質的に不平等であると裁定された。「可及的速やかに」という文言を用いて実際の人種統合の進め方に言及したのは、一九五五年のブラウンII判決である。ただし、人種統合に根強く反対する南部諸州は「可及的速やかに」という文言を「急がずゆっくりやれば良い」という意味と受け止め、実際の人種統合はその後もなかなか進まなかった。

カーさんは言った。

「困ったもんだよ。白人警官はSNCCの運動員を殴るのでご多忙ってわけだ」とティルモンは冗談を言った。しかし、彼も他のスタッフも黒人警官を雇用するという要求を強く支持していた。私もそれには熱心だった。というのも、モスポイントに来た最初の週に地元の広場で「有色人用」のトイレを使ったとき、ある白人の警官のせいで怒り心頭に発していたからだ。そのときまで、私はミシシッピの定期市を純粋に楽しんでいた。私は、ハンブルク・ドームという、ドイツでときどき行っていた大きなお祭りだか移動遊園地だかを思い出していた。それは、父が娘たちを何の制限もなく好きにさせてくれた唯一の場所だった。なので、私がトイレに行ったからと白人の警察官が怒り狂って飛びかかってくるまで、私はこの上ない幸せに浸っていた。しかし、突然その荒々しい衝突は起きた。警察官は私の肩を掴んで乱暴に揺さぶると、「ニガーの便所を使った」ことで私を叱りつけた。運良く彼の同僚が仲裁に入り、私を放して彼をその場から離れさせた。

定期市会場での事件の数日後、パーカーさんは、とうとうありがたくも市の役人から「拝謁」の許可を賜ったと大喜びした。後から、そのお役人が「ニガーの警察官は役に立つだろう」と、そして次の選挙で民主党が勝てばおそらく学校も人種統合を余儀なくされるだろうと言ったと聞いて、私たちは皆大得意だった。お役人がこのような懐柔的な言葉をパーカーさんにかけてきた一件のすぐ後に、私は人々が私のことを「小さなニガー」と呼んでいることに気づいた。私は、これは「N」ワードの愛情のこもった使い方だと理解した。というのも、彼らは白人がこの言葉を使うとひどく憤慨するが、自分たちの間ではときどき使っているからだ。私は、ミシシッピの非白人は有色人のことを言うのに「ニグロ」という言葉を好み、「ブラック」は嫌がるということに前から気づいていた。それで私は、人々のことを言うのにブラックはやめ、必要に応じて代わりにニグロと言っていた。

運動の内部では、むしろブラックがニグロに取って代わりつつあり、適切な呼び方は大した問題ではなかったが、私はこの話題をミシシッピ州の湾岸沿いの反対側の端の町であるパス・クリスチャンでの〔フリーダム・スクールの運営についての〕SNCCの会議で取り上げた。そのとき、私たちは包囲されていた。電話線は切断され、ピックアップ・トラックに乗って武装した巡視隊が建物を取り囲み、集中照明を出口に向けて高速道路へのアクセスをすべて遮断していた。ときどき発砲されたが、警察は来なかった。私たちは、窓のところを歩いて人影を見せてしまわないように、廊下の床で寝た。

私は、その場での会話を、殴られたり撃たれたりといった恐ろしい話から変えようと思い、取るに足らない「名前に何の意味があるっていうのか」[*2]の話題を持ち出した。同僚たちが手を叩き肩をぶつけあって大笑いするような効果があると思ったのだ。しかし彼らは、ミシシッピ州ジャクソンで起こったメドガー・エヴァーズの暗殺のような凶行を笑うことはなかった。彼を知っている人たちにしてみれば、エヴァーズが死んだことは、兄か大好きな叔父をなくしたようなものだった。会議に来ていた何人かの人たちの心の

＊2　シェイクスピアの『ロミオとジュリエット』の中の有名な文句で、「他のどんな名前で呼んでもバラは甘く香る」ひいては「重要なのは中身だ」という意味で用いられる。

中で、望ましい目的を達するための効果的な手段としての非暴力への信念は、彼が死んだ一九六三年の六月に消えてしまっていた。他の人たちも、その三ヶ月後にバーミンガムの日曜学校で四人の子どもが殺されたとき、あるいはその会議の日の二ヶ月前、私たちが包囲されているこの場から数時間離れたところでジェイムズ・チェイニー、マイケル・シュワーナー、アンドルー・グッドマンの三人の公民権運動家の拷問によって痛めつけられた遺体が見つかったときに、非暴力への信念を失っていた。会議の冒頭、これらの殺人やCOREのミシシッピの事務局長であるデイヴィッド・デニスについて、たくさん話があった。チェイニーの葬儀は、ミシシッピ州の法律では黒人と白人が一緒に埋葬されてはならないとされているために他の二人と別々におこなわれ、[*3]デニスはそのときに追悼演説をしたのだった。デニスは三人の死を嘆き悲しんだだけでなく、連邦と州の政府が公民権運動家を守ろうとせず殺人犯を罰しようとしないことに怒りを顕にした。葬儀で彼は、非暴力がこの絶え間ない暴力に対して有効かと問いかけた。この殺人事件では誰も逮捕されなかったので、会議に来ていた人たちも私も皆、口に出しては言わなかったけれども、会議の建物の外で銃を振りかざしている人たちの中にその殺人犯がいるかもしれないと思っていた。

非暴力をいまだ信じていたかどうかはともかくとして、会議に来ていた人たちは皆、黒人と黒人の仲間に対する正義がないことには腹を立てていた。私たちの中には、警察に拘留されているときにひどい暴行を受けた人が何人かいた。ハティスバーグにあるこの地区のSNCC–COFOの事務所長で私の上司のラリー・ギュイヨがまさにその一人だった。私はラリーにこの会議のときに初めて会ったのだが、彼のことはミセス・ファニー・ルー・ヘイマーから聞いていた。他の州でおこなわれた投票権の研修会から戻ってくるとき、ミセス・ヘイマーとアンネル・ポンダーというもう一人の女の人がミシシッピ州ウィノナで逮捕され、留置所でひどい暴行を受けた。ラリーはこの件を調べに行ったのだが、到着するとすぐに州兵に何度も殴られ、さらには地元の男たちに引き渡され、そこでも容赦なく殴られた。彼らはラリーの顔を何度も殴ったので彼の目は腫れ上がってまぶたが開かなくなり、失明する危険さえあった。アトランティックシティからのバスでミセス・ヘイマーと話をしたことを彼に伝えてあったのに、私はラリーにその暴行事件について触れる前に、地元の多くのアフリカ系アメリカ人たちがブラックと呼ばれるのを嫌う様子について尋ねてしまった。彼は、私の上司であっただけではなく、早い時期から地元の運動に関わっているミシシッピの黒人の一人でもあったので、私は、彼のことを、黒人は美しい《ブラック・イズ・ビューティフル》ということを人々に認識して欲しいというＳＮＣＣの願いと地元の人たちの態度とをいつか一致させる人材の一人だろうと思ったのだ。私は彼に、見るからに意見が二分しているこの問題をどう扱えば良いかと尋ねた。

　彼は、聖書のドラマに出てくる預言者役の若い俳優のように眉をひそめて顎をさすり、いたずらっぽい笑いを浮かべた。

「手本を示してみて。あなたが本当に黒人は美しいと信じているところを見せれば、うまくいくはずだよ」

と彼は言った。

　彼の言葉は二つの意味に取れそうだった。しかも一方の意味は好色な意味のようだったので、私の耳に

＊3　ジェイムズ・チェイニーは黒人、マイケル・シュワーナーとアンドルー・グッドマンは白人（ユダヤ人）であった。

はいささか思わせぶりに聞こえた。もしそうなら、それは諸刃の剣であった。ストークリー・カーマイケルは先におこなわれた計画立案の部会で「運動における女性の位置づけは屈従的であるべきだ」と発言したが、彼の発言はこの会議では深刻に受け止められることはなかった。しかし、黒人の権利について語る男は〔白人女性であるイングラムを誘うのでなく〕黒人女性と寝るべきだという、ある女性の不満をバカにする者はいなかった。私がラリーのガールフレンドだか婚約者だかを知っていることを彼は知らなかったが、私は彼にそのことを話さず、私の質問に対する彼の返答に対してさらに何か言うこともなかった。私はただ単ににっこりと笑い返し、感情的になりがちな言葉とそれに対する予想外の反応について気軽な議論を続けた。誰かが口にすると宝石のようになる言葉が別の人が口にすると砂利のようになるという自明の理に触れ、さらに私たちは皮肉の利いた話がもつ危険性と楽しさ、とくに人種に関する話題にはその二面性があることなどをしみじみと満足を味わいながら語りあった。SNCCの人たちは皆ストークリーを崇拝しており、女性たちでさえも、彼は冗談を言ったのであって「女性の位置《ポジション》は下であるべき」という発言は皆を驚かせようとしたものだと言い張った。しかしラリーは、ストークリーの発言は多くの若い男性が支持するのだから影響は大きいということをしぶしぶ認めた。

当たり障りのない例だけを挙げながら、ラリーは、仲間たちがときどき韻を踏みながらわいせつなことをあからさまに言ったり、わいせつな呼び名で互いを呼びあったりすることと、ソロのジャズでいう反復楽節《リフ》との間に共通点が多いのは間違いない事実だと言った。私たちの共通の友人であるエド・ブラウンの弟がその典型として挙げられた。

「ラップ・ブラウンがミシシッピにいるなんて知らなかった。メリーランド州のケンブリッジで撃たれたって聞いたのが最後で、まだそこにいると思ってた」と私は言った。

「ときどき、エドに会いに来ているよ。メリーランドの変人どもから逃れるためにね。この間、ジャクソンでばったり会ったよ」とラリーは言った。

私たちは、ラップの言葉がもつ起爆装置のすごさを理解できる白人はほとんどいないだろうし、その一方、ルー・スミスのような穏やかな態度の活動家が「マザー・ファッカー」といった言葉を普段からよく使うのは白人を激怒させるだろうねと話しあった。皮肉めいた発言がわざと文字通りの意味で受け取られる危険性、とくに話し手の別の立場の信用を落とそうとしている人たちからそうされる危険性について、私はナチスを心から憎んでいるドイツ生まれのユダヤ人のハンナ・アーレントが「アイヒマンはユダヤ人をパレスチナに送ろうとしたのだからシオニストだ」と皮肉を込めて言ったところ、猛烈な非難にさらされた例を挙げた。しかし私たちは二人とも、こういった言葉は人の感情を害するということをアーレントは理解しておくべきだったという点で意見が一致した。ギュイヨは、黒人は自分たちの間ではひどい言葉を使っても構わないし実際にしているが、ストークリーやアーレントのような人物の発言はいったん公になると、聞いた人はいつまでもその発言を覚えているものだと言った。

有名な学者であるハンナ・アーレントの例から意思疎通の難しさについて考えていると、ティルモンがパスカグーラの家の鍵をくれたことを思い出した。そこで私はフリーダム・スクールを運営することになっていたのだ。私はラリーに、その仕事を任されてとてもわくわくしているが、過去に学校で教えた経験は一度もありませんからねというジャクソンでも一度言った警告の言葉を繰り返した。

「この夏にボランティアをした人もたいてい、教えるのは全く初めてだったよ。だけどうまくいった。あなたの専攻は何だったの？」ラリーは言った。

「児童心理学よ。」

「いいじゃないか！　僕の意見では、教育学よりいいよ。社会学よりもずっといい。」

私は一生懸命やると約束した。「私が本当に興味があるのは芸術なの。心理学の勉強もよかったけど、ベルビュー〔ニューヨーク市マンハッタンにあるアメリカで最古の公立病院〕の小児病棟では仕事をやり遂げることができなかった。子どもたちには愛が必要なのに、愛情を受けていなかったんだもの。」

「僕でもそれには耐えられなかっただろうと思うよ。だけど、心配はいらない。心理学、芸術、そして優しい心であなたは十分にやっていける。音楽はどのくらいできる？」ラリーは言った。

「音楽は大好きよ。それに、こちらに着いてから素晴らしい曲をいくつか習ったわ。だけど、教えるのに十分かどうか分からないの。」

「子どもたちに教えてもらったらいいよ。」

その晩、私は出版社、議会図書館、アメリカ教員連盟〔ニューヨークの教師の組合〕、その他にも私がフリーダム・スクールで教える助けになってくれそうな人全員に手紙を書いた。

第9章

自由の十字架

突然包囲されたときと同じくらい急に包囲が解かれた後、パス・クリスチャンから家への帰り道、私はモスポイントの代表団の使い古したオールズモビルを運転していた。私は運転するのが速く、加えて警察に捕まったことがなかったので、運転をすることになった。ミシシッピの警察が公民権運動の関係者が通るのを制限している道のひとつでは、本物のあるいは偽物の交通違反の切符が切られていた。私はジャクソンで、警察官が免許証を取り上げて警察署まで付いてこいと言ったら、それに従うと免許証不携帯で運転したといって罰金を取られることになると忠告されていた。罰金は法外な額だが、頭を殴られたり支払いを拒んで公務執行妨害で摘発されたりするよりはましだということだった。しかし、その晩、私たちは問題なくガルフポートとビロクシーを通過した。キャロルと私は前に座り、男性二人は後部座席で身を低くして座っていた。幸先の良いスタートだった。しかしオーシャンスプリングスに着く頃にはガソリンがなくなってきたので、ガソリンスタンドの標識を見つけたときに車を道路脇に停めた。

停まったところは「食事処」のピンク色のネオンサインとビリヤードの台があることを示す小さな青いネオンサインのあるビール酒場だった。車を離れたくなかったので、私はクラクションを二度鳴らした。ジーンズとTシャツを着て、まくった袖にタバコを一箱突っ込んだ中年の係員が出てきて、五ドル分のレギュラーガソリンを入れて欲しいという私の注文に応じて給油を始めた。彼はポンプのノズルを車のガソリン給油口に入れたのだが、その後、奇妙なことに居酒屋の建物に戻ってしまった。ガソリンが入るのを待っていると、たくさんの銃架つきピックアップ・トラックが建物の近くに駐車するのが目に入った。ティルモンがエンジンをかけるよう言い、私がそうすると、数秒もしないうちに一〇人近くの白人の男が建物のドアを開けてどっと出てきて私たちの車のほうに向かってきた。それ以上の説明は必要なかった。私は車のギアを入れてアクセルをいっぱいに踏み込み、砂利を後ろに飛ばしながら、そして焦げたタイヤの臭いのする舞い上がった砂埃の煙に追っ手を巻き込みながら逃げた。私は数秒間、路肩を走らなければならなかったが、すぐにアスファルトの道路にロケットのように突進した。

私たちは速度制限のあるところを再び通ることなく一〇マイル走って左に曲がって追っ手を振り切り、町の北部を通っている連邦の高速道路を走ってモスポイントに近づいた。そして、州間幹線道路に入る手前で、ティルモンが私に車を停めるように言った。彼は車を降り、ガソリンの口からカーブした形の金属のノズルを取り除いた。ガソリンのポンプから引きちぎられたホースも少しくっついていた。彼は車のライトが当たるところでそれを持ち上げて、フロントガラスに霧吹きをするふりをした。私たちは皆、車を降りてノズルをまじまじと観察し、身体を折り曲げて大笑いした。その後はティルモンが運転し、一時間後、私はママ・スコットの家で車を降りた。

私がせっかちな一方、ティルモンは急かされるのが苦手なので、学校の建物を見にパスカグーラに行ったのはその三日後のことだった。着いてみると、それは、ほんの少しだけ傾斜のある屋根と白いアスベストの壁板に囲まれた平屋の箱のような建物だった。似たような家と畑が並ぶ住宅地の野菜畑の中に建っていた。大きな部屋が二部屋とトイレ、小さな台所もあった。また、雨風にさらされた木造の玄関ポーチもあり、反り返った四インチ角材の柱で支えられた屋根がついていた。私はほうきとモップ、ぼろ布、そして石鹸と水で部屋の中をやっつけ、その間ティルモンは掃き掃除をし、外を片づけた。その後、私たちは白い壁板に大きな黒いペンキの文字で「フリーダム・スクール」と書き、それから地元の牧師に支援してもらえるよう頼みに出かけた。

学校への入学者数は、皆が予想していたのを少し上回った。一週間ほどで、二十数人の小学生が定期的に通ってくるようになった。大人も五、六人ほど、字の読み書きを習いに来た。私は「一人一票」「今、自由を」といったスローガンを家の前のひどい状態だった壁板じゅうに書いた。すると、他の場所からも人々が学校を見に立ち寄ったり車で通り過ぎたりするようになった。一人の白人の新聞配達の男の子が、地元の新聞を無料で入れてくれるようになり、私の代わりにお使いにも行ってくれるようになった。彼は、学校についていろいろと質問し、ぜひ出席させて欲しいと言うようになった。私たちは学校を人種統合するようにという一〇年前の連邦最高裁の判決を守るよう要求しているところなのだから、彼を受け入れるのはとても良いアイデアだと思った。ジャクソンのCOFO本部は男の子の受け入れに同意したが、両親に同意書を書いてもらわなければいけないとのことだった。結局、父親が頑固な人種隔離主義者だったので同意書をもらうことはできなかった。男の子は学校には出席しなかったが、私のためにこっそりといろいろなことをしてくれた。ある朝、パスカグーラの裕福な地域の住民は、目を覚ますと、選挙ではリンドン・B・ジョンソン、アーロン・ヘンリー、ヴィクトリア・グレイに投票するようお願いするポスターを誰かが張ったことに気づいたのだった。

フリーダム・スクールで教えるのと選挙運動をするのとに加えて、私はパスカグーラの造船所で働く黒人の労働者たちに会った。そこは、ハンブルク港自慢の造船所と遠洋定期船や軍艦の修理施設の亜熱帯版という感じで、私は驚いた。労働者たちの話によると、彼らの労働組合は黒人と白人で別々になっていて、黒人のほうが先任権〔勤続年数の長い者の優先権〕、昇進、良い仕事に就けるかどうかの点で不当に扱われているとのことだった。ダニエルによれば、このようなことは全国労働関係委員会（NLRB）が許すはずがないのだが、どうもこの手のことは地元の政治的圧力に屈しやすいようだった。私は化学工場で働いている人たちにも会ったが、彼らも時間外労働に対する五割増し賃金をもらうことなしに残業をさせられていると言っていた。ダニエルは、彼らが連邦の賃金と労働時間に関する法律の下で働いているのなら、これは違法だと書いてよこした。彼は、関係する情報を私に送ってきて、さらにAFL–CIOの公民権部門長であるドン・スレイマンと、以前一緒に仕事をしたことのあるCOREの元役員のノーマン・ヒルの両名と連絡を取ってくれた。彼らはパスカグーラに住んでいるAFL–CIOの役員につなげてくれたのだが、その人物と連絡を取るときには盗聴されていない電話を使い、連絡を取っていることを誰にも知られないようにしなさいと注意された。たとえ労働者が法律上有利な立場にあるとしても、ミシシッピではそれだけでは彼らは十分に守られないのだが、ともかく地元の組合の役員ならどうするのが一番良いか助言してくれるのではないかと彼らは言った。

学校がうまくいっていることとか、もしかすると造船所の労働者に関して私がいろいろと動いたこと、もしくはその両方が、クー・クラックス・クランあるいはその中流・上流階級版である白人市民会議の怒りを買った。あるよく晴れた朝〔一〇月一三日〕、学校に着くと、大きな黒焦げの、まだ火がくすぶっている十字架が前庭に突き刺さっていた。私は、キリスト教のシンボルが憎しみの武器として使われている光景に目が釘づけになり、しばらく車の中に留まっていた。それから私は、〔ハンブルクで〕似たようなメッセージを伝えるために、ナチスによって黒々とした鉤十字が町じゅうの至るところに掲げられていたのを思い出して、身震いがした。「子どもたちに何をしようというの?」私は声に出して言ったが、一緒にいたティルモンというよりは自分自身に聞いていた。ティルモンは静かに、しかし絶え間なくしっかりと、まるで私たちの目の前にあるもののパワーを追い払う呪文を唱えるかのように何かをつぶやいていた。

「学校に来る道すがら見かける人もいるだろう。皆が知るのも時間の問題だ。」彼は言った。

「だったら、どんなにバカバカしいいたずらなのか、皆に分からせてやらなきゃ。」私は言った。

「どうする? 深刻にとらえる人もいっぱいいるだろうよ。」彼は聞いた。

「上にジャック・オー・ランタン〔ハロウィン用のカボチャちょうちん〕を置くのはどうかしら。でも、これは教材にしたいわね。これは間違った十字架の使い方で、頭が悪い人たちがこんなことで私たちが怖がると勘違いしたんだって子どもたちに教えなくちゃ。」
「君は怖くないのかい?」
「もし怖いと思っても、誰にも言わないわ。ある意味、これは私たちの存在意義の確認になるわよね。私たちには、このでたらめに対抗する学校が必要だわ。十字架に『でたらめだ』って書いておこうかしら。」

ティルモンは顔をしかめて言った。「まあ、そんなに悪いアイデアじゃないかな!」彼の言い方が可笑しくて、私たちは二人で笑った。誰かが見ているかもしれないと考え、私たちはそれがハロウィンのカボチャであって怖いものではないかのように十字架の前を通り過ぎた。建物を見て回って何も不具合がないことを確認すると、彼はモスポイントに帰って行った。

子どもたちが到着する前に、十字架の上から水を浴びせかけた。そして、表面が十分に乾いた後、刷毛と白いペンキ缶を持ってきて「自由《フリーダム》」という言葉を十字架の横木に書いた。私は、子どもたちに十字架について自由に話させてから、それが実際どういうものか分かりやすく説明した。それから私は彼らに、十字架を燃やした人たちは私たちを脅そうとしていると言い、怖いと思ったかと聞いた。「まさか!」子どもたちは答えた。「まさか!」彼らは家に帰った後、親を連れて十字架を見に戻ってきた。

怖がって学校に来なくなるどころか、自由の十字架によって生徒が増え、子どもたちだけでなく大人も増えた。噂を聞いて、他の町や都会から、十字架を見に来たり写真を撮りに来たりする人が出てきた。子どもたちは十字架の周りで輪になってフリーダム・ソングを歌うのが好きだった。夜の間に運び去られるのを防ぐために、大きな子どもたちに手伝ってもらって建物の中に運んでおくことにした。そして朝には、玄関のところの壁に十字架を立て掛けたり、色んなところに配置したりした。場所がどこであれ、そうやって十字架を置いておくことは、クランに対する辛辣なしっぺ返しとなった。

ドン・スレイマンが教えてくれた組合の役員の人が十字架について知っていたとは思わないのだが、彼は明らかにクランのことで神経質になっていた。彼は、私がどこから電話をかけているのか、また彼の名前や電話番号を他の人に教えたかどうかを知りたがった。私は彼に、すべてうまくいっていると言って安心させようとしたが、ダメだった。彼は、申し訳ないが私とも黒人の労働者とも会うことはできないと言った。彼は、労働者たちはNLRBと〔労働省の〕賃金・労働時間局に行動を起こしてもらえるよう説得しなければならないと言った。私が、彼らはNLRBには知りあいがいないので足がかりをもっていないというと、彼は手がかりになる二人分の連絡先を教えよう、またこちらから電話すると約束した。一人は事情に精通している化学工場の組合のオルグで、もう一人はNLRBの総顧問の事務局で働いている弁護士だった。一週間ほど経ったとき、彼は約束通り二人の名前と電話番号を教えてくれて、私はそれを黒人労働者に伝えた。

第10章

私の恋人、ミシシッピ

何世紀も続いた人種的隷属との闘いに加わることは、気分を浮き立たせる経験だった。他の人々と同様に、私がミシシッピでの仕事に志願したのは、そこでは抑圧が生活の一部になっていて頻繁に死者まで出ており、一番助けが必要な場所だと思ったからだ。おそらく、私の家族や他のユダヤ人家族は、彼らと同様に抑圧され殺戮されてきたからこそ、アフリカ系アメリカ人の運動は自分自身に関することでもあると感じていたし、私の過去と私たちお互いの将来のために差別の問題に介入するのは当然だと思っていた。しかし、仮に私がミシシッピにやってきた主な動機が怒りの感情や義務感だったとしても、それらはすぐに、心から湧き上がる愛情でいささか我を忘れたような感覚に取って代わられた。

そうなのだ。私は夫と三歳の息子に会えなくて寂しいと思っていた。実際、恋しい気持ちは日が経つにつれ、ますます慕っていた。横向きに寝ころがって、私はダニエルの肩が私の頬の下にあるときの感触や、私の腕の下に少し毛の生えている彼の胸があるときの感触を懐かしんだ。それは私がいるべき場所だった。私が彼の愛情に包まれ、彼が私の愛情に包まれ、私たちの愛情に息子が包まれる場所だった。安らぎの場所であると同時に性的な覚醒の場所であり——私たちはパジャマを着なかった——、また、夢と厳粛な内省、満足と深い思慕、時には涙の場所でもあった。私にとってもっとも特別な場所であり、恋しい場所だった。

さらに私は、インチキのブラック牧師が私たちを夫と妻だと宣言したときよりもずっとダニエルのことを愛するようになっていた。ミシシッピでは、ダニエルの信頼が私のもっとも価値ある財産だということはあまりにも明白だった。私は、当時ミシシッピにいたＳＮＣＣの運動員のうち、愛する夫と小さな子を家に残してきたのは自分一人だけだろうと思った。多くのミシシッピの人たちやワシントンＤＣの人たちの中にも数人、私は家にいるべきなのに、性的冒険を求めて出かけたに違いないと言っている人がいることがだんだんと分かってきた。私は、悪いことを考える人に攻撃手段を与えないことの大切さは知っていたが、どちらの人たちから非難されても気にしなかった。ダニエルも私も人種差別は子どもたち皆に害があると思っており、人種差別に反対するために私たちが何をしたのかと後から尋ねられたとき、息子の目をまっすぐに見られるようでありたいと思っていた。後にホロコーストと呼ばれることになる人種虐殺を経験していることから、たとえダニエルが危険すぎるといって反対したとしても私はおそらくミシシッピに行っただろう。ほとんどのＳＮＣＣの人たちはホロコーストについて知らなかったし、私が知っている限りでは、経験したという人もいなかった。そんな中でダニエルが全面的に支援してくれたのは本当に幸せなことだった。

毎朝、私は目の前にある難題にわくわくし、日々、一緒に住み、働いている人たちと仲良くなっていった。私は、彼らの人柄と同じくらい彼らが切り抜けてきた危険ゆえに大好きだった。私は、彼らが白人《ミスター・チャーリー》の怒りを呼び起こしたときも冷静にしていること、脅迫や嘲りに直面しても断固として威厳を保っていること、手際良く申し立てをすること、対決の前、後、あるいは最中でさえユーモアを忘れないことを崇拝していた。しかし、何と言っても私は、強いところと同時に弱点も共有し、彼らの愛情の中に住まわせてくれる彼らの温かさと率直さが大好きだった。

感情が高ぶっていた状態で、私はダニエルへの手紙の中で「掴みどころのないものに誘惑され」、「ミシシッピ病」になっていると書いた。それは「心を惑わすもの」だが、「三日ごとにほんの少しの間だけ、ミシシッピをあるがままの姿で見られる正気に戻っている」とも書いた。私はまた、法律は迫害者だと思っており、「クー・クラックス・クランは警察署で集会を開いている」とも書いた。私は、「ミシシッピが私の血の中に入ってきて、病気が定着してきている」ので、ミシシッピを離れても逃れられないのではないかと心配だと白状した。しかし「自由がこの病気を治してくれるだろう」、そして、「人間が恐れることなくあらゆる意味で人間でいられるとき」、我々は名誉と威厳のある新しい日を迎えるだろうと続けた。私はだんだん熱くなり、「アメリカをあるべき姿に変えることができるのは、ミシシッピを通じてだけであり、またミシシッピの苦悩があればこそなのだから」、私たちはどうしても成功しなくてはならないと書いた。

もともと南部人だったダニエルは、私が無事かどうかをいつも心配していたが、それ以上に全面的に応援してくれた。彼は私を責めたり落胆させたりするようなことは決して言わず、息子のダニーはうまくやっていて、友人たち、とくに私の親友のバーニス・フックスは少なからず助けてくれているといって私を安心させた。バーニスは、ダニーが温もりのある愛情を直に感じられるよう、頻繁に週末に彼女の大家族のところで預かると請け負ってくれていた。しかし、母は、私からの手紙に対し、自分の居場所、すなわち夫と子どものところにすぐに帰るべきだという短い返事をくれただけだった。私の身の安全を心配していたのだと思うが、彼女の言い方では、賞賛に値する運動のためとはいえ、私が妻としての基本的な義務を果たしていないと思っているのが明らかだった。

ミシシッピ滞在の終盤には、私はこれまで立ち向かってきた危険や困難よりも、一緒に働いてきた人たちを置いて帰ることのほうが心配になってきた。私は、自分が帰らなければならない日が来ることを知っていたが、だからといって大して困ったことにはならないだろうと思っていたので、彼らの率直さや信頼を遠慮なく受け取っていた。しかし間もなく、フリーダム・スクールによく通ってくる子どもたちや大人たちは、私がずっとここにいて、夫と子どものほうがこちらに来るものと思っていることに気づいた。私は彼らの誤解を解こうと思い、クリスマスには息子を連れて戻ってきたいし、翌年にも数ヶ月いられるようにしたいと言ったりした。しかし、私がミシシッピにいつまでも残るという彼らの思い込みがますます大きくなるのを止めることはできなかった。私はCOFOのフリーダム・スクールのディレクターであるリズ・フスコにこの心配事について手紙を書き、ダニエルにも手紙を書いて代わりの教師が見つかるまで家に帰れないと説明した。リズは、ペンシルヴェニアの教会のグループが私の学校を「引き取る〔財政的支援する〕」よう手助けしてくれた人物だったのだが、私の状況に同情的で、代わりの教師を見つけるのに最善を尽くすと約束してくれた。彼女はまた、私がパスカグーラの事務所と学校を一人で受け持っていたので、身の安全について心配してくれた。彼女は、私と一緒に働いてくれる大人のボランティアを誰か見つけるようにとしきりに促した。しかし、代わりの教師も補助のボランティアもなかなか見つからず、私は、自分の安全を案じるよりも、私が帰ると人々が裏切られたように感じるのではないかという心配ばかりしていた。子どもたちが一日の終わりにフリーダム・ソングを歌うのを聞いていると、私はどうしてここを離れられようかと思ったものだった。

　私は学校と人々との付き合いから大きな満足を感じ続けていたが、それも、ある日の午後、学校を閉鎖せよという電話を受けたときまでのことだった。そうした電話を全く予期していなかったわけではなかった。クー・クラックス・クランの団員たちにとっては、自分たちの十字架が抵抗の聖像のようになっているのを見るのは、腹立たしく、屈辱的ですら

October10, 1964

Dear Neil Cheeman,

Ellen Maslow referred your letter to me, and I am delighted that you want to adopt a Freedom School. The process of adoption is a matter of money, books, and a lot of correspondence in terms of letters, poems, stories, paintings, etc.--real communication.

Enclosed is the list of books which we need immediately. Whatever you can send. And the money thing can be arranged with the specific school you work with. May I suggest perhaps Pascagoula, which is on the Gulf Coast, where the coordinator is a woman from New York and Washington, D.C., a Mrs. Marione Ingram. She is French, and is doing fantastic things with the kids, both children and teen-agers. The address is 604 du Pont. You may take it over from there, and ask her what she needs.

Enclosed also is a statement about what the Freedom Schools mean in terms of the complexity of Mississippi, and a new out-of-state summary of activity in the Freedom Schools-Community-Centers all over the state. You will notice that Pascagoula had not yet started yet; you can be in on the beginning. Marione will welcome your concern, and I'm sure some kind of exchange can be arranged, both for kids and teachers, especially for vacations.

Take it--

Yours for freedom,

Liz Fusco, Coordinator
COFO Freedom Schools

Enclosure

cc: Marione Ingram

リズ・フスコが学校教材の寄付について書いた手紙（1964年10月）

あったに違いない。

その日の早い時間に私は、今日、彼らは復讐をするつもりかもしれないと思い始めた。というのも、同じ車が私たちの学校の建物がある周辺を午前中ずっとゆっくり周回していたのである。運転手ははっきりとは見えなかったが、女性のようだった。それで私は、彼女がしていることと学校は関係がないと自分に言い聞かせていた。それよりも、男が運転しているピックアップ・トラックが学校の前を不規則に通り過ぎているほうが気になっていた。そんなわけで、私は最初、授業を中断して電話を取ったとき、聞こえてきたのが女性の声だったのをうれしく思った。変な電話は前にも受けたことがあったので、私は「番号をお間違いです」と言って切ろうとした。しかし、電話の主のぞっとするほど洗練された話し方と言葉が私の動きを止めた。彼女は、あまりにも長い間、私は彼らの警告を無視し、彼らの伝統をバカにしたような振る舞いをしてきたので、よそ者の破壊分子がニグロの子どもたちの心を汚すのをこれ以上許すわけにはいかないと言った。彼女は、間もなく男たちがやってきて私を黙らせ、学校を永遠に閉鎖するだろうとも言った。

私は、その女性がはったりでそう言っているとは思わなかったが、もしそう思ったとしても、子どもたちを私の下に留めて危険にさらすようなことはしなかっただろう。私は子どもたちに、学校を閉めなければいけなくなったから、家に帰って宿題をしたり詩を暗記したり、絵を描いたりして明日持ってきてねと言った。そして、本を読みたい人は『エイミー・ヴァンダービルトのエチケット・ブック完全版』がたくさんあるから一冊持って帰って良いわよと言った。それは、教材が欲しいという要請に答えて、一社だけ出版社が送ってくれたものだった。あまりにもたくさん送られてきたので、本を床に積み重ねて置いて部屋の仕切りとして使っていたのだ。しかし、最後の子どもが学校を出て間もなく、私は、子どもの一人と一緒にその子の家に行くか、少なくとも学校で起こっていることを親に知らせるメモを生徒の誰かに託せば良かったと思い、後悔した。

というのは、SNCCの電話の請求額は支払えないほど大きくなっていたので、各事務所はコイン式の電話を置いていたのだが、私は一人になった後に、その日は既に小銭を全部使い切ってしまっていたことに気づいたのだった。コインが一枚もなかったので、交換手にも警察にも電話できなかった。どこかにコインを入れてなかったか、思いつく限りあらゆる場所を探したが全く見つからなかった。学校を放り出したくないが交通手段もないので、私はティルモンが早めに迎えに来てくれるか、誰か小銭を持っている人が訪れてくるのを期待しながら待つしかなかった。

緊急事態から気持ちを逸らそうと思い、手紙を書こうとしたがうまくいかなかった。しばらくして、再び電話が鳴った。同じ女性からだった。「警告したのに」と彼女は言った。そして電話は切れ、私はとても怖くなった。隠れたかったが、どこにも隠れようがなかった。私は、安全な場所を作るために、半狂乱になりながらエイミー・ヴァンダービルトの本を並べ替え始めた。しかし、壁を作って中にこもった後、怖気づいて本の後ろに隠れているところを見つかりたくないと思い直した。私は本を床に蹴散らし、使い古したほうきを台所から引っ掴んできて出入り口のほうに移動した。非暴力なんて知ったことか、誰かがこのドアから入ってきたら、このほうきを振り下ろしてやる。どのくらいの間か分からないが、そこに立っていたら、表のポーチで誰かの重い足音が聞こえてきた。私は数歩下がって部屋の真ん中に戻り、立ち止まった。

ストークリー・カーマイケルと、続けてラリー・ギュイヨとティルモンが部屋に飛び込んできたとき、私は気が抜けてぐったりしてしまった。実際、私は少し気が遠くなっていて、ストークリーが抱き留めてくれなかったら床に倒れてしまっていただろう。話ができるようになってから、私は何が起こったのかを説明した。ストークリーは、生徒の一人が母親に、先生に何度か電話がかかってきた後、生徒皆に家に帰るように言った、先生はずいぶん気が動転しているみたいだったと話したと言った。母親がジャクソンにあるCOFOの事務所に電話をかけ、ジャクソンの職員がモスポイントの事務所に電話をかけた。そこではストークリーとラリーがティルモンと会っているところで、彼らは急いでパスカグーラまで来たのだった。モスポイントの家に帰る途中、私はストークリーがピアスをしていないことに気づいた。私は、ときどきはピアスをしているのか聞きたかったが、聞かなかった。その晩、学校が焼き討ちにあうことはなく、私は一〇セント硬貨で武装して授業を再開した。しかし間もなく、学校は放火された。残ったのは『エイミー・ヴァンダービルトのエチケット・ブック完全版』の灰の山と二度焼かれた十字架だけだった。

＊＊＊

スタッフを元気づけるため、ティルモンは、ニューオーリンズの彼の両親に会い、街を見物する泊まりがけの遠足を計画してくれた。ある白人の住宅地を通り過ぎたとき、私が三人の黒人の男たちと一緒に車に乗っているのを見て、白人の若者たちが車に大きな石を投げつけてきた。大して驚くようなことではなかったので、同乗の三人はちょっと罵りの言葉を吐いたくらいだった。新しい法律〔一九六四年公民権法〕は公の場での人種差別を禁じていたにもかかわらず、有名なフレンチ・クオーター〔ニューオーリンズの旧市街〕ではいまだにたいていのところが黒人は立入禁止だった。しかしティルモンは、おいしいガンボが食べられてとてもホットなジャズを聴ける場所を街の黒人地区の中で見つけてきた。そこは、人種統合したグループである私たちにとても良くしてくれるところで、フレンチ・クオーターのよそよそしさと正反対だった。

レイ・チャールズを聴きにアラバマ州モービルに日帰り旅行に行ったのは、さらに思い出深かった。彼のレコードは聴いたことがあったが、大ファンというわけではなかった。しかし、彼が生きることへの強い情熱をすべての観客と分かちあったとき、私は彼の大ファンになった。その地方の法律ではいまだ人種ごとに分かれた席に座ることが強制されていたが、黒人と白人はすぐに楽しそうに通路で一緒に踊り出した。私は、彼がかつて黒人白人混合の観客を相手に公演をして鎖で鞭打たれたことがある[*1]のを知っていたので、この公演を人種統合したものにするのを助けることで彼の勇気を称えたような気持ちになった。そのコンサートは、単なる娯楽ではなく、ベートーヴェンの交響曲と同じくらい人の気持ちを鼓舞する効果

＊1　一九六一年三月、レイ・チャールズはジョージア州オーガスタで予定していたコンサートの座席が人種隔離されており、さらには黒人の座席が明らかに劣ることを知ってコンサートをキャンセルしており、実際には公演はおこなっていない。また、その結果、彼は契約違反として興行主から約八〇〇ドルを請求された。

があった。

　一一月の選挙の二、三週間前、モスポイントの町は黒人コミュニティの要求を聞き入れ、黒人の警察官を雇った。しかし、それは白人の役人の側が心を入れ替えたということではなかった。彼らが選んだ人物は、人種統合と公民権運動について病的なまでに反対していた。そのような特定の人物を警察官として雇うということは、黒人コミュニティが人種統合を要求してきた「罪」に対してひねくれた敵対心をもって罰を与えるようなものだった。パーカーさんは、私が知っている人の中でもっとも物怖じせずに言葉を発する人だったが、頭にきすぎてこの件について何も話さなかった。ミスター・スコットが教えてくれた話では、選ばれた男は陸軍の退役軍人で怒りっぽく、精神病になったことも暴力を振るったこともあり、そうしたことを当局はよく知っているとのことだった。もちろん、黒人の警官を雇うという先例ができたことや、その男も責任感からかんしゃくを起こすのを抑えるかもしれないといったポジティブな側面を強調した人たちもいた。しかし間もなく私たちは、それどころか自分たちが恐怖による支配の一歩手間にいることに気づいた。公民権運動に熱心な黒人が最初の犠牲者になった。彼らは、手や腕、頭蓋骨など何ヶ所も怪我を負わされたうえに、顔を容赦なく棍棒で殴られて顎の骨を折った。黒人の中には大した理由もなく、あるいは何の理由もなく殴られた人もいた。しかし白人は誰も（おそらくキャロルや私も含めて）彼に殴られる心配をせずに済んだ。

　その頃から、私はときどき、なかなか眠りにつけなくなっていた。仕事をしている間は、ジム・クロウ法をどうにかしてやっつけることができるだろうと楽天的に考えていられるのだが、夜ベッドに横になると、非暴力がうまくいかなかったらどうしようというような将来に関する厄介な疑問に狡賢《ずるがしこ》く姿を変えた過去の嫌な思い出がよみがえってくるのだった。耕された土と松の大枝の匂いが寝室の窓から入ってくると、私はハンブルク郊外にあったピンバー夫人の農場の粗末な木造の小屋の簡易ベッドで寝ていたときのような気分になった。目を閉じた後に犬が吠えると、私は、土の穴蔵の中に隠れ、今すぐにもナチ親衛隊にそこから引きずり出されるのではないかと怯えていたことをたちまち思い出した。私も含め、ミシシッピで寝起きしている人なら誰でも、頭巾をかぶったクランの団員が寝室の窓の外にしゃがみ込んで火炎瓶に火をつける準備をしている可能性があることを了解していたわけだが、おそらくミスター・スコットが十分に武装してくれていたおかげだろう、私がそれを想像することはなかった。私が、狂った〔黒人の〕警察官が任命された後に夜眠れなくなったのは、襲われるかもしれないという差し迫った恐怖のためというよりは、既視感が押し寄せてくるせいだった。

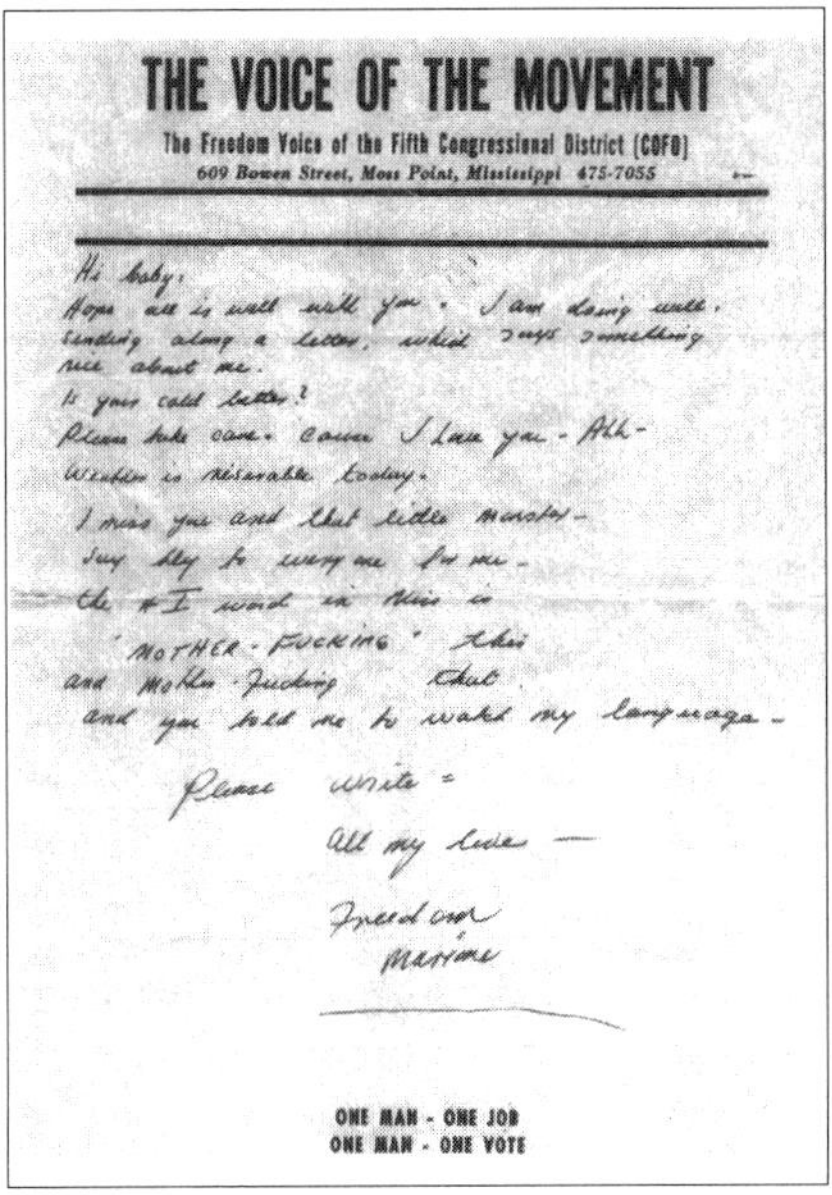
THE VOICE OF THE MOVEMENT
The Freedom Voice of the Fifth Congressional District (COFO)
609 Bowen Street, Moss Point, Mississippi 475-7055

Hi baby,
Hope all is well with you. I am doing well.
Sending along a letter, which says something nice about me.
Is your cold better?
Please take care. Cause I love you - Ahh -
Weather is miserable today.
I miss you and that little monster -
Say hey to everyone for me -
the #1 word in Miss is
"MOTHER-FUCKING" this
and Mother-Fucking that
and you told me to watch my language -
Please write -
All my love -
Freedom
Marnie

ONE MAN - ONE JOB
ONE MAN - ONE VOTE

ミシシッピ滞在中に著者が夫ダニエルに宛てて書いた手紙。罵り言葉を文中で使い、言葉に気をつけるようたしなめられた。

　私は、ミシシッピに来るにあたって最初からほとんど幻想を抱いてはいなかった。約一〇年前にエメット・ティルを殺した犯人らが無罪放免になったときに、私はミシシッピは黒人を殺すことを黙許していることを知った。チェイニー、シュワーナー、グッドマンの殺人事件は、殺しても良い対象範囲が公民権運動家にまで広がったことを世間に知らしめた。私は、シュワーナーとグッドマンがユダヤ人[*2]でなかったら殺されなかっただろうとまでは思わなかったが、ユダヤ人はクランの憎悪のリストに入っていることを知っていたし、彼らは私がユダヤ人であることを既に知っていると確信していた。いずれにせよ、最近の出来事によって、私は自分がユダヤ人であること、クランやさらに卑劣な白人市民会議が振りかざす威力についてより意識するようになった。それと同時に、彼らは彼らの力をもってしても私が子どもの頃に経験したような圧倒的な大量虐殺に携わることはできないのだし、公民権運動は彼らのもっているその力に対する積極的かつ極めて効果的な反撃をもう開始しているのだということも分かっていた。そして私は、かなり個人的なやり方で、ナチスを前にして無力で頼れる友人もいなかった人たちのために、今、闘っていた。それに、私にはたくさんの友達がいたし、私たちは皆、非暴力で闘っていた。このように考えることと寝室を照らすわずかな月の光で安心し、私はダニエルの肩に寄りかかっている気分になってようやく眠りにつくことができたのだった。

＊2　原著ではシュワーナーとチェイニーとされていたが、ジェイムズ・チェイニーは黒人である。正しくはシュワーナーとグッドマンであるので、訳者の判断で修正した。

第11章

奮闘そして敗走

私たちは来たるべき二つの選挙に向けて投票をする人たちを集めるのに一生懸命だったので、一日を振り返る時間はそれほど多くは取れなかった。先におこなわれる「自由のための投票」は公民権のグループが管理運営するもので、ミシシッピの黒人たちは機会さえあれば二つ目の〔公式の〕選挙で投票する気があるということを示すためのものだった。最初の選挙はミシシッピに住んでいる大人であれば、肌の色に関わりなく誰でも投票したい人は投票できるものだった。私たちの「一人一票」という信念を守るためにも、有権者登録は簡単で分かりやすくされていて、もう一方の〔公式の〕選挙が複雑で不当な扱いを受けやすいのとは対照的であった。できるだけ多くの人が投票できるように投票所は三日間開いていた。翌日の一九六四年一一月三日はミシシッピの白人が「正式に」投票することを許されていた全国の選挙の日だったが、たいていのアフリカ系アメリカ人は州の意思と権力によって排除されていた。

夏季ボランティアと運動員たちは、アトランティックシティでの民主党全国党大会でミシシッピ代表団が全員白人であることに異議申し立てをするのに向けて素晴らしい仕事をしたけれども、選挙結果が変わらないのであれば選挙で投票する意味もないのではないかと考えるアフリカ系アメリカ人がたくさんいた。しかし、MFDPが勇気を出して立ち上がった後には、そのようなアフリカ系アメリカ人の中でも多くの人たちが希望の光を見出し、自分たちの権利が否定されていることに抗議するために投票をしようとした。それはとくに、ミセス・ファニー・ルー・ヘイマーが党大会でテレビの全国放送のカメラが回っているところで「ミシシッピがどうなっているのか、ありのままに話した」のを見た人たちが、そうだった。資格はあるのに投票したことがない人がこの出来事について見聞きし、それでもまだ投票に気乗りがしないと言ったときは、私は、アトランティックシティでミセス・ヘイマーに会ったときのことを話した。ミセス・ヘイマーが、「黒人は投票する気がない」と白人たちが嘘をついていることをワシントンの政治家たち相手に立証してみせることが重要だと言ったので、私はこうしてミシシッピに来ているのですよと話した。しかし、私は大勢の人に懇願して回る必要はなかった。地域の運動員たちと私は、「自由のための投票」の投票者数の多さに驚いた。三日間、私たちは皆を投票所に送り迎えするのと投票箱を集計所に運ぶのとでとても忙しくて、何かを口にする暇さえほとんどなかった。全国の〔公式の〕選挙の日はさほどてんてこ舞いではなかった。とはいえ、一日の最後には、私たちのうちの何人かは食事する時間がなくて空腹だったものの、ここしばらくの間で初めてすることがない状態になった。

投票時間が終わって投票所が閉鎖され、貴重な命を犠牲にし、これまでにないほどたくさんの人々が関わってきた長期間の選挙運動が突如として終わった。突然、私たちの闘いのひとつのステージが幕を閉じたのだ。田舎から来ている最後の投票者を車で家に送った後は、選挙の結果を待つ以外にすることがなくなった。公式の選挙では〔共和党の候補の〕バリー・ゴールドウォーターが勝つだろうと思っていたが、「自由のための投票」では抑圧に対する独創的な非暴力の抵抗が勝利したので、印刷物の配布、子どもたちの世話、投票をする人たちの送り迎えあるいはその他の仕事をした女性たち数人で記念に何かお祝いをしたいと考えた。近隣の飲食できる店でまだ開いているのはバーナム・ドラッグストアだけだった。その店のランチ・カウンターでは食事を出してもらえないだろうと思ったが、私はどうなるか試してみようかと提案した。選挙の後だし、もし断られたら苦情を申し立てられる連邦の機関がたぶんあると思うわと誰かが言った。すると、そこにいた人たち皆が急に行こう行こうと言い出した。例の新しい黒人の警察官はこれまでにない選挙の出足に怒り心頭らしいと伝え聞いていて、誰も関わりあいたくなかったので、もし警察が呼ばれたらバラバラに逃げ帰ろうということで合意した。このことをはっきりさせたので、私はこの突飛な行為もSNCCの座り込み禁止のルールに抵触しないだろうと思った。それで私が車を運転して皆でドラッグストアに行き、店の正面に合法的に車を停めた。

店の中に入って席に着いたとき、白人の店員とカウンターの給仕係らは見るからに腹を立てている様子だった。二、三人いた他の客は席を立ってレジのところに行った。私たちはメニューを見て内容について話しあったが、誰も注文を聞きに来なかった。しばらくして、私たちのグループの一人の女性が、カウンターの向こうにいる男性の店員に向かってバナナスプリットをくださいと言った。彼はしばらく彼女を見つめた後、言った。

「この店ではニガーには給仕しないよ！」

「私たちはニガーを注文してないわ。」彼女は言った。「私たちはバナナスプリットを頼んだのよ。[*1]」

「新しい法律では、私たちにも給仕しないといけないのよ。」別の女性が言った。

「この選挙が終わったら、ゴールドウォーターがそんな法律、ビリビリに破り捨てちまうだろうよ！あんたたちは今すぐこの店を出て行け。お前もだ！」彼は答え、私を見ながら付け加えた。それから彼はレジ係に「警察に電話して、ニガーの団体が店に来ていてトラブルを起こし、店を出て行くのを拒んでいると言え」と言った。

「私たちは何も拒んでないわ。」一緒に来ていた人が、レジ係が電話をしているときに言った。「あんたが私たちを拒んでいるんじゃないの。」

「クロンボどもはさっさと出て行きやがれ。カウンターは閉めたぞ！」

彼がカッカきているのに対して私たちは落ち着いており、勝ったと感じたので、私たちは椅子から立ち上がり、急ぐことなく頭を高くあげ、ぞろぞろと店から出て行った。いったん外に出て、私たちは仲間のとんちの利いた受け答えに大笑いし、この記念すべき出来事はきっとモスポイントじゅうで噂になるわねと喜んだ。しかし、私たちが車の座席に着くより早くパトカーが来て私たちの後ろで停まった。警察官が二人降りてきたが、例の黒人の警察官はいなかったので私はほっとした。そして、一人の警官が店の中に入り店主の苦情を聞きに行っている間、もう一人が私に免許証と車の登録証を渡せと言ったので、私は従った。彼は免許証を見て、年齢と誕生日を聞いた。私は彼に、あと二週間と二日で二九歳になると答えた。しばらく時間がかかって彼はようやく分かったようで、免許証を自分の胸ポケットに入れ、車の登録証と前後のナンバープレートを調べた。それから彼は私に車のライトをつけるように言い、前と後ろを調べ、さらにエンジンをかけ、ブレーキのペダルを踏み、ウィンカーを点滅させるように言った。どうやら満足したようで、彼はパトカーに戻りそのまましばらくそこにいた。もう一人の警官がドラッグストアから出てくると、彼らはしばらく打ち合わせをし、一人の警官はパトカーに乗り、私を尋問したほうの警官が戻ってきた。その時点で私は、これなら駐車違反程度の処分で済むのではないかと思い始めていた。定期市の会場で「有色人専用」のトイレを使ったときから、私はすべてのミシシッピの警官が同程度に悪人なわけではないのだなと思っていた。

しかし、彼は免許証を返してくれず、車で付いてくるように言った。そして他の人たちに、逮捕されたくないのなら車から降りるようにと言った。私がそうしてちょうだいと言ったので、皆それに従った。私も車を降り、警官に近づいて免許証を返してくれるように言ったところ、彼は激しく怒って私に食ってかかった。

＊1　serveという語が「〈人〉に給仕する」場合と「〈飲み物・食べ物〉を出す、供する」場合の両方に使われるため、「ニガー『に』給仕する」と「ニガー（という料理）『を』出す」をかけている。

「さっさと車に戻りな。さもないと車ごと引きずって行くぞ。」彼は言った。

「後ろを運転して付いて行く間、免許証がいるんです。まだあなたのシャツのポケットに入っているでしょう。」私は言った。

「ここに入れておくんだ。あんたみたいなニガーびいきが北部じゃどう扱われてるか知らんが、ここでは無事でいたかったら言われた通りにすることだな。分かったか？」

「はい《イエス》、警察官様《サー》。」私は、たとえ敵であっても敬意を見せなければならないというCOREの規則を思い出して言った。

しかし、警察署で調書を取られたとき、私はそのような敬意を払わなければ良かったと後悔した。私は、免許証不携帯だけでなく、治安妨害、逮捕への抵抗、そしてスピード違反、さらには不注意運転と飲酒運転で告発されたのだった。これらの罪状の中には記録係の警官が提案したものさえいくつかあった。彼らはあらゆる罪状で私を告発し、事実上、無罪を申し立てたり小額の罰金や保釈金を支払ったりでは済まないようにしたのだ。

翌日、ティルモンがやってきた。私は罪状認否のために出廷するよう召喚されたが、すべての罪状について無罪を主張し、予備尋問を放棄していた。法廷で私を弁護するための凄腕の弁護士をSNCCが探しているところだとティルモンが言ったのに対し、私は、これは全部茶番なので、まともな法廷なら真剣に事件として取り上げないだろうと答えた。しかし警察も何か懲罰を加えることができると確信していなければ、このような大騒ぎは起こしていないだろうということは、私たちにも分かっていた。実際のところ、彼らをカッとさせたのはドラッグストアでの事件ではなかった。それは、本当の座り込みではなかったのだから。彼らを怒らせたのは、我々が黒人たちを政治に参加するよう鼓舞することに見事に成功したことだろうと私たちは結論づけた。彼らは、そのようなことをしても無駄だということを我々に示したい一心だったのだ。

拘置所では、私は幸運なことに最初の晩から独房に入れられた。トイレは悪臭がして、虫とネズミがどっさりいたが、赤インゲンと米が中心の食事は風味に富んでいた。収監されていて一番嫌だったのは、薄暗がりの中で寝台に座ったり横たわったりしていると他の監房の人たちの苦しそうな声が聞こえてくることだった。

男女を問わず、多くのSNCCの運動員が問答無用でミシシッピのパーチマン農場刑務所や他の耐えられないほど不快な場所に入れられ、理不尽な時を過ごしてきたのだが、なんと私のもとにはニューオーリンズの弁護士組合から弁護団が派遣されてきた。私は弁護士を依頼したことがなかったし、その組合についてはジャック・オデルのような人たちを弁護してくれるという噂しか聞いたことがなく、ほとんど知らなかった。私は、陪審員ではなく判事が私の量刑を決めることになるだろうと言われても大して気にしていなかったが、裁判の前に弁護士たちと話をする時間がもっとあれば良かったのにと思っていた。誰かが「開廷」と言って裁判が始まると、ドラッグストアに一緒に行った仲間の一人がタバコを一カートン渡してくれた。拘置所ではタバコが吸えなかったので、この差し入れは大歓迎だった。

法廷は大きめの教室くらいの広さで、光が降り注ぐ大きな窓から数フィート離れたところに長いテーブルと椅子が置いてあった。私が入廷したときには、ほんのりピンク色の頬をした大柄な判事が、私を逮捕した警官を伴って机の向こうに座っていた。私は判事の正面に座るように言われた。判事は窓に背を向けていた。私の二人の弁護士は私の右側でテーブルの端に座り、二人の警官が私の左側の数フィート下がったところで椅子の後ろに立っていた。法廷速記者らしき白人の女性が判事の右側に座った。判事の背後の壁のそばに、州の旗が飾られていた。私の後ろには椅子の列があって、モスポイントとパスカグーラの黒人コミュニティから来た人たちが座っていた。パーカーさんや他の有権者登録運動に参加していた人たちが皆を動員してきたのだろうなと私は思った。スコット夫妻は二列目に座っていた。白人も数人、ときどき様子を見に入ってきたが、長くはいなかった。ドラッグストアで働いている白人でさえ、ずっとはいなかった。

はっきりとは言わなかったが、警察と判事は、地元の黒人たちにドラッグストアのランチ・カウンターで食べ物を注文させようとけしかけた「外部の煽動者」として私を処罰しようとしていることを黒人コミュニティに分からせようとしているようだった。その意図が地元の黒人たちに何らかの教訓を与えようとすることであったとすれば、当局が設けたその授業は熱心に傾聴され、反応もすこぶる良かったといえる。私の支持者たちは、何時間もかかった裁判の間ずっと法廷の中にいた。もっとも多かったのは一斉にため息をついたりうめき声を上げたりだったが、まるで古代ギリシャ劇の合唱隊*2のように、不同意や承認をはっきりと聞こえるように表現しながら裁判を傍聴したのだった。

二人の警官が主な目撃証人で、私に不利な証言をしたが、私の弁護団は罪状のいくつかについては容疑を裏づける物的証拠がないことを明らかにしたので、いくつかの嫌疑は取り下げられたようだった。たとえば警察は、「ニガーたちと一緒にドラッグストアに行き、バナナスプリットを注文した」なんて酔っていたに違いないと決めつけただけで、私が酒を飲んでいたという証拠を何ももっていなかった。長いこと言葉での応酬を続けた後、弁護士たちは、免許証不携帯で運転したという罪状は、私が免許証を返して欲しいと言って逮捕に抵抗したという主張と矛盾するし、また私が警察の命令に従ったという事実とも矛盾すると言い、警官による罪状でっちあげについて事実上の自白を引き出した。さらに彼らは、警察の命令に従うために市民は通常の交通法規を無視することができるという判例を持ち出した。弁護団は常に判事に最大級の敬意を払っていたのだが、ある時点で、判事は警察官の要を得ない証言にあまりにイライラして、話を引き継ぎ、たとえ本当に起こっていたとしても判事自身が目撃したはずもない出来事について自分で語り始めた。

判事がタバコを吸っていたので私も吸いたくなったが、私も弁護士たちもマッチを持っていなかった。そこで私はテーブルから身を乗り出すようにして、何度も判事に火をつけてもらった。判事は見るからに自分自身を「南部の紳士」と思っているようだった。裁判が進むにつれて、私は神経を落ち着かせるために立て続けにタバコを吸うようになり、判事が私のタバコに火をつけるごとに聴衆はよしよしと満足げに

＊2　古代ギリシャ劇の円形劇場は非常に大きかったので、遠くの観客にも分かるよう動きは誇張され、また発声もはっきり聞き取れるように演じられた。

ざわつき、その声は大きくなっていった。

被告人側の弁論の中で、弁護士たちは、ドラッグストアの中で起こったことについては争点になっておらず、起訴内容とも関係がなく、本件とは全く無関係であるので証人は呼んでいないと言った。年配のほうの弁護士が、私は証拠となるにふさわしい事実、すなわち、付いてこいという警察官の命令に完全に従ったということは認めたのだから、私が証言をする必要はないと言った。彼は長々と弁論し、当該告発は、当日の「アメリカの民主主義の営み」によってもたらされた興奮に由来する「複数の誤解」により生じた不運な結末であると主張した。彼は、国家が根本的な変化を受け入れたと聞いた後、お腹が空いた人たちが、「この素晴らしいミシシッピ州の平和と威厳を侮辱する意図など微塵もなく、」この変化がソーダ水売り場でも実現しているのかを直ちに確かめたくなったというのは理解できることだと指摘した。そしてさらに彼は、苦い顔をしてにらみ返してくるもっとも攻撃的な警察官のほうを向いて、警官は当日、治安維持のために長時間働いた後に電話に応対したのであり、物事を円滑に進めるために毅然として行動する必要があると思ったというのはもっともなことであると言った。弁論の結論として弁護士は、私はこの国および州への新参者であり、警察官はもちろんのこと誰をも不快にさせる意図はなく、私が拘置所で過ごした三晩はこれらの不幸な誤解を生んだことに対する処罰としては十分すぎると繰り返し主張した。

私は、弁護士は判事と警察に対して上品に引っ込みがつくようにしてやっているのであって、その方法は敵対者を扱うときのCOREの規則に則っているということは理解していた。しかし私は、バカバカしいほどにでっち上げられた数々の容疑と、それらが正しいと認めさせようとする裁判所の見え透いた試みに腹が立っていた。私は弁護士たちに、これは正義をねじ曲げる行為であると言ってもらいたかった。あるいは少なくとも、いつまでも懐柔的な態度を取るのではなく鋭く糾弾する姿勢でいて欲しかった。しかし、そのとき私は気づいた。私が証言台に立たされないのは、ティルモンが弁護士たちに私はあくまで攻撃姿勢を保ち続けるだろうと注意喚起したからか、あるいは、弁護士たちが単にこのような容疑をかけられた人なら誰でも冷静でいられなくなるのが普通だと思ったからだろうと。ミシシッピといういかにも南部的なところにいるとはいえ、法を守ると誓った人たち自身が逆に法を濫用している状況下で言いたいことをぐっとこらえるのは、私には難しかった。しかし、判事は小槌を振り下ろし判決を言い渡しますと告げた。部屋の中は完全に静まり返った。

私は、有罪になったことには驚かなかった。しかし、禁固六ヶ月と告げられたときには、かなり困ったことになったなと気づいた。それでもまだ私はことの重大さを十分に理解しておらず、支持してくれている人たちが怒っているのを見て、身に降りかかった危険を察するというよりもむしろ慰められたように感じていた。というのも私は、この裁判はあまりにも茶番なので上級裁判所は判決を覆すに違いないと思っていたのだ。私は、ティルモンと弁護士たちに、服役はするけれども、判事のおこないを公にして不正だと主張するために、何とかして上訴したい、必要とあらば最高裁まで進みたいと伝えた。そして、判事から上訴審前の保釈を認めないと言い渡された後、弁護士たちは私に判事と個人的に話をしてまた連絡すると伝えた。

法廷にいた人たちは、出席していた二人の牧師によってなだめられた。聴衆が退出するとき、ママ・スコットとパーカーさんが人を掻き分けて私のほうに近づいてきて、抱きしめて言葉をかけてくれた。そのときには私は手錠をかけられていたが、彼らがきつく抱きしめてくれてとても気分が落ち着いた。二人と別れた後、たくさんの疑問が私の心の中に沸き起こってきた。どうやってダニエルに知らせよう？ 上訴のお金は誰が払うの？ 私はあそこに収監されるの、それともパーチマン刑務所？ しかし私は独房に戻される前に心の落ち着きを取り戻し、タバコ用のマッチもいくらか手に入れることができた。

数時間後、私は有頂天になるほど幸せな気持ちで拘置所から出てSNCCの事務所に戻った。弁護士たちは、判事がいらないとは言えないほどの金額を「罰金」として支払うことで刑の執行を一時延期するよう説得したのだと説明した。彼らは、私は執行猶予中であって原判決はいつでも復活される可能性があるので、できるだけ早くミシシッピを出たほうが良いと言った。二人の弁護士のうちの年配のほうが、警察は黒人たちの前で散々面目を潰されたのだし、私が出所してきたと知ったらものすごく立腹するだろうから、本当に急いだほうが良いと言った。

「判事も面目を失ったよね。」ティルモンは言った。「彼があなたのタバコの火をつけてあげていたとき、皆、笑っていたからね。だけど、あなたが判事を召使いのように扱ったということを認めることになってしまうから、気づいたときには彼はやめられなくなっていた。」

「その通りだ。」年配の弁護士は言った。「誰もがこの件は濡れ衣だと分かっていたからね。でも、判事が金を受け取らなかったら、あなたは生きて刑務所を出てこられたか分からなかったよ。」

彼の言葉は、眠っていた子どもの頃の恐怖心を一時的に呼び起こした。私はダニエルに電話し、ようやく出てこられたのですぐに家に帰ると言った。私たちが話し終わる前に、ティルモンがダニエルと話したいと言った。ティルモンの口から最初に出てきた言葉は、「彼女を迎えに来てくれなくちゃ困ります、このままじゃ僕たちまで皆殺しになってしまいますよ」だった。とはいえ彼はその言葉を愛情深く言い、言い終わると愉快そうに笑った。部屋にいる人たちも皆クスクスと笑った。しかし、私がミシシッピを離れなければならないことについては彼は冗談を言ったのではなく、それは明白な事実だった。

第12章

家に戻り、再び離れる

ミシシッピからの帰りのバスの旅は、荷物とダニーが乗れるくらい大きな消防車を抱えて乗り継ぎをするのが大変だったくらいで、とくに何も起こらなかった。しかし、メリーランド州チェビー・チェイスの境界線から数ブロックのところにある我が家に無事に帰り着いてみると、南部で見知らぬ白人に対して反射的に抱いていた不信感をなかなか捨て切れない自分がいることに気づいた。私はときどき、偏執症《パラノイア》のような症状を起こした。運転中に頻繁にバックミラーを見ては、車、とくにピックアップ・トラックが後ろを付いてきていると思うと唐突に方向を変えたりした。こう言っても読者にはピンとこないかもしれないが、人種差別主義者に対する恐怖を和らげる最良の治療法は、すぐにワシントンＤＣでの公民権運動に参加することのように思われた。

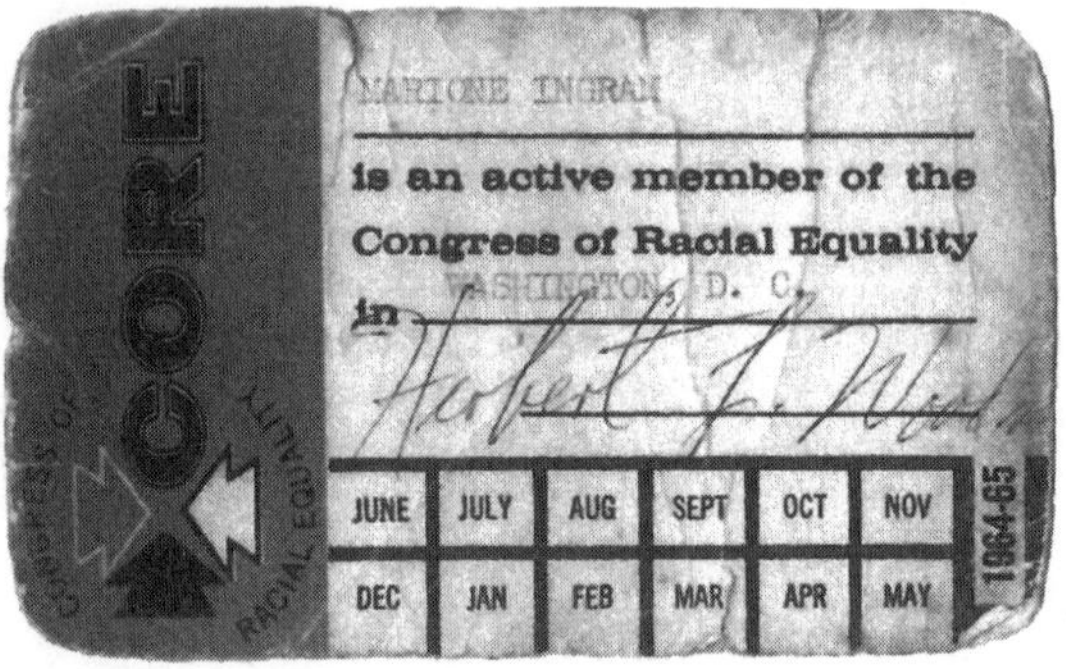

著者のCOREの会員証（1964-1965年度）

私がいない間にダニエルは、ワシントンのホテルにおける人種差別的慣行への反対運動に参加するようになっていた。政府関係と観光業以外ほとんど産業がないワシントンでは、ホテルは大きな雇用主だったのだ。有名ホテルの従業員組合のメンバーがもってきてくれた内部情報を携えて、COREは公民権のグループを代表して交渉を始めていた。そのグループには、ダニエルとCOREのレジー・ウェブの他、NAACPの弁護士のフランク・ホリスとエド・ヘイルズ、SCLCのウォルター・ファウントロイ牧師、NULの事務局長のスターリング・タッカーが含まれていた。彼らは皆もともと友人で私たちの家にも来ていた人たちだった。その交渉はかなり込み入っており、ホテル協会がすべての人種差別的慣行を撤廃するだけでなく、マイノリティを従業員として募集するための〔一歩踏み込んだ措置である〕アファーマティブ・アクションを実施することも要求事項に含まれていた。この場合は、たとえば、アフリカ系アメリカ人向けの新聞に求人広告を載せたり、白人向けメディアの求人広告の中でも雇用主が平等な就職の機会を提供していることを表明したりといったことであった。さらには、ホテル協会はDCにあるホテル学校および名高いコーネル大学のホテル経営学部に進学する学生向けの奨学金制度を創設せよという要求さえ含まれていた。そして、公民権グループは、いくつかのホテルの社員食堂がいまだに人種隔離をおこなっていることを引きあいに出し、意図的にクリスマス前に交渉を打ち切った。「君たちは恥知らずだよ！」ウェブが吐き捨て、皆で席を立ってその場を後にしたのだった。

数週間後、私たちは主要なホテルの前でピケを始めた。そのうちのいくつかのホテルではジョンソン大統領の就任パーティの最終段階の準備をしていた。就任の日〔一九六五年一月二〇日〕の前の晩、凍るような冷たい雨が降るなか、ダニエルと私はピケの看板を揚げて大きなホテルの前の通りを行ったり来たりした。高そうな服を着て出入りしているホテル客たちのほうから、テキサス訛りの辛辣な言葉がときどき聞こえてきた。そうした言葉に誘発されて、ピケ隊のメンバーたちから、オレたちはこんな日にこんなところにいる必要はないんじゃないのかという不満の声が漏れ始めた。ジョンソンの票を増やすためにミシシッピで一生懸命働いたのに、寒いしびしょ濡れだし、何なんだという思いで、私も葛藤し始めた。そんなわけで、伝令が「ホテル協会との話しあいが始まるぞ！」とダニエルを呼びに来て、彼が私を置いて急いで行ってしまったとき、私は全くうれしくなかった。残った人たちが今晩は十分に惨めな思いをしたからもう切り上げようと決めたときにもダニエルは戻ってこず、私が真夜中過ぎに寝たときにもまだ家に帰ってこなかった。

午前二時頃、ダニエルはフランク・ホリスとレジー・ウェブと一緒に帰ってきた。三人とも、まるで奇跡を見てきたかのような顔をしていた。話を聴こうとしたのだが、彼らはすぐに酒盛りを始めた。彼らの話によると、彼らが出席した話しあいは、リンドン・ジョンソンのホワイトハウスの紛争調停人の一人

By Norman Driscoll, Staff Photographer

Mom's on Picket Duty

Daniel Ingram, 3½, waits beside the White House fence while his mother does duty in yesterday's picket line made up of civil rights demonstrators.

著者とともにデモに参加する息子ダニエル（3歳半）について報じた『ワシントン・ポスト』紙の記事

によって招集された。その人物は話しあいの冒頭で、自分はアメリカ大統領の個人的な指示によってこの調停をしに来たと言った。それから彼は、組合側が出している要求事項について個々に検討するよう、ホテル協会側、組合側の双方に指示し、その後、組合側の要求に対してホテル協会側が出していた異議を一つひとつピシャリと却下した。それが終わると、公民権グループの連合は、DCのホテル経営学校の奨学金を含め、実質的にすべての要求が認められた署名済みの合意文書を手にすることができたのだった。骨ばった指を天井に向け、聖書の預言者のように顔を輝かせながら、フランク・ホリスは、今回の合意は「これまでの交渉の中で、もっとも包括的なアファーマティブ・アクションの合意である」と宣言した。彼は米国訟務局の弁護士だったので、私たちは即座にそうだそうだと同意した。私としては、凍てつくような雨の中で私たち「歩兵」が何時間も疲れた足を引きずってデモ行進をしなければ、合意は実現していなかっただろうと付け加えたかったのだが。

　合意が取れたことで元気を回復できたものの、白人の人間性に対する私の信頼は、私たちの郊外の住まいの隣人たちが、普段は仲良くしている人たちも含めて突然おかしな行動を始めたときに再び失せていった。彼らは、私たちがＣＯＲＥのメンバーとしてワシントンの様々な人種差別に反対しているということを知ったときも、動揺したようには見えなかった。彼らは、ベビーシッターから聞いて、あるいはいろいろな出来事を通じて、自然に私たちの活動について気づいたり聞いたりしたようだった。何しろ私たちのほうも、公民権の問題に関して自分たちが何をしているのか、どこでピケを張っているのかなど秘密にしていなかったのだから。私たちの住む地域にはアフリカ系アメリカ人の家族が全然住んでいないと知った後でさえ、私たちはその人口分布は過去の遺物だと思ってろくに気に留めていなかった。何にせよ、セルトン・ヘンダーソンが私たちのところに引っ越してきて白人の何人かが明らかに彼と親しくしていたときも、ある人などは私たちが思っていたよりも頻繁にうちに立ち寄っておしゃべりをしたりして、近所の人たちは平穏なままだったのだ。それに、私たちが知る限り、アフリカ系アメリカ人の友人が頻繁に訪ねてきたり異人種の人たちとパーティをしたりしていることについて、苦情を言われたことはなかった。

一九六五年には、メリーランド郊外公正住宅協会という組織さえあった。この組織は、この地域にアフリカ系アメリカ人の家族が引っ越してくるのを手助けしようとしている団体だった。私たちは、一度その団体が私たちの居住区で開いた会合に出席し、良い印象をもっていた。議長の女性が、私たちの新しい隣人は「マサチューセッツ工科大の博士号をもっている人だと言えば、近所の人たちの不安は解消するでしょう」とアドバイスしてくれたのには後で笑ったが。私たちは、彼女が言っていた不安とは、白人が都心から脱出するのに続いて黒人も引っ越してくることができる場合でも、郊外にある自分たちの家の資産価値がフランス菓子のスフレのように膨れ上がり続けるのかどうかという懸念だと理解した。しかし私たちは、会合に出席している人たちの愛想の良い笑顔から、彼らの巣の卵は安全に守られているので満足しているのだろうと推察したのだった。

会合の後間もなく、大家さんが同じで私たちが家を借りるときにも仲介をしてくれて親しくしていた隣人が引っ越して行った。私たちはその家に三年間住んでいたが、それまでこの二軒の家の所有者である年配の夫婦には会ったことがなかった。しかし、私たちが代わりの住人を見つけましょうかと声をかけると、彼らはとてもありがたがっていた。私たちが尋ねると、彼らはきちんと家賃を払ってくれる人であれば住人の肌の色にはこだわらないと答えた。COREとSNCCを通じて情報を広めると、すぐにアフリカ系アメリカ人の夫婦が興味をもっていることが分かったので、家の下見に彼らを招いた。彼らはやってきたが、下見の後で私たちの家の玄関ポーチで飲み物を飲んでいるとき、もう少し良い家を探そうと思うと言った。私たちは、彼らは二人とも博士号をもっていて、夫は郡の学校の校長補佐で、妻は今回の物件から数マイルのところにあるポトマック川近くの海軍の船舶のデザインをする有名な施設のエンジニアだということを知った。彼らは、公正住宅協会の議長の女性が博士号の威力について言っていたことを話したところ、楽しそうに笑っていた。

一週間ほどして、家の下見をした夫婦の妻が電話をかけてきた。彼女は、家を見せてくれたうえにおもてなしをしてくれて、さらには、公正住宅協会について教えてくれてありがとうと言った。そして彼らは今、協会の世話になっているというのだ。彼女は、協会の幹事の人たちに、イングラムさん夫妻も彼らの家探しを手伝ってくれていると伝えておいたと言った。

「ニガー・ラバーって何?」

数日後、四歳のダニーが息を切らして家に帰ってきて、私に聞いた。私は驚いたが、驚いているところを見せないようにして、どうしてそんなことを聞くのと尋ねた。彼は、他の子どもたちが「お母さんとお父さんがニガー・ラバーだから」遊んじゃダメだって言ったと答えた。

その後数週間、私たちは、驚くほどたくさんの巧妙な脅しや嫌がらせを受け、家を出て行くように仕向けられた。そのうちのいくつかはびっくりするほどひどいものだったので、政府の役人や会社の役職者、専門職の人や博愛的あるいは公共の利益になる組織の上級理事などがたくさん住んでいる裕福なコミュニティでこんなことが起きるのかと感嘆したほどだった。ベビーシッターでさえ、私たちの息子の世話をしていることで危害を加えると脅された。私たちが家に帰ると警察が来ていて、ベビーシッターが怯えていたことが二度あった。また、ある日曜日の朝、ソンドラ・ドッドソンという美人のアフリカ系アメリカ人の友人と歩いていると、パトカーが猛スピードで近づいてきてキーと音を立ててすぐ近くに急停車し、私たちが去るまでその場でエンジンを空吹かししていた。ソンドラは、ビル・ラズベリーという『ワシントン・ポスト』紙でただ一人の黒人の記者と結婚することになったと報告しに来ていただけなのに。その他にも、親しくしていた近所の人が教えてくれたので知ったのだが、嫌がらせをしている人たちがお金を出しあって私たちが借りている家を買い上げようとしていたらしかった。

また、私たちが飼い犬を虐待しているという通報を受けて、動物虐待防止協会の一団が、私たちが目に入れても痛くないほど可愛がっているスタンダード・プードルのオルフェオを押収しに来たこともあった。

私は運良く家にいたので、彼らを追い払うことができたが。あるいは、もっとも腹が立った日常的な出来事のひとつが、グッドヒューマー社のトラックが着くと近所の母親たちが家から急いで出てきて子どもたち皆にアイスクリームを買ってあげるのだが、あからさまにダニーを除け者にすることだった。それでも私たちは、ある匿名の脅迫電話がかかってくるまでは、後には退かなかった。その電話の主は、彼ら（一体誰のことだか）が今までにしてきたことに対して私たちがあまり動じていないのは誰から見ても明らかなので、息子の「後をつける」ことにしたと告げた。その電話の後すぐに、一台の車が私たちの家の庭の芝生に入ってきてダニーのほうに向かってきた。私は彼のところに飛んで行き、ひったくるようにして救い出し、一時間もしないうちに家を出て、二度と戻らなかった。

思うに、私たちは、裕福な北部の郊外の住人たちが南部のクラン団員のように残酷になり得るということを知っても驚くべきではなかったのだ。後に私たちは、こう考えれば良かったのだと思った。すなわち、私たちをコロンビア特別区に追い返した人たちは、公正住宅協会がアフリカ系アメリカ人たちが引っ越してくる手助けをするのを邪魔するために協会に潜入していたのだろうと。そして、私たちのことを住宅の価格を下げてしまう「大型爆弾」と見なした潜入者たちは、彼らの金の卵を守るためなら何でもしたのだろうと。

私はまた、モスポイントの狂った黒人の警察官についての知らせを聞いても驚くべきではなかった。白人コミュニティよりも大きい黒人コミュニティが、警察の人種統合を要求した後に白人の役人によって雇われていた、あの人物だ。ママ・スコットからの手紙を読んで私は泣きたくなった。彼は自分の息子を警棒で叩き殺したというのだ。しかし、悲しいと同時に腹が立って、涙が煮えたぎりそうだった。私は、人種統合を歓迎するふりをしてきた〔メリーランド州〕モンゴメリー郡の白人住民たちの悪意に満ちた振る舞いと、黒人の警官を採用して欲しいという黒人たちの願いを受け入れるふりをしたモスポイントの役人たちは同じだと思った。そのときには気づかなかったが、モスポイントの役人たちがもたらした皮肉によって受けたダメージは情緒的な傷痕を残し、二〇年後〔の一九九一年〕にクラレンス・トーマスが連邦最高裁判事に任命されたとき[*1]に生傷のように痛み出したのだった。

何はともあれ、私たちは避難民のように感じることもなく、DCに引っ越して喜んでいた。当時はサウスイースト、今ではキャピトル・ヒルと呼ばれている連邦議会議事堂の高台から一ブロックの素敵な家に引っ越したのだ。大家さんも近所の人たちも皆アフリカ系アメリカ人だったので怖いものは何もなく、家の値段について神経質になっている白人もいなかった。そして、議会図書館まで歩いて行けるという素晴らしい立地で、そこではストラディバリウス製のバイオリンで演奏される超一流の室内楽を二五セントで楽しめるのだった。フォルジャー・シェイクスピア図書館は少し離れていたが、昔の〔ロンドンの〕グローブ座を模して作られた小さな劇場でシェイクスピアの劇を上演していた。壮麗なナショナル・ギャラリーとフーリア・ギャラリーはさほど遠くなく、美しい植物園はさらに近くにあった。また、ジャズバン

＊1　トーマスは、サーグッド・マーシャルに続くアフリカ系としては二人目の連邦最高裁判事であるが非常に保守的であり、アファーマティブ・アクションや銃規制に反対である。

ド——その中には〔映画の〕『お熱いのがお好き』で描かれたような全員が女性のグループもあった——の演奏を聴きながらポトマック川のシーフードが食べられるレストランも近くにあった。その他にも、メイン通り水上魚市場も近くにあった。一度など、そこで私は身体の大きな二人の男が魚をおろす包丁でお互いを切り裂こうとしているところに遭遇し、衝動的に二人の間に割って入ったことがあった。彼らは私に刃先を向けているのに気づいて呆然とし、喧嘩をやめた。周りの見物人たちはがっかりして立ち去り、取り残されたダニエルと私は二人で青ざめて震えた。魚市場よりも近くにはDCで最高の劇場であるアリーナ・ステージがあり、さらに近くて反対の方向には一部が露天になっていて素朴な感じのイースタン・マーケットがあった。そこでは、一晩じゅう働いている人たちやパーティをしている人たちが朝ごはんを買うことができ、お店の人たちとは生涯の友達になることができた。

近所の人たちはとても友好的で通りに出ていることが多く、すぐに仲良くなれた。夕方に表に出て玄関の外階段のところに座って、私のお手製のフルーツ・ダイキリを飲みながらおしゃべりし、近くの公園で遊んでいるダニーや他の子どもたちを見守っていると、すぐに人が集まってきた。誰かが六本セットのビールを一つか二つ持ってくる、新聞記者が一人か二人、マティーニが飲みたいなあと言いながら辺りをぶらついている、ダニエルがガラード社のレコード・チェンジャーでLPレコードをたくさんかける、二人の女性客室乗務員が通りの向こうを気取って歩く、そしていつもパーティが進行中といった様子だった。速いおしゃべりはゆっくりとしたダンスに変わり、ろうそくの火や炉の明かりはお気に入りの電飾のようになった。

おそらくそれが宣伝になったのではないと思うのだが、ダンスをするようになってからは、私たちのお祭り騒ぎについての噂が市内の遠くまで広がっていった。きっと音楽と笑いの音が近所の麻薬密売人の商人根性を刺激したのだろう。彼は人通りの多いところで「もっとマリファナはいらないか」と叫ぶという困った習性の持ち主だったのだが、私たちは彼が徴兵忌避者でＦＢＩが捜索に来たときアパートの中に隠れて追っ手を振り切ったことを知っているので、できる限り彼の理想を守ってあげることが私たちの愛国的な義務だと思ったものだった。またあるときには、ミシシッピの活動家たちが訪ねてきてダイニングルーム兼リビングルームが踊っている人たちでいっぱいになり、重いしっくいの天井が振動で割れて落ちてきた。ダニエルは、しっくいの塊が当たって目眩でフラフラしていたが、誰もひどい怪我はしなかった。これも、とても思い出深い。

もちろん、私たちはパーティばかりしていたわけではなかった。私たちは、人種差別主義の心臓部に杭を打ち込み、コロンビア特別区が州に昇格するか、そうでないのなら内政自治ができるようにすることに一番のエネルギーを注いでいた。この目的のためにいろいろな種類の筋書きが考案され、推進され、そのうちいくつかは最終的に成功した。たとえば、テレビのニュース番組に有色人を出演させようという「放送における黒人」活動だ。他にも、短命に終わりはしたが、「みんなの劇場」の活動では、私が名ばかり支配人をしていた間に一作品だけ上演することができた。

しっくいの天井が落ちてきたのにも懲りず、ミシシッピの友人たちは、投票権について要請するために、あるいは穀物の不作の損失を埋めあわせるために連邦がおこなっている食糧配給政策にミシシッピ州が参加しないことで〔黒人たちが〕陥っている窮状から救済してもらえるよう陳情するためにDCに来たときなど、訪ねてきて我が家に泊まっていった。あるときなど、私たちの家はベイヤード・ラスティンとSNCCのリーダーたちの間の意見の食い違いを解決するための会合に使われた。私は何が問題だったのかはよく覚えていないが、「なぜあんたは、イスラエルに移住したがっているロシア系ユダヤ人のDCの集会で話をするんだ?」という質問に対するラスティンの答えはよく覚えている。彼は、古いユダヤの格言を英語に直したものを持ち出してこう答えたのだった。「私はシナゴーグに行くからユダヤ人なのではなく、戒律に従ったり聖日や儀式を守ったりするからユダヤ人なのでもなく、祈りや感謝を捧げるからユダヤ人なのでもない。私はすべての人の個人としての尊厳を信じているからユダヤ人なのだ」と。

「この信念は暴君にとっては呪いのようなものだ」とラスティンは言った。「そして、私の信念でもある。」ラスティンが私たちの家にいるとき、彼は自分がエド・ブラウンにあげ、さらに私の手に渡った絵を見ていた。エドはその絵を、『資本論』を原語で読むのを手伝ったお礼にと私にくれたのだった。ラスティンは、私がユダヤ人でハンブルクの空襲を経験したということを既に知っていた。というのも、彼は、アトランティックシティの遊歩道の上空に打ち上げられた花火の光と爆発音のために、私が既視感に襲われて苦しんでいる間、手を握って落ち着かせてくれた人たちの中の一人だったのだ。「ぼくは、あなたが党大会の後にミシシッピに行ったということを知っているよ。」彼は輝くような笑顔の前で手のひらを合わせて言った。「あなたが絵を持っていてくれてうれしいな。」

ところで、コロンビア特別区で内政自治ができるよう求めた運動である「DCに自由を」は、ジョンソン大統領の就任後間もなく起こった一連の素晴らしい政治的なあるいは他の出来事の中から生じた。後に〔一九六八年に〕クリーブランド市長となり、アメリカの主要な都市で初めての黒人市長となるカール・ストークスは、あるとき、DCでおこなわれるCOREの会議で講演をする予定だったのだが、晩冬の猛吹雪で空港が閉鎖されたために来ることができなくなってしまった。そのため、これに代わるイベントとして、ダニエルは大ワシントン商工会議所[*2]の年次晩餐会でピケを張ることを提案した。その商工会議所は、企業と非営利団体のリーダーたちの連絡組織で、黒人のメンバーが一人もおらず、最近〔一九六五年一一月〕、DC地域のビジネスと専門職のリーダーたちは全員一致で内政自治に反対であるという意見広告を国じゅうの新聞に出したところだった。

私たちは晩餐会がおこなわれているホテル――大統領就任のパーティ会場のひとつだった――に着き、十数人のデモ隊がホテルの中に入って内政自治についての小冊子を配り、残りの者は猛吹雪の中でピケを張った。三〇人以上の連邦議会議員が来賓として横長の主賓席に着いており、その向かいの少し低くなったところに正装をした数百人の客が六~八人用のテーブル数十台の席に着いていた。食事をしている人たちはほぼ全員が男性だったが、その中の数人がよくあるNで始まる人種的な蔑称を使って私たちを挑発し始めた。悪口の数と声の音量が膨れ上がったとき、一人のCOREのメンバーが大きな声で「これがアメ

＊2　当時の名称はメトロポリタン商工会議所であり、大ワシントン商工会議所という名称になったのは一九七九年のことである。

リカですか?」[*3]と叫び返した。それに対する返答は、悪意のこもった、シャンデリアが揺れて音を立てるほどの大きな怒号だった。ホテルの保安要員が部屋の入り口の鍵をかけようとして走り寄ってきたので、別のCOREのメンバーが「自由を!」と叫び、残りの私たちも「今!」と叫んで応答した。

三回目に「今!」という声が上がった後、岩がガラガラと雪崩れてくるような音を立てて何十卓もの宴会テーブルがひっくり返され、何百人もの怒り狂った商売人たちが私たちに襲いかかってきた。多くは飲み物の瓶を振り回し、少なくとも一人はピストルを持っていた。部屋の反対側から、ダニエルが倒れるのが見えたので、私は彼が踏み殺されるのではないかと思って金切り声を上げそうになったが、彼はすぐに起き上がった。出入り口まで下がっていたデモ隊はドアに打ちつけられ、一人が身の毛がよだつような叫び声を上げ始めた。私は、叫んでいるのは、以前フリーダム・ライドに参加していた鉄のように屈強な女性でCOREの議長のロウェナ・ランドだと気づいた。彼女は怪我はしていなかったが、私たちに向かってくる凶暴な暴漢たちを鎮めようと大声を張り上げていた。ダニエルの近くで、銃を持った男が一人のデモ隊メンバーのこめかみに銃を当てており、銃を向けられているほうはやっとのことで銃を持つ男の股間を掴んでいた。ダニエルがそれを見て、「助けてくれ! 人殺しだ! 警察を呼んでくれ! 気が狂ったやつが銃を持っていて私たちを殺そうとしている!」と叫んだ。それを聞いて暴漢たちは静かになり、警察官が二人到着したときには、ダニエルは銃の問題を強調して訴え、我々が安全に退場できるよう強く要請した。

ダニエルはこの騒動で背中を痛めてしまい、次の日の朝、家の外階段の雪掻きをしようとしたときに痛みのあまり倒れてしまった。我が家のある通りは除雪されておらず救急車が入ってくることもできなかったので、彼は翌週ずっとベッドに横にならざるを得なかった。そして、ジョン・F・ケネディの有名な格言――怒るな、やり返せ！――を思い出していた。[*4] そこで私たちは、人種に関係なく加入でき、内政自治を推進する別の商工会議所を作ろうと計画した。私たちは、既存の商工会議所の影響力のあるメンバーのうち、DCの主要三紙も含めた多くが、自分たちが人種差別を支持し投票権に反対していると公に認識されたくないと思っていることを知っていた。そこで私たちは、この計画をホワイトハウスに是認してもらい、連邦議会の公聴会でこれまでのものとは異なる証言を得、さらには、内政自治に関する商工会議所の最近の広告の真意を暴く新聞広告を載せられないものかと思いを巡らせた。

その後、ダニエルが『ワシントン・ポスト』紙の記者のビル・ラズベリーにこの計画について電話で説明している最中に、折悪く、SNCC議長のマリオン・バリーの親しいアドバイザーが私たちのところを訪ねてきた。その人物は、髪がくしゃくしゃにもつれた素性のよく分からない中年の白人男性で、目はやぶにらみで、常に火のついたタバコをくわえたままなので口の片方の半分側だけで話した。エド・ブラウ

＊3　ファニー・ルー・ヘイマーが一九六四年の民主党全国大会の資格審査委員会でスピーチをした際（第7章参照）、「これがアメリカですか。これが自由な人たちの国で勇者の故郷なのですか」と問いかけ、多くのテレビ視聴者に強い印象を残した。

＊4　ケネディの父のジョセフが頻繁に使っていた表現とされる。実際には、ジョン・F・ケネディよりも弟のロバート・ケネディによる使用のほうがよく知られている。

ンは、彼をFBIのエージェントか共産党の回し者ではないかと言ったが、私は、B級ギャング映画ばかりに出ている役者か何かだろうと踏んだ。彼が何者であれ、彼はマリオン・バリーと話ができる立場にあり、内政自治に対する支持を商業界でまとめ上げようという私たちの計画について、あまり良いアイデアじゃないねと言った。しかし、DCのCOREではこの計画案を採用し、実行に移す準備を始めていた。

そのような経緯があったので、バリーが似たような計画を発表したとき、COREの女性議長であるロウェナ・ランドは、バリーがCOREの計画を盗んだと個人的に抗議した。この問題は、DCの公民権運動と教会のリーダーたちによる非公式グループである「良心の連合」での「裁判」にまで発展した。その裁判では、SCLCのウォルター・ファウントロイ牧師が裁判長を務めた。下された評決に意外性はなく、「DCに自由を」運動は、ミシシッピで手柄を立て、〔一九六六年一月二四日に〕DCのバスの一日ボイコットを感動的に成功に導いたカリスマであるバリーが率いるべきだということだった。[*5] 抜群の知名度と、ワシントン大聖堂の総裁主教を含めた「良心の連合」の有名人たちに支持されているという権威とを引っ提げて、バリーはピケ隊とともに「DCに自由を」への経済的支援を要求して〔一九六六年二月末には計画を開始し、同年四月からは〕デパートを取り囲んだ。[*6]

バリーがダニエルの理論をひどく誤解していたことは一目瞭然だった。ダニエルの理論とは、人種統合した組合を作り、既存の商工会議所の内政自治に対する姿勢に異を唱えることにDCのビジネスマンたちが賛同してくれたら、彼らはそのような組合の組織づくりとその運営にかかる費用のために出資してくれるだろうというものだった。ダニエルは、そのような費用はビジネスの支出としては大した額ではないだろうとは思ったけれども、COREのプロジェクトの資金のために単に寄付金集めをするというやり方は嫌いだったので、バリーのアドバイザーに計画の概要を話したときには、企業融資というやり方が効力のある戦術としてひとつあるだろうと言ったのだった。しかし、バリーと彼の仲間たちは、内政自治を求める闘いに一緒に取り組みましょうとビジネスマンたちを説得するのではなく、無理やり彼らと交友関係を結び、私たちの目的のためにお金を寄付させようとした。それは内政自治を求める私たちにとって甚だ不利な展開となり、DCの連邦検事は間もなくその戦略を違法なゆすり行為の疑いで告発した。そして「DCに自由を」の支持者たちは火消しのために奔走しなければならなくなったのだった。とはいうものの、内政自治という課題自体が立ち消えたわけではなかった。そしてバリーの「黒人の騎士」たるイメージの

＊5　著者およびCOREはダニエルの発案だと考えているようだが、以下の論文によると、SNCCが既に一九六五年の夏にはDCの内政自治に関するキャンペーンの構想を練っていたことが史料的に確認できる。ただし、バリー自身が構想に関わっていたかどうかは不明である。(Catherine Maddison, "'In Chains 400 Years... And *Still* in Chains in DC!' The 1966 Free DC Movement and the Challenges of Organizing in the City," *Journal of American Studies*, April 2007, vol.41, no.1, p.173.)

＊6　ワシントンDC北東のHストリート沿いの店舗に対し、嘆願書への署名と「DCに自由を」のステッカーを貼るよう要請するもので、拒む店舗で買い物をしないようピケを張った。三月四日までに三〇〇店舗中一五〇店舗、最終的に二六〇店舗中二三五店舗がステッカーを掲示した。その後バリーは、同様のキャンペーンをDCの黒人商業地区である一四丁目通りでも展開するとともに、内政自治に反対する連邦議会議員たちの自宅前でもピケを張ったという。

おかげで、その後の波乱万丈な人生において、彼自身、時にはDCも大いに救われたのである。

DCの内政自治を求める要望が今にも爆発しそうになっていたのと同じ頃、それまで南部で約一〇〇年間も続いていた投票権抑圧に対する不満の箱のふたを吹き飛ばすような出来事が起こった。*7〔一九六五年一月に〕ジョンソン大統領が就任して四五日後、アラバマ州セルマに住む六〇〇人ものアフリカ系アメリカ人たちが、彼らの投票権に対する白人の抑圧に対していかにうんざりしているかを示そうとしたのだ。〔二月からの〕数週間に、何千人もの隣人たちやその子どもたちが逮捕され、何十人もの人たちが殴られ罵られ、ジミー・リー・ジャクソンという一人の男が残酷に殺されていた。〔三月七日、〕六〇〇人が、数百マイルも離れたアラバマ州都のモンゴメリーに向かって、子どもたちを連れて抗議のデモ行進を始めた。セルマを出てエドマンド・ペタス橋を渡ろうとしていたとき、彼らは武装した州兵の部隊に襲われた。州兵は催涙ガスで彼らの目を見えなくし、地上であるいは馬に乗って彼らを追いかけ回した。彼らは頭蓋骨を砕かれ、骨をへし折られ、重い警棒で殴られて血を流した。

この猛襲の様子が一日じゅう繰り返しテレビ放映されたので、数時間もすると何百万もの視聴者たちが最初は仰天し、その後、激怒した。「血の日曜日」の犠牲者を支持するデモ行進が、すぐに続いて〔三月九日に〕おこなわれた。一方、DCはセルマからモンゴメリーまでの投票権行進の再挑戦を連邦が保護するよう政府に圧力をかける運動の中心となった。大規模な集会が開かれ、地元警察は大勢の抗議者たちをホワイトハウスから離れたところに留まらせるのが精一杯だった。そのホワイトハウスの中では、私たちが知らないうちに、ジョンソン大統領が生涯またとないほどの素晴らしい演説原稿をしたためていた。

ジョンソンがその演説を「血の日曜日」事件の八日後〔の三月一五日〕に連邦議会の両院合同会議でおこない、情熱的に公民権運動への支持を表明するのを見て、それまでテレビに向かって騒がしく拍手喝采していた私たちでさえ、胸を打たれて言葉を失った。彼は、私たちの運動は皆の運動であるべきだと強調し、投票権法案を通過させるべきであることを強力かつ雄弁に語った。それから彼は国民全体に向かって「私たち皆が、偏狭と不正義というひどく有害な過去からの蓄積を克服しなければならない」と述べ、意気揚々と付け加えた。「我ら打ち勝たん《ウィー・シャル・オーバーカム》！」そして連邦議会の議場は、この公民権運動の聖歌のもっとも馴染みのある繰り返し句を用いた大統領の訴えに対する雷の轟きのような拍手でいっぱいになったのだった！息がつけるようになってから、ダニエルと私は外に出て天使たちが連邦議会議事堂のドームの上にとまっていないかを見た。天使は見えなかったが、その辺のどこかにいたに違いなかった。なぜなら、現状を変える力のある投票権法案が五ヶ月後〔一九六五年八月六日〕には法律になったのだから。

母は、この時期私たちのところに来ていて、たくさんおこなわれていたデモ行進にいくつか参加した。彼女は、ナチ突撃隊のような制服と制帽、さらには鉤十字の腕章まで着けたアメリカ・ナチ党のカウンター・デモに出くわしたときには、「非暴力」ではいられなかった。本物の突撃隊が彼女と家族にしたことを思い出して、母は怒りを抑えることができなくなった。アメリカ・ナチ党員の一人が私たちに卵を投げつけ

＊7　著者はDCの内政自治を求める要求運動が一九六五年に起こったと誤認しているが、実際には二三四頁の訳者割註で示したように一九六六年に起こっており、セルマの行進と同時期ではない。

たとき、母は列を飛び出し、走って通りを横切り、彼を拳固で殴り始めた。私は、少しばかり警察の助けを借りて彼女を救い出し、家に連れて帰って落ち着かせた。その後、母は、私がなぜミシシッピに行ったか分かったし、私の立場だったら同じことをしただろうと言った。

さらにこれと同じ頃、ダニエルは見過ごされてきた貧困がどんなにひどい結果をもたらすかを典型的に示す出来事を目撃した。彼がワシントン北西のUストリートを車で走っていたとき、彼のすぐ前にいたトラックが小さなアフリカ系アメリカ人の男の子をひき殺した。トラックが停まった後、その左後ろのタイヤは男の子の潰された身体の上に乗り上げていた。すぐに警察が来て、ダニエルに対してその場にいるように言った。彼は結局一時間ほどその場に留めおかれた。その後、警察官はようやく防水シートを男の子の肩、頭、だらりとした腕の上に広げたが、もちろん、こんなことではダニエルの傷心は癒やされなかった。私たちの息子も数ヶ月前に通りがかりの車にはねられたのだが、その子は、息子よりほんの一、二歳上なだけだった。息子のダニーは、私が側溝から助け上げたときにはかなりひどい怪我をしているように見え、私たちは近くの病院まで急いで車を走らせたのだが、運良く彼の怪我は見かけほど深刻なものではなかった。

身体の半分だけカバーをかけられた男の子の横でダニエルに質問をしていた警察官はダニエルが感じていたほど心を痛めていない様子で、たくさんの車が速い速度で行き交う昼間のUストリートに子どもたちが危険を冒して飛び込んで行くことのほうにむしろより驚いていた様子だったという。私たちはその晩よく眠ることができず、翌日には毎日の仕事すらろくにこなせなくなってしまった。その男の子は、学校のある日はいつもしていたように、給食を家で待つ弟と妹に分けようとして急いで帰っていたところだったと知ったからである。給食が家族の主要な栄養源だったのだ。その後間もなくダニエルはより給料の良い仕事を提示されたのだが、DCの「貧困との戦い」の仕事をするために断った。

ところで、セルマで行進に参加する人たちを連邦が保護するよう要求するホワイトハウス前のピケや大規模集会は、ジョンソン大統領の「我ら打ち勝たん」演説によって止まったわけではなかった。その後、シラキュース大学教授でCOREの共同事務局長のジョージ・ワイリーは、デモについての上級セミナーを実施した。彼は、デモが手に負えなくなったらすぐに駆けつけられるよう、軍隊はまさにワシントンDCを出てすぐのところに配備された兵員輸送車の中で出動を待っているので、私たちが「芝生に入らないでください」という標識を無視して芝生に立ち入れば、政府に軍を投入させることができるかもしれないと指摘した。ワイリー博士は、いったん芝生を守るために軍隊を出動させたとなれば、政府はセルマを連邦の力で守ってくださいという私たちの要求を拒否するのが難しくなるだろうと推論したのだ。[*8] そして、戦略上優位に立つためにはどのように想像力を駆使し戦術を磨けば良いかについて実践的に説明するため

＊8　三月七日、九日の二度、セルマの行進は中断しており、三回目で無事に遂行できることが望まれていた。三月一七日、アラバマの連邦地裁が行進を許可し州に対して護衛を命じたが、ジョージ・ウォレス州知事は費用がかかることを理由に拒否したため、二〇日、ジョンソン大統領は行政命令を出してアラバマ州兵を連邦軍に編入するとともに武装警官を配備し、行進を護衛する措置をとった。最終的に、三月二一日〜二五日の五日間かけて、デモ隊はセルマからモンゴメリーまで約八〇キロの道のりを行進した。

に、ワイリー博士は真夜中にワシントン記念塔でピケを張るように言い、私たちは実際にそうした。

あっという間に記念塔は少なくとも十数台のパトカーに囲まれた。パトカーは私たちのほうに近づいてきて、ゆっくりと包囲の輪を狭めてきた。パトカーがほぼ一五メートルのところまで距離を縮めたとき、ワイリー博士は私たちにひざまずいて祈るか祈るふりをしろと言った。パトカーは停止し、警察官が一人か二人、車から降りてきた。ワイリー博士は静かに歩いて行き、自分は市外から来た大学教授で私たちの自由の起源についての非公式な授業をしていたところだったのだが、警察を驚かせてしまって大変申し訳なかったと言った。警察はパトカーの向きを変え、どこかへ帰って行った。そこで私たちは一列に並んで大きな通りまで歩いて行き、手を広げてつなぎ、交通を遮った。私たちは何ヶ所かで短い間交通を遮断したが、警察の対応には毎回違う人が出て行って間もなくデモを終わらせますと約束した。しかし、四回目か五回目で、止まろうとしても止まれないほどの猛スピードで一台のパトカーが私たちのほうに突進してきた。私たちは車をよけて散らばった。とくに警察がバカなことをしているときに私たちは好んで「ポリ公」と呼んでいたのだが、上級セミナーはポリ公によって終わった。

しかし、私たちのふざけた行動は警察の恨みを買ったようだった。というのも、次に私がホワイトハウスのピケの現場に行ったとき、警察は間髪入れずに私たち全員を逮捕したのだ。その罪状は、非常にバカバカしく聞こえるのだが、「歩道での通行妨害」で、私たちの中にお互いの間隔が二メートル未満の状態で歩いている者がいたというかなり不合理な主張に基づいていた。そりゃ、私は有罪だったろう。何せ現行犯で逮捕されたとき、私は前にいた人と話をしていたのだから。警察官は乱暴に私を捕まえ、背中で腕をねじり、犯人護送車に放り込もうとしたが、黒人の警察官が来て逮捕した警察官と私を引き離し、私が自分で護送車に乗り込むのを助けてくれた。黒人の警察官はまた、私がマリファナたばこを処分するのを親切に手伝ってくれた。ミシシッピの元同僚がホワイトハウスのピケに参加すると連絡をくれていたので、あげようと思って持ってきていたのだ。私は彼女に挨拶しようと思って薄いドレスにレインコートを引っ掛けただけの格好でピケの場所に出かけたのだが、彼女は既に帰ってしまっており、身分証明書も保釈金用のお金も持っていない状態で留置所に入ることになってしまった。運良く、同じく逮捕されていた仲間でCOREメンバーのアール・ティルデンが保釈金をまとめて払ってくれて、家まで送ってくれた。

〔後日、裁判のために出頭したときには、〕バッジを光らせた警察の高官たちとトップクラスの検察官たちが法廷にずらりと並び、私たちには逮捕の合憲性に異議申し立てする気満々のアメリカ自由人権協会[*9]（ACLU）の弁護士たちがついてくれた。私は、主任弁護士を務めてくれることになった地元のACLU事務局長のラルフ・テンプルの隣に座った。彼は友人でもあり、COREの同僚でもあった。判事はDCで数少ない黒人の法曹の一人で、検察側、被告人側ともに審判の日の決戦に備えて十分に準備してきていることを感じたので、すぐに事件を「不運な誤解」により生じた事案に引き下げる方法を採ることにした。

被告人の一人が適切な距離を空けるよう警察が警告したのが聞こえなかったと言ったとき、判事は、警

＊9　一九二〇年に、表現の自由、言論と出版の自由、プライバシーの権利、法の適正手続きなどの擁護を目的として設立されたアメリカ最大の人権擁護団体である。

告が聞こえなかった人は手を挙げてくださいと言った。何人かが手を挙げ、判事は、被告人に法律違反をする意図がなかったのは明らかだと言って事件を棄却した。それを聞いてラルフが安堵の笑みを浮かべ、ダニエルがしかめ面をしたとき、私は手を挙げ判事に「私は、警察が警告するのが聞こえました」と言った。判事は小槌を叩き、二度と忘れられないような目つきで私を見て私の言動を制した。彼は善意でそうしていたのだ――彼は、明らかに私が憲法の問題を持ち出そうとしていることを理解していた――が、岩のように固い意志の持ち主でもあったので、私に「私の法廷で、今それをするな！」と伝えたのだった。それから彼は、ドアのほうにさっと視線を動かし、私に退廷を促す目配せをした。彼の表情にわずかではあるが微笑みが浮かび、岩が砕かれたように見えた。私は微笑み返して立ち上がり、法廷を出た。新しい友人ができたように感じて温かい気持ちになった。

私たちがラルフ・テンプルと一緒に取り組んだCOREとACLUの共同行動のうち、もっとも悲しかったのが警察による暴行の事件だった。それは、しばらくの間は大きな前進を遂げたように見えたのに、結局は生死を危ぶむほど悲劇的な結末を迎えた。警察による暴力は他のいくつかの都市でも暴動を引き起こしていたこともあって、ACLUとCOREは、市民の不満を聞いたり、深刻な職権乱用を罰したりする独立した調査委員会をDCに設立することによって警察と地域社会の関係や公共の安全を改善したいと考えていた。そこで私たちは、ある「悲劇的な結末を迎えた事件」について、調査委員会を設置してもらおうと考えた。

その事件は、DCの小さなナイトクラブの外で、一人の若い白人女性と一緒に立っていた髭の濃い黒人の男性二人が逮捕されたことに端を発した。その女性は、クラブが閉店した数分後にタクシーを拾おうと待っていた。男性二人はクラブのミュージシャンで、女性はその日最後の客だった。しかし、警察官二人がたまたま立ち寄り、男たちを逮捕した。しかも彼らは警棒で殴られ、後から逮捕に抵抗したとして起訴された。警察は、男たちがその頃「指名手配」のチラシに載っていた銀行強盗に似ていたので逮捕したと主張した。しかし予備審問において、COREとACLUの弁護団は、髭のあるなしに関わらず黒人の銀行強盗の指名手配のチラシはなかったし、注意喚起もなかったことを証明した。COREは、直ちに〔当該の警察官らの〕懲戒処分の公聴会を別途開催することを要求するとともに、ダニエルと他の人たち数人はDCのコミッショナーたちのそれぞれの事務所の前で徹夜の座り込みをし、コミッショナーたちが翌朝やってきたときにその事件についてしつこくお願いした。何日かして、ありがたや《ハレルヤ》！　独立調査委員会の設置が発表されたのだ。設置はおそらくDCで初めてで、三人のメンバーのうちの一人はハワード大学の教授だった。COREのメンバーの中には警察官たちは解雇されるだろうと確信していた人もいて、「いいやつそうだった」一人については情状酌量してはどうかと希望したほどだった。その動議は否決され、私はその後に続いた歴史的な裁判に出席した。

　私たちは、問題になっている晩にミュージシャンたちが治安を乱し警察に抵抗したのを見聞きしたと証言させるために、黒人の「目撃者」を警察が召喚したことに大して驚きはしなかった。しかし、その目撃者が牧師と一緒に到着し、陪審員たちに向かって自分はそういう嘘の証言をするように警察に圧力をかけられたと話したときには、私たちも警察も仰天した。翌日、私は裁判所にもう一度行く必要はないと思った。なぜなら、警察官たちは以前の偽証と暴行を隠すために、恥知らずにも目撃者に偽証するよう唆《そそのか》したのだから、裁判は終わったようなものだと思ったのだ。しかし、ラルフ・テンプルからすぐに来るようにと電話があった。というのも、警察官側の弁護士が判事（と声が聞こえる範囲の人たち皆）に、目撃者が言い分を変えたのは、前の日に出廷していた細身で黒髪の白人の女性が彼に「特別な性的行為」を約束した、あるいはかなえてやったからだと述べたというのだ。私は、彼らの嘘に反駁するために裁判所に戻った。しかし、証言はしなかった。ありがたいことに、最終的に警察官は有罪になった。しかし、彼らは一人あたり二五ドルという「相当な」額の罰金を課されただけだった。誰かが、警察署内で帽子が回され、罰金のための募金がおこなわれたと噂していた。警察官の顔には笑顔が浮かんでいたので、実際にそうだったのだろう。

数日後、ミュージシャン二人が逮捕されたときにタクシーに乗ろうとしていた女性がヴァージニア州の田舎にある家で襲われるという、さらにひどい出来事が起こった。彼女はクエーカー教徒なので証言をしたくないと言っていた。しかしラルフは、証言すれば、将来、仮りそめにも私たち市民を守ると宣誓した警察官によって暴行がおこなわれるなどという事態を減らす助けになるといって、彼女を説得したのだった。裁判の後、黒人男性とセックスをしたと彼女を非難する電話が何本もかかってきた。その後、何人かの恐ろしい顔をした男たち――うち一人はロープを手にしていた――が、ポツンと建っている彼女の家の前の芝生を突っ切って歩いてくるのを見て、彼女は不安に襲われた。彼女は、保安官事務所に電話し助けて欲しいと頼んだが、助けは来なかった。男たちは、彼女の顔と胸を打ちつけ、死にそうになるまでロープで首を締めた。病院で回復しつつあるとき、彼女は再び保安官事務所に電話したが、セックスをした黒人たちの名前を言わない限り何もできないと返答されただけだった。

そのときは他にできることがほとんどなかったので、テンプルは、ソウル・ラジオという名で知られるWOLというDCの有名なラジオ局で放送されていたCOREの番組を使って彼女の話を世間に広めることにした。COREのラジオ番組を手伝ってくれていたデューイ・ヒューズというWOLの若い記者は、商工会議所の晩餐会のときも一緒に来ていて、抗議に参加した人たちが襲われる様子を録音していた。この出来事について彼が局に書き送った記事は、彼が書いた記事で初めて全国のラジオネットワークで再放送されたものとなり、彼は昇進し、やがてはラジオ局の経営者にまで上り詰めた。

ところで、DCで内政自治を達成することは、革命的な投票権法を通過させることよりも難問だった。しかし、マーティン・ルーサー・キングが北部都市での人種抑圧に抗議することを検討していると聞いたとき、私たちはもう一度別の努力をした。私たちの友人で隣人でもあり、元COREのリーダーでもあるノーマン・ヒルがその決定がなされることになっているSCLCの会議に出席する予定だったので、ダニエルと私は、DCこそが抗議行動をおこなわなければいけない都市である理由を山ほど、そして内政自治の課題について彼に教え込み、DCを強く推してくれるよう頼んでおいた。するとノーマンはDCに帰ってきて、ベイヤード・ラスティンが会議でしていた話を紹介してくれた。ラスティンはまず、北部と南部のお役人の人種差別に対する抗議活動への対処の仕方の違いを見事に説明したという。そして、SCLCの対決スタイルは、保安官や知事が報道用カメラを向けられたときはにっこりとし、誰も見ていないところでは我々に暴力を振るう北部では有効ではないだろうと結論づけたというのだ。

ノーマンにキングの反応はどうだったかと聞くと、キングは涙を流して腕を大きく広げ、部屋の中にいた人たち皆に向かって、「それでも神が北部に行けと仰っているのだ！」と言ったそうだ。

ダニエルはノーマンにベイヤードは何と答えたかと聞いた。ノーマンは肩をすくめて逆に聞いた。「何と言えると思う？」

キング博士がこの問題についての気持ちをさらけ出した後は、もはやＳＣＬＣが北部に行くべきかどうかについての議論はなく、どの都市を標的にすべきかの話だけがあった。その時点でノーマン・ヒルはＤＣを推し、キング博士や他の人も了承した。とくに、ＳＣＬＣにおけるＤＣの主要人物であり、ＤＣにおけるＳＣＬＣの主要人物であるウォルター・ファウントロイ牧師は強く賛成していた。会議の終わりにウォルターは、ＤＣのために立ち上がってくれてありがとうと個人的にノーマンに感謝の言葉を述べ、そのときまでノーマンがニューヨークを離れたとは知らなかったと言った。ノーマンは彼に、彼と妻のヴェルマ・ヒルはイングラム家の二軒隣に引っ越してきて、よく夫婦二組の四人でＤＣが必要としていることや今後の見込みなどについて何時間も話すんだと話した。

結局、他の都市、とくにシカゴ[*10]で、キングは全く歓迎されず、フン族のアッティラ王[*11]でもここまで煙たがられなかったのではないかというほどだったが、ＤＣでは大歓迎された。昼間は各地域の会合にいくつも出席した後、彼は都心部の教会の外に集まった何千人もの観衆に向けて感動的なスピーチをおこなった。その後、私たちは皆、ホワイトハウス近くの公園であるラファイエット広場を目指して一晩じゅうデモ行進し、そこで内政自治を求めて勇ましく集会をおこなった。キングはそこでもスピーチをし、これからも何度もDCに戻ってきてワシントンの人たちが脚で行進して意思表示するだけではなく、自分の手で投票できるようになるまで何度でもデモ行進をすると約束した。

ジョンソン大統領には私たちのメッセージが伝わったようだった。〔一九六七年六月、〕彼は連邦議会に対して続く数ヶ月以内に内政自治の法律を作るよう要請し、〔八月には法案は成立した。その結果、〕約一年後〔の一九六七年一一月〕には市長と〔九人の市議会〕議員が任命され、私たちは教育委員を選ぶ権利も手に入れた。そしてとうとう五年後の一九七三年、私たちは〔コロンビア特別区自治法により〕市長と市議会議員を選挙で選ぶ権利を手に入れた。とはいえ、連邦議会が拒否権を有したままだったので、私たちは他の都市では当然のこととして行使されている基本的な権利の多くを否定され、行使できなかった。今日、「自由世界の首都」の市民は連邦議会に私たちの望みを伝える代議員を選ぶことはできるが、選ばれた人物は投票をすることはできない。実際、今までにも、民主・共和両党の大統領が、我々の「代表がいないのに課税されているぞ」という抗議のモットーを入れたDCの車のナンバープレートを使用した。[*12] また、〔一九六一

*10 結局、キングらは北部の拠点としてシカゴを選択し、一九六六年一月にキングが現地に入り「シカゴ自由運動」が開始された。

*11 フン族は、四、五世紀のヨーロッパを侵略した遊牧騎馬民族で、アッティラ王の治世下で最盛期を迎えた。当時のローマ帝国の安定を脅かしたことで、一般に残忍な王と評されるが、フン族およびその王に関する歴史は詳しく解明されていない。

年に合衆国憲法修正第二三条が成立し、その後〕ワシントンの人たちが初めて大統領選挙で投票できたのは一九六四年であった。

ダニエルと私は、不穏な、そして時に悲劇的な六〇年代を通じて活動家だった。マーティン・ルーサー・キングがヴェトナム戦争を非難する声を上げて一年後の一九六八年四月四日に暗殺されたとき、ダニエルはワシントン地域の反貧困組織である連合計画組織（UPO）の情報部長をしていた。彼はその日はほぼ一晩じゅうUPO事務局長のワイリー・ブラントンのアパートにいた。ブラントンは傑出した黒人の公民権弁護士で、南部の保安官たちに対して白人の弁護士のように装って、でっち上げの容疑で投獄されていた公民権運動家たちを釈放させたことがあった。ブラントンはまた、ケネディとジョンソンの時代に司法省にも勤めていて、六〇万人の南部の黒人が投票できるようにした有権者登録促進のプログラム〔有権者教育計画（VEP）のこと〕を指揮していたときにアトランタでキングと知りあい、彼を支援するようになった。キング博士は〔一九六四年に〕ノーベル賞を受賞したとき、SCLCが賞金の半分を受け取り、残りの半分をSCLC以外の公民権組織に分配してくれとブラントンに頼んだ。キング博士がこういうことをしたのは、公民権運動はいくつもの組織による協同の賜物だと公に知ってもらいたかったからだった。

キングが暗殺された晩にダニエルがした仕事は、ブラントンの声明を聞きたいという報道機関からの要望をさばくことだった。ブラントンは、地域社会の行動機関の指揮者として、市内の低所得者地域の役場や組織者、関連の市民グループとともに、アフリカ系アメリカ人たちが静かに悲しみに浸り怒りを暴力に変えることのないように励ましの声明を発表するよう期待されていたのだ。しかしブラントンはその要望に応えず、報道機関に対して「彼は今いない」と答えるようにとダニエルに頼んだ。非暴力と法の支配の極めて忠実な信奉者で、後にハワード大学のロースクールの学部長になったブラントンは、国は「私たちには受け止め切れないことがいくつもあることを理解しなければならない。さもなければ、黒人の指導者の命を安全に守ることなどできっこない」とダニエルに言った。

〔キングの暗殺後には各地で暴動が起こっていたのだが、〕その後にDCで起こった火事と軍事出動の間、ダニエルは毎日いわゆる「暴動地域」に通って仕事をした。七階建てのオフィス・ビルに一人でこもり、放火された店から立ち上るこれまで見たこともないような火災や煙、暴動に備えて召集された武装した軍隊の出動に見舞われている低所得者地域への食料や水、医薬品の配達、その他緊急のサービスの手配をした。幸い、他の都市で召集された軍隊と違い、DCのそれは人を殺すために発砲はしなかった。私は、それはサイラス・ヴァンスが道徳的な命令を発したおかげだと思った。彼は当時ジョンソン大統領に戒厳令下に置かれたDCを統制するように任命されていて、後にカーター大統領の時代には国務長官になった。他にも、ずいぶん後になって本人が亡くなってから知ったのだけれども、私は〔キングが暗殺された一九六八年

＊12　クリントン（民主党）とブッシュ（息子・共和党）のこと。ナンバープレートはクリントンの退任直前の二〇〇〇年一一月に導入された。クリントンは趣旨に賛同するとしてこれを大統領専用リムジンに装着したが、ブッシュは政治スローガンをナンバープレートに載せるべきではないとして、就任後すぐに大統領就任式記念のナンバープレートに取り替えた。

当時の〕DC市長のウォルター・ワシントンも素晴らしい人物だと思った。[*13] というのも、この暴動の際に、FBI長官のJ・エドガー・フーヴァーは略奪者を銃撃せよとDCの警察に命令するよう指示したのだが、ワシントンは「店の中にあるものは替えが利くけれども人の命は替えられない」と言って拒否したというのだ。

その後、リチャード・ニクソンは〔一九六九年に〕大統領職を引き継ぐと、三人の政治的諜報部員を任命して全国の「貧困との戦い」を解体させようとした。その裏では、ヘンリー・キッシンジャーと一緒にヴェトナムとカンボジアに枯葉剤を撒き、住民を殺していたのだ。ダニエルや他の多くの人たちは、この三人、すなわち反・反貧困の急先鋒であるドナルド・ラムズフェルド、彼の最高補佐であるフランク・カールッチ、そして、彼らの相棒のディック・チェイニーを制止するのに必死だった。チェイニーは、自分の仕事を軍務よりも大切だと考えている人物〔戦争に賛成しつつ、兵役を拒否して自ら従軍したことがないチキンホーク〕だった。

ある時点でダニエルは、全国のいくつもの新聞に記事を書いている人気コラムニストであるジャック・アンダーソンに、幼稚園、保育園、雇用、健康、教育、預貯金その他のプログラムへの予算を切り下げるかなくしてしまうという彼らの「最高機密」の計画をばらしてやろうとした。また、ダニエルとカルヴィン・ロラーク[*14]という彼の同僚は、反貧困戦争を管理している経済機会局（OEO）の全国本部の建物の外に一〇〇〇人以上の市民を招待し、記者会見を開いたりもした。予算を削減する方向だということを知って激怒した数百人の全国福祉権協会（NWRO）〔一九六六年六月に〕ジョージ・ワイリーが設立したものだ〕

の女性たちはOEOの本部に突撃し、カールッチと対決し、鍵のかかっているラムズフェルドの部屋のドアをどんどんと叩き、「出てこい、ろくでなしめ、そして現実を直視せよ！」と叫んだ。

貧しい人たちや力のない人たちを相手に「勇敢に」戦ったことで、ニクソンを支えたこの精力的な三人は後に、それぞれ国防長官に任命されるという「ご褒美」をもらい、世界で最大の予算と最強の軍隊の統制権を手にした。とくに、ラムズフェルドは二度も軍隊の長《ツァー》を務めたただ一人の人物となった。一方、カールッチは投資ファンドの〔カーライル・グループの〕会長を務めており、明らかに防衛請負産業の入札業者の選定で商売繁盛していた。ダニエルは、低所得者層の地域の経済開発を推進しようとして、マイノリティ契約者援助計画（MCAP）や協同援助資金（CAF）などの非営利組織で働き続けた。彼は、貧困を減らそうとする人は誰でも心を痛めたり叩きのめされたりすることがあると分かってはいたが、自分の仕事を愛していて、彼と同僚たちはときどきささやかな成功を喜びあっていた。

その後ある日ダニエルは、メリーランド州選出の〔アフリカ系アメリカ人の連邦下院〕議員パーレン・ミッ

---

*13　ウォルター・ワシントンは、一九六七年に三人のコミッショナー制を改め市長がコミッショナーを兼ねる制度になった際に市長に指名された。その後、一九七三年にコロンビア特別区自治法が制定されると、選挙で選ばれた初の市長として一九七五年から一九七九年まで市長を務めた。インディアナ州ゲーリーのリチャード・ハッチャー、クリーブランドのカール・B・ストークスと並んで、初めて全米の主要な市のアフリカ系の市長となったうちの一人である。

*14　『ワシントン・インフォーマー』紙というDCのアフリカ系週刊新聞の創刊者。

チェルの側近に、巨額の金を公共事業に使って失業を減らそうという当時審議中だった法律は、黒人の建設労働者にどのような恩恵があるかと聞かれた。当時、しるしばかりの数以上のマイノリティの労働者を雇っている白人の業者はほとんどないうえに、マイノリティの業者で政府の仕事の契約が取れるのはほんの一握りだった。そこで、ダニエルとMCAPの上司のディッキー・カーターは、自分たちの経験から役に立つ解決法を提示することができると思った。ダニエルはその側近の人に、現在、ミッチェルの選挙区であるボルティモア地区で進められている地下鉄の計画を見れば、マイノリティの労働者が仕事をもらえる唯一の方法は、仕事の一〇パーセントをマイノリティの業者と契約するよう規定することだと分かるはずだと言った。さらに彼は、その側近の人を招いて、そのアイデアを地下鉄の契約課の人たちと検証した。一〇日後、報道関係の人が昼食を食べに行っているうちに、ミッチェル議員は法案にそのような規定を付け加えさせることに成功し、黒人の共和党連邦上院議員のエド・ブルック[*15]は後に、上院用の法案に同じ文言を挿入した。息もつけないほど不安な六週間を過ごした後、一九七七年五月一三日[*16]、但し書き付きの法案がジミー・カーター大統領によって署名され、法律〔連邦公共事業雇用法〕になった[*17]。

しかし、ダニエルが法律のマイノリティ契約条件の話を『ニューヨーク・タイムズ』紙の数少ない黒人記者のアーニー・ホルツェンドルフを通じて公にしたところ、白熱した抗議の火山が噴火した。『ウォール・ストリート・ジャーナル』紙は不当だと訴え、『フォーチュン』誌は、この法律を今までポトマック川岸[*18]から浮かび上がってきたなかでもっとも悪臭を放つものだと呼んだ。また、『六〇ミニッツ』のレポーターは、テレビの視聴者に「マイノリティの業者に取りつけられたエレベーターに乗りたいですか」と質問した。そして五〇件ほどもの訴訟が国じゅうで連邦裁判所に起こされたが、多くはその法律に対抗するために作られた全国的な建設業界の対策本部に支援されていた。
そのような猛烈な反対にもかかわらず、マイノリティの業者は何億ドル分もの契約を遂行し、何千人ものマイノリティの労働者に仕事を提供した。五〇件の訴訟が連邦最高裁まで達したとき、ダニエルはその法律を支持している司法省の弁護士の調査員にアドバイスをし、マイノリティの業者の味方として〈MCAPから〉アミカス・キューリエ[*19]（法廷助言者）意見書を提出した。もうひとつ驚いたことには、私たちは勝訴した[*20]。ワイリー・ブラントンの友人で元同僚であるサーグッド・マーシャル判事[*21]が強く主張したおかげだった。

*15　南北戦争後、初めて一般投票で選出されたアフリカ系の上院議員。マサチューセッツ州選出。
*16　原著では五月二三日とされていたが、公共事業雇用法の成立は一九七七年五月一三日であるので、訳者の判断でそのように訳出した。
*17　連邦が四〇億ドルの補助金を州・地方の公共事業に支出する内容であり、ミッチェル議員とブルック議員が主導した提案により、修正として、補助金の少なくとも一〇％をマイノリティ所有の企業に発注するように義務づける規定が付け加えられた。アファーマティブ・アクションの一手段としてのセットアサイド（枠の取り分け）に関し、マイノリティ所有の企業への発注を明確な数値目標として盛り込んで法制化された最初の事例である。
*18　ワシントンDCの中心部を流れる川の名前。ここでは、連邦議会のことを指している。
*19　法廷助言者とは日本の裁判にはない制度で、裁判所の許可を得て事件について意見や情報を提供する第三者のこと。人種問題など、社会的、政治的、経済的に影響の大きい訴訟に際して意見書が提出されることが多い。

ディッキー・カーターとダニエルは、似たような手段でマイノリティの業者や従業員が請け負うことのできる公共事業の量を増やすよう、DC政府にも圧力をかけた。DCが発注している契約の九七パーセントを取っていた白人の商売人たちは反対したけれども、マリオン・バリーが〔一九七九年に〕市長になった後はこのような手段が導入された。連邦で法律が通過したことに刺激され、マイノリティが経営するビジネスが公共の事業やサービスに参入できるようにするために、他のたくさんの市や州が似たような段階を踏むようになった。

「貧困との戦い」の解体を巡る失望は、東南アジアでの戦争を終わらせようという戦いが勢いを増しつつあることで少なくとも部分的に相殺された。壮大な規模の抗議の人波に揉まれていると、元気づけられる気分になった。ただ、花を抱えた子どもたちの大群と対決するために、ホワイトハウスは無人のバスでバリケードを作り、国防総省は何千人もの軍隊を配備したのだが。もちろん、一九七一年のメーデーのデモ行進の後、ホワイトハウス特派員の宴会で報道界の名士たちと影響力をもつ客たちがこぞって、私たちの仲間数千人を違法に逮捕したDCの警察署長に大声で賛意を表したという話を聞いたときにはがっかりした。アメリカ史上最多の人数〔五月三日だけで七〇〇〇人。前後の数日間の合計で一万二〇〇〇人以上〕を逮捕した口実が、抗議者数人が連邦議会議事堂近くの交通をラッシュアワーのときに遮断すると脅したことだったのだから。とはいえ、私は、ニクソンがカリフォルニアの自宅にいて遠隔操作をしており、交差点の渋滞を解消するために近くに戦車を待機させなかった点は良かったと思った。反戦スピーチを聞いていた千人以上の法を守る平和運動屋《ピースニック》と私は、連邦議会議事堂からロバート・F・ケネディ・スタジアム周辺に少なくとも一マイル以上にわたって群がっていたのだが、水飲み場やトイレといった基本的な設備がない野外のフェンスで囲われた区域に閉じ込められた。私たちはほぼ全員、後から無罪放免になった。人数があまりに多かったので、法廷も監獄も圧倒されて手続きを進められなかったのだ。なので、ありがたいことに私たちは黒人の〔カリフォルニア州選出の連邦下院〕議員のロン・デラムズのような扱いを受けずに済んだ。彼は、警官に自分はデラムズだと言ったところ、誰がデラムズかなんて「知ったことか」と言われて棍棒で殴られたのだ。ところで、その放送業界の宴会には、風邪を引いていたダニエルと私は行っていなかったのだが、ダニエルの上司で友人のディッキー・カーターがCBS〔コロンビア放送会社。アメリカの三大放送網のひとつ〕初の黒人の特派員であるハル・ウォーカーの同伴者として出席していた。三日間で何千回も職権で法律を破った警察署長に対する総立ちの拍手喝采に参加しなかったのは、そこにいた人たちの中で彼とハルの二人だけだったと思うとカーターは言っていた。

マーティン・パーイヤーはストックホルムのスウェーデン王立芸術院での特別研究員の期間を終え、そ

＊20　フリラブ対クラツニック判決（一九八〇年）。連邦公共事業雇用法を合憲とした。白人の土建業経営者アール・フリラブが、同法を憲法修正一四条に違反するとしてカーター政権のクラツニック商務長官を訴えていた。判決では、連邦議会の決定が重視されるとともに、目的達成の手段が「厳密に工夫されている」と評価された。

＊21　アフリカ系アメリカ人として初めて連邦最高裁判事となった人物である。一九六七年にジョンソン大統領によって指名された。弁護士時代には、ＮＡＡＣＰの弁護団を務め、一九五四年には公教育における人種隔離を禁止したブラウン対トペカ市教育委員会訴訟においても勝訴した。

の後さらにニューヘブンのイェール大学芸術学大学院も卒業してDCに戻り、反戦抗議運動に参加していた。デモ行進の前にキャピトル・ヒルの私たちの家に集まったとき、いつもマーティンは仲間の学生たちに私たちのことを「陸軍士官候補生学校に行く代わりに平和部隊に参加するように説得して命を救ってくれた人たち」と紹介した。一方、悲しいことに、別の親しい友人であるジョー・エンリケは、ヴェトナム戦争により引き起こされる人間の苦しみはそのために死ぬ価値のあることではなく、むしろ、ただの惨劇だという私たちの意見に手遅れになるまで賛成してくれなかった。彼は、黒人で初めての宇宙飛行士になりたいと思っていたのだが、海軍の戦闘機パイロットになり、たくさんの任務において人並み外れた勇壮さを見せた後、愛しい妻と可愛い子どもたちを残して死んだのだった。

ニューヨーク市ブルックリンのシャーリー・チザム議員は、対立候補であったCOREの創設者で公民権運動の英雄であるジェイムズ・ファーマーを一九六八年の選挙で破り、黒人女性で初めて合衆国連邦議会下院議員になった。当然、私はファーマーを応援していた。彼は平和主義者のフリーダム・ライダーで、彼が擁護していて私も支持している非暴力の原則を貫くために投獄にも耐え、勇気を奮い、長年、大変な努力をしてきたのだ。しかし、すぐに私は〔ニューヨーク市ブルックリンの〕有権者が下した選択を尊重するようになった。チザム議員は黒人と白人の女性スタッフとともに、多くの現場の知識を集めて立法に取り組んだ。労働者階級の家族が抱える現実的な課題、とくに貧困や人種、性別による不平等によって悪化している問題のために奮闘した。たとえば彼女は〔一九七一年、〕ベラ・アブズグ議員[*22]とともに全国的な保育サービスの法制化に着手した。その法案は、内容を削られたものの下院と上院を通過した。しかし、ニクソンの拒否権によって結局退けられてしまった。そのような頑張りを見ていたので、一九七二年に彼女が民主党の大統領候補指名選挙への出馬に真剣に乗り出したとき、私はフロリダに行って彼女の選挙運動を手伝った。私たちは指名を得られるとは期待していなかったが、彼女は東南アジアでの殺戮を終わらせることを呼びかける機会を得られる絶好の演壇として立候補を用いることができた。ヴェトナムでは、ものすごくたくさんの黒人の召集兵が前線に配置されていたのである。

ところで、シャーリー・チザムがヴェトナム戦争を批判し始めたとき、選挙で選ばれたにせよ任命されたにせよ、地位の高い公職に就いた者で同じことをする勇気のある人はほとんどいなかった。しかし、あるもう一人の威勢の良い黒人女性が放った戦争に関するコメントが国じゅうをカッとさせ、ダニエルはその後始末で苦境に陥ったことがあった。〔一九六八年一月、〕女優のアーサ・キットは、ファーストレディのレディ・バード・ジョンソンからアメリカの青少年問題に関する昼食会議に招かれ、ロサンゼルスからDCにやってきた。昼食会の前、キットはダニエルに、廃止になりかけている黒人の青少年のための反貧困プログラムへの支援を呼びかけるため、午後、記者会見に応じることができると知らせてきた。そこでダニエルは、シカゴの連邦下院議員のロマン・プチンスキーの事務所で記者会見を開けるよう、急いで調整した。プチンスキーはキットの要望を受けてそのプログラムを支援していて、彼女に再び会いたいと言っ

＊22　ニューヨーク州第一九区および二〇区選出の連邦下院議員でユダヤ系。一九七一年、チザムの他、ファニー・ルー・ヘイマー、ベティ・フリーダンらとともに全国女性政治連盟を結成した。

ていたのだ。しかし、昼食会が終わって間もなくプチンスキー議員の事務所から、プチンスキーは本日ずっと都合が悪いと電話がかかってきた。そのためダニエルはますます大あわてになって、報道関係の人たちに彼の上司でUPO事務局長のワイリー・ブラントンの事務所に向かってもらうよう手配した。ワイリーもダニエルも、全国ネットあるいは地元の記者たちがトラック何台分ものテレビの装置とともに現れたときには感動した。しかし、テレビ記者の最初の質問を聞いて面食らった。

「キットさん、あなたは大統領夫人をわざと侮辱する目的で今日ホワイトハウスに行ったのですか。」

彼女が答える前に、隣の席に座っていたブラントンは立ち上がって部屋から出て行った。「どうやら、あなたとキットさんには、私が全く知らないことで議論しなければならないことがあるようだからね」と説明しながら。次の日、新聞で読んだりテレビで見たりした人は皆、アーサがレディ・バードに向かってアメリカの若者を助けたいならば、夫に言って彼らをヴェトナムに送るのをやめさせるべきだと言ったということを知った。〔レディ・バードは涙を流し、〕大統領は激怒した。しかし、ブラントンはキットの発言について事前に知る方法がなかったというダニエルの説明を受け入れた。もし彼女がブラントンの隣に座ってカメラに向かって同じ発言を繰り返していたら、反貧困のために彼らがしていた努力はひどく傷つけられるところだった。後にキット自身が認めていたのだが、彼女の発言は多くの人から失礼で非愛国的だと見なされ、彼女のキャリアを狂わせることになった。しかし殊勝なことに、キットは決して自説を取り消さなかった。

そして、アメリカでおこなわれた公民権に関する抗議活動でもっとも長く、おそらくもっとも成功した運動に、ダニエルと私は初日から参加した。しかも、アメリカ人にとっては、この抗議活動は直接的には何も恩恵がなかったのだ。それは、南アフリカ共和国でのアパルトヘイトに対する抗議活動で、ワシントンにある同国の大使館前でのピケという形で一九八四年の一一月末に始まり、逮捕者も出た。逮捕された人たちは南アフリカ解放運動（FSAM）を作ったリーダーたちだった。たとえばランダル・ロビンソン博士はトランスアフリカ〔・フォーラム〕の設立者、メアリー・フランセス・ベリーは米国公民権委員会の委員、そして、ウォルター・ファウントロイは投票権こそなかったけれどもDC選出の連邦議会議員だった。デモ隊員がとても少なかったので、私は地元のギャラリーで開いていた自分の繊維アートの展示会場を放ったらかしにして、最初の数週間は毎日欠かさずピケに行っていた。

しかし、間もなくデモは人々を引きつけ始め、連邦議会黒人幹部会のメンバーや他の議員、公民権運動のリーダーたちも活動に加わった。また、DC市長のマリオン・バリーは、逮捕され釈放されることは立派なことであるとして、それらの手続きを簡素化した。有名人、政治家、そして何千人もの心ある人々が、この活動での逮捕歴を名誉のしるしだと評価するようになった。労働者と学生のグループは抗議活動の組織を作り、組合と大学に対して南アフリカへの投資を含むファンドから手を引くよう要求した。とうとう〔一九八六年〕レーガン大統領の猛烈な反対にもかかわらず、連邦議会はアパルトヘイトをおこなっている南アフリカ政府に対する制裁を求める法案〔包括的反アパルトヘイト法案〕を可決した。そして、レーガンが拒否権を行使したとき、議会は拒否権を無効にし〔上下両院とも三分の二以上の賛成で再可決して法律として成立させ〕、立法府における彼の面目を失わせたのだった。間もなく〔一九九〇年〕ネルソン・マンデラと他の受刑者たちは釈放され、南アフリカは包摂的《インクルーシヴ》な共和国になったのだった。

しかし、私たちの抗議活動のすべてがうまくいったわけではなかった。ダニエルと私がポトマック川近くに（四〇〇〇ドル値下がりしていたので）家を買って七年後の一九八〇年、近所に住んでいたマイケル・ハルバースタムがヴァージニアから来た強盗に撃たれて死んだ。マイケルは、私の好きな作家の一人でヴェトナム戦争の通信員であり批評家であるデイヴィッド・ハルバースタムの兄だった。抗議行動によって銃戦争を終わらせた海外の事例を知った私は、国内でのぞっとするような銃犯罪を減らすために何かしようと思い立った。私は、小さな子どもたち、すなわちベビーカーに乗った赤ん坊や幼児、そして自分で歩くことができる子どもたちを連れた母親たちの抗議グループを組織し、地元に数軒ある全米ライフル協会（NRA）の事務局の外に集まった。私たちは、武装したNRAの役員がテレビカメラで撮影されている最中に「あんたたちの頭をぶっ飛ばすぞ」と脅したとき、今日は勝ったなと思った。私は皆に、家に帰ってNRAが自爆するのをテレビニュースの映像で見ましょうと言った。ダニエルは、勝利を見届けながらお祝いもできるように、テレビを借り、シャンパンを買ってきた。しかしテレビ局はその場面を放映しなかった。実際、その出来事については完全に放送差し止めになっていたのだ。そして私は、NRAは何でも思いのままなのだということを知った。殺人者に銃を密売することもできるし、報道機関に釈明をしないで済むように報道規制をかけるといったことさえも。

私たちがイタリアに移住する前に歓呼の声を上げることができた最後の運動のひとつが、オペラとバレエの公演で「立ち見席」のチケットを売るのをやめるというジョン・F・ケネディ・センターの決定の取り消しを求めて起こした運動だった。政府からの多額の補助金を受けて建設されたこのセンターは、〔一九七一年九月の〕こけら落としの晩から立ち見席を設けて低所得者のファンがチケットを買えるようにしていた。一九七六年の建国二〇〇周年祭の間、文化的な催しの中毒者たちは、アメリカがお祝いをするのを手伝うために世界じゅうからDCに来た素晴らしいオペラやバレエ、オーケストラを鑑賞するために一晩じゅう列に並んだ。しかし、数年後、レーガン政権がセンターの理事の任命権と政府の補助金を減らしたり増やしたりする権限を継承すると、突然、立ち見席が廃止された。そのときセンターでは、ニューヨークのメトロポリタン・オペラ・カンパニーの『ばらの騎士』の上演一時間前だったので、メット〔メトロポリタン歌劇団〕がチケットのキャンセルの責め苦を負うこととなった。ダニエルは急いでDCに来ていたメットの経営陣トップと会う場を設定したのだが、その人物は二〇年前にダニエルがエキストラで舞台に出たときの舞台演出家だった。メットはDCでは立ち見席をやめるのかと尋ねると、執行取締役補佐になっていたスタンリー・レヴィーンは、「まさか、そんなことはない！　私たちはこういうことについて発言権がないんだ。最近、私たちは化粧箱に包装されて石鹸のように売られてるんだ！」と答えた。

私たちはその晩オペラを観たが、私たちがピケを張り請願のための署名集めをしている数週間、立ち見席はなかった。ワシントン・ナショナル交響楽団とニューヨーク・フィルハーモニックの団員のほぼ全員が私たちの請願書に署名したにもかかわらず、無駄に終わった。結局、突破口は、テッド・ケネディ上院議員〔マサチューセッツ州選出でジョン・F・ケネディの末弟のエドワード〕が私たちを支持する旨の手紙を送ってケネディ・センターの事務局長であるロジャー・スティーブンスと連絡を取ってくれたときに訪れた。

スティーブンスが私たちと会ってくれることになったのである。そこで私たちは、無償あるいはものすごく安い給料で人の役に立つ仕事をしている人たちで構成されている交渉団を連れて行った。看護師、音楽学生、芸術家、緊急治療室の係員、教師、作曲家、保育士などである。時には荒れた数回の会議の後、私たちは、新しい後援会員たち（毛皮を着て日焼けをし、宝石をたくさん着けている）の中に、値段の高い自分の席（軍産ロビイストによって購入されたと思われる）に向かうときに、私たち立ち見席のところを通り過ぎなければならないことに不服を唱えた者がいるということを知った。それに対して私たちは、センターの壁に彫ってあるジョン・F・ケネディの金言を引用し、この国の舞台芸術はすべての人のためのものでなければならないという趣旨のことを言った。スティーブンスは同意し、一番安い席の半額で「無期限に」四〇席の立ち見席を提供する契約をしてくれた。私たちが契約書の控えを受け取ったとき、ダニエルは、私がアメリカで初めて抗議したのはカーネギー・ホールを守るための運動だったねと言った。

＊＊＊

これまで参加した運動や抗議活動を思い出すとき、私はいつも不正義に対して立ち上がるよう教えてくれた父に感謝の念を抱く。もちろん彼は私にそうするよう言葉でも教えてくれたのだが、私はしなさいと言われた通りに物事をやる人間ではないので、彼が示してくれた手本が私の信念や行動を形作ったのだと思う。小さな子どもの頃、私は父が私と家族を愛してくれるのを普通のことだと思っていたが、当時でさえ私は彼が特別な人だということを知っていた。彼はユダヤ人ではなかったが、ユダヤ人の妻と家族と一緒にいることによりナチスに公然と反抗した。そして、私たちを助けたことで追放され、ほとんど死ぬかというほど殴打され、事業を差し押さえられた。ナチスのドイツ空軍に入隊させられ、ベルギーに駐在させられると、今度は彼は命を危険にさらしてベルギーのユダヤ人を助け、ゲシュタポによって何ヶ月も投獄された。悪いことに対して公然と反抗することは、彼の、ひいては私の遺伝子に備わっているに違いない。というのも、彼の六人の兄弟もまたナチズムに抵抗し、うち一人はフランスの地下組織と協力していることでヒトラー親衛隊に取り調べを受け、その最中に情報提供をすることを拒んで自殺したのだった。

父は、ファシストと戦うこと、そして戦争が終わったときも他の人たちが暴政から逃れるのを助けることをやめなかった。私は彼の死後、継母から、父が何度も東ドイツに行って彼女の親戚や他の人たちをあの圧政的な統治から密出国させようとしたと聞いた。彼が一九七二年にワシントンを訪れたとき、彼のスーツケースには、公職に復帰したナチ党員の名前を公表するための彼の努力に関連する書類が詰め込まれていた。その努力の一環として彼は、ハンブルクでの反ユダヤ的な学校の職員や他のことに関する私の戦後の体験について、私に詳しく述べさせてテープレコーダーで録音した。彼はワシントンの博物館や美術館を気に入り、その快活な人柄や、ホームレスの人たちと出会う度に足を止めて会話を交わしたことで、私たちの友人皆に慕われるようになった。その翌年、父はナチ突撃隊員に殴られたときから悪くしていた腎臓の症状が悪化し、亡くなった。

母が父と離婚してアメリカに移住してずいぶん経ってから、父は母のためにナチスが母の家族から奪った財産に対する補償請求をドイツ政府に突きつけた。その際、彼はＤＣにいる私に、母の父親が世紀の変わり目頃にニューヨークに住んでいたときにシェイクスピアのファースト・フォリオ[*23]を購入したということを文書で証明できないかと尋ねる手紙を書いてよこした。そのファースト・フォリオはナチスによって没収されてしまっていたのだが、父はそれを母の請求に含めようとしたのだった。それは、アメリカ全体でファースト・フォリオが二つしかないときにニューヨークの出版社から購入したものだったが、出版社は、購入者は匿名で購入したいと言っていたという理由で私の祖父が買い手であることを証明するのを拒否した。ワシントンにあるフォルジャー・シェイクスピア図書館のファースト・フォリオ担当の主任学芸員が、この問題についていろいろ調べてくれた挙句、ドイツまで行って祖父が購入者であると証言すると言ってくれた。しかしドイツ政府は、母がドイツに戻って自ら証言しないといけないと言い張った。彼女は娘である私たちに、ドイツには戻りたくないが、もし私たちがどうしてもと言うなら戻ると言った。もちろん私たちは母に無理強いしなかった。

しかし私は、そのフォリオがどうなったのか考えるのをやめたことは決してなく、〔祖父がニューヨークで購入したという〕過去の経緯は別として、その在り処が突然判明すれば良いなと思っていた。学芸員は、まだフォリオはおそらくイギリスに存在しており、表紙や保存状態は現存するフォリオの中でも最上の部類に入るだろうと思っていた。彼は、ダニエルと私を、フォルジャーの蔵書が後世のために保管されている大きな金庫というか倉庫の中に連れて行ってくれた。そして、見事に製本されたフォリオを何冊か触らせてくれさえした。彼の説明によると、フォリオは印刷されたときには綴じられていなかったそうだ。なので、それぞれの装丁は千差万別で、いくつもの時代を経てきたフォリオの歴史はしばしば研究の対象となるそうだ。もちろん私は今でも頻繁に祖父母のローザ・ヴォルフとジークフリート・ジンガーに思いを馳せる。彼らがシェイクスピアのファースト・フォリオを一冊購入し、私も一冊触ったことを思い出してはわくわくするのだ。

時に異議を唱えられることがあるとはいえ、一九六〇年代の公民権運動はマイノリティの人たちにとって歴史に残る大きな前進をもたらし、その後に続く反戦、フェミニズム、環境問題、同性愛者の権利などの運動への素地を作ったと言って良いだろう。いまやこれらの前進は、二人の優れた南部人――正反対の性質で敵対していたが、最終的には協力した――のおかげだとされている。実際のところ、この二人の南部人、マーティン・ルーサー・キング・ジュニアとリンドン・ベインズ・ジョンソンの抜きん出た才能と時宜にかなった存在なしには、ほとんど何も成し遂げられなかったであろう。また、この二人の男たちは、もし何千人もの勇気ある男性たちと女性たち、時には子どもたちの運動によって支持され、背中を押されたのでなければ、最終的には英雄というよりは〔セルバンテスの小説に登場する〕ドン・キホーテとサンチョ・パンサのようになってしまったであろう。異なる主張をする異なる組織の旗を掲げながらも、これらの抗議者たちは白人至上主義者たちによる暴力や大部分のアメリカ人たちの無関心や反感に耐えてきた。戦争と虐殺を生き残った私にとって、屈従的な者たちが力のある者たちに対抗する平和的な改革において非常に小さいながらも役割を果たせたことは、自らを一変させる経験になった。私はそこまでしていないが、

＊23　一六二三年に出版されたシェイクスピアの戯曲三六篇をまとめて出版した最初の作品集の通称。二〇一六年四月時点で、世界で二三四冊現存することが確認されている。

何度も何度も自分の命を危険にさらし、私たちを勇気づけ、時には自らの臆病さを恥ずかしく思わせる何百人もの真の英雄がいた。多くの人たちは無名で、お互いの名前さえ知らない。そして私たちが乗り越えたように、私も乗り越えた。私は犠牲者であることに伴う恐怖や怒りを脱ぎ捨て、名状しがたい絶妙な手段によって偏見を打ち砕くことから生まれる自信と深い満足を得た。

抗議活動に伴う暴力については、しばしば公民権運動家が咎められた。私たちは、外からの煽動者、挑発者あるいは温和な南部の人たちをいじめる者と呼ばれた。ノーベル文学賞受賞者のウィリアム・フォークナーの言葉を借りれば、南部の人たちは自分たちのペースで「南部の生活様式」を邪魔するものを受け入れていきたかったのだという。しかし、私たちは暴力を振るったことはない。事実、自分たちが怪我しないよう防衛のためであった場合ですら、私たちはやり返したことはない。もし血が流れたとしたら、それは黒人たちの血、そして黒人と一緒に闘っていた白人たちの血だ。

その時期の〔一九六〇年代後半の〕都市部での暴動に関していうと、郊外に住んでいる人はおそらく、暑い日に警察の職権乱用が一件起こる度に、なぜゲットーの住人が怒りのあまり近隣の家々にたいまつで火をつけたのか理解できるはずもないだろう。私には、体系的に主流から外され、ゲットーへと閉じ込められた人たちが暴動を起こすことのほうが理解しやすく、そのような悪条件を受け入れて我慢する理由を説明するほうがよほど難しい。私にはまた、家族と仲間を守り、彼らを攻撃してきた人たちに反撃する本能も理解できた。しかし、技術的には進んでいても道徳的には遅れている多数派の人たちがマイノリティの人たちにしてきたことを見てきて、私は、非暴力の一致団結した行動こそがアメリカで用いることができる唯一の正気の戦略であると固く信じるようになった。不幸なことに、あまりに多くの人たちが違う見方をしたのだが。

ダニエルや多くの活動家たちが「貧困との戦い」に参加することによって獲得したばかりの諸権利という骨に肉づけをしようとしたように、運動の成功は他の方面にもいくらか派生していった。しかし、長い間、生活に必要な基本的なものすら確保することができなかったため、黒人たちの生活はますます不安定さを増した。良い学校、家、職業機会といったものは、ほんの一部を除くすべてのアフリカ系アメリカ人にとって手の届かないもののままだった。逮捕、収監、そして死に至らしめるほどの暴力は、救いようがないとして政治家たちが見捨てた人たちを抑えつけるためにますます必要であると見なされるようになった。

「適切であること」を競い、メディアの注目を奪いあっていた運動のリーダーたちのやりすぎによって、公民権運動の衰退が加速した。ストークリー・カーマイケルが「ブラック・イズ・ビューティフル」と宣言するのを聞くのは刺激的であったが、それと同じくらい、ジム・クロウ制度に対して非暴力の攻撃を加えてきたこの人物が、今度は人種分離主義《セパレイティティズム》と武装闘争を主張し始めたのにはがっかりさせられた。リンドン・ジョンソンのことを「白んぼ《ホンキー》」と呼んだハワード大学での扇動的なスピーチの後、彼はまるでSNCCで黒人と白人が兄弟姉妹だった日々のことを心から懐かしんでいるかのように私をハグし、抱え上げ、ぐるっと振り回して周りにいる人たちを驚かせた。また、エド・ブラウンの弟であるラップは、私たちの家のパーティに来たことがあったが、〔一九六七年に〕カーマイケルの後を継いでSNCCの議長になった後、武器や暴力について、「チェリーパイのように〔典型的に〕アメリカ的だ」というかなり無謀な発言をしたのだった。[24] その他にも、一九六六年という早い時期に、COREの新しいリーダーのフロイド・マキシックはCOREの抗議者は自衛を始めるだろうと言った。そして、SNCCは一九六九年にその名称から「非暴力」を取り除いた。

　こういった過度に興奮した言葉遣いは、少数の過激論者による実際の暴力と相まって、警察が公民権運動のグループを分裂させ、信用を落とさせ、操作するために違法な戦術を用いるのを容易にした。そして、それには運動の指導者を暗殺することも含まれていた。たとえば、シカゴのブラック・パンサー党[25]のカリスマであったフレッド・ハンプトンは、〔一九六九年一二月、〕FBIによって画策されたあちらこちらの都市での徹底的な警察の手入れの際に、ベッドの中にいるところを四四回も撃たれた。これは、FBIのコードネーム「対破壊者諜報活動《コインテルプロ》」の一環として公民権運動のグループに対して数年間続けられた不法な作戦の極端な例である。〔コインテルプロはCOunter INTELligence PROgramの頭文字を取っている。〕「ブラック・パワー」の亡霊はまた、人種隔離主義者たちが「保守」として生まれ変わり、学校や教会、住宅街を不平等に黒人用、白人用に再び分ける口実を与えた。

　カウボーイのブーツをはき、アーサー・ミラーの〔戯曲『セールスマンの死』の主人公の〕ウィリー・ローマンばりの愛想笑いを浮かべて〔一九八一年一月に〕ワシントンに乗り込んできたロナルド・レーガンは、「南部式の戦略」という道を経由してやってきた。つまり彼のホワイトハウスへの道は南部を通っており、その南部で人々の人種偏見を上手く利用すれば選挙人の票をがっぽり集めることができるというわけである。わざとらしくその理論を実践しようとして、〔一九八〇年八月、〕レーガンはCOREの運動員のジェイムズ・チェイニー、マイケル・シュワーナー、アンドルー・グッドマンが〔一九六四年に〕殺されたミシシッピの地区〔ネショバ郡の祭り会場〕で〔大統領選の〕選挙運動を開始したのだった。そこで彼は、殉教者を称える代わりに自分の「州の権利」を重んじる信念を聴衆とその地域の人々に宣言したのだが、それは、連邦が人種統合を強く推し進めていることに反対するという彼の立場を説明したものだった。自分の政治的メッセージがちゃんと伝わるようダメ押しするため、レーガンはサウスカロライナにあるキリスト教の大学で、人種隔離が信仰箇条になっているボブ・ジョーンズ大学[*26]に聖地詣でをした。そして、北部の聴衆に向けた演説の中で、公的扶助の受給者は受け取った小切手を貯めておいて高級車のキャデラックを買うのに使っている「福祉の女王」であると言ったのだった。レーガンの広告の中には、労働者が家族にハンバーガーを食べさせざるを得ない一方で、食糧割引切符《フードスタンプ》でステーキを買っている「金持ち」がいるということ

---

*24 一般的に、アメリカではアップルパイは母親が作る菓子の代表でアメリカ的なものの典型というイメージがあるため、「アップルパイのようにアメリカ的だ」という表現が「極めてアメリカ的な」という意味で用いられることがある。ラップ・ブラウンは、チェリーパイという言葉を用いて、「暴力はアメリカ文化の一部」だと述べている。

*25 一九六六年にカリフォルニア州オークランドで、ヒューイ・P・ニュートンとボビー・シールにより都市部の貧しい黒人が居住するゲットーを自衛するために結成された黒人の急進的組織で、共産主義を支持していた。黒人以外の加入を認めず、暴力も辞さない姿勢を特徴とする。一方で、貧困層の児童に対して無料での朝食の支給や、無料の医療サービスをおこなった。

を想定した絵柄のものがあった。

既にここしばらく増大していた国防総省の予算をさらに大幅に増加させた後、レーガンは、ここ数年で一番寒い晩を選んでDC市中にある公共の建物の暖房を切り、軍事以外に予算を使うのは嫌いだということをわざわざ示した。彼はまた、ペンシルヴェニア通りに面したホワイトハウスの柱廊玄関の照明を消すことで財政的に保守的であることを示した。『ワシントン・ポスト』紙の記事によると、暖房が切られた次の日の朝、温風の出口を覆っている鉄格子の上で寝ていたホームレスの人たちの凍った遺体を清掃作業員たちが集めて回ったという。これは、イランのホメイニ師やイラクのサダム・フセインに武器を調達していたこと、ニカラグアで密かに戦争〔コントラ戦争〕をおこなっていたこと、あるいは南アフリカのアパルトヘイトへの経済制裁に対して拒否権を発動したことなど、その後に起こった数々の出来事の前兆であった。〔一九八一年三月、〕レーガン政権の国務長官のアレクサンダー・ヘイグ陸軍大将が、エルサルバドルでアメリカが支援していた勢力〔国家警察〕によって〔一九八〇年一二月二日にアメリカ人の〕修道女たちが強姦され殺害されたことについて、彼女たちが自ら引き起こしたことだと公に示唆した[*27]とき、ダニエルと私はこの国を脱出する計画を立てた。一九八五年の九月に私たちが家を売ってイタリアに出発する直前、DC市長のマリオン・バリーはダニエル・イングラム・デーを一日設け、貧困を撲滅しマイノリティの事業と被雇用者の機会の増進に貢献したダニエルを称えてくれた。

＊26　一九二七年、バプティスト派の伝道師ボブ・ジョーンズ・シニアにより創立された大学である。キリスト教福音主義を奉じ、非常に保守的であるだけでなく、一九七五年まで黒人の入学を制限し（一九七一年から既婚の黒人は入学可）、二〇〇〇年まで異人種間の男女交際を学則で禁じていた。レーガン以降およそ一九九〇年代末まで、共和党の大統領候補は、同大学で講演をおこない、学長のボブ・ジョーンズ三世に挨拶することが、キリスト教右派の支持を取りつけるための慣習のようになっていた。

＊27　実際には、ヘイグは三月一九日の連邦下院外交委員会において、四人の修道女は交通事故に遭い銃撃戦に巻き込まれて死亡したのではないかと発言した。また、レーガンの外交政策顧問のジーン・カークパトリックも、「彼女らはただの修道女ではない。政治活動家でもある」と発言した。DCではエルサルバドル介入に反対する一〇万人の抗議デモが起きたがレーガン政権はむしろ介入を強化し、経済援助と軍事訓練プログラムの支援をおこなった。内戦はますます混迷化し、多くの一般市民が巻き込まれた。

第13章

ミシシッピへの帰還

〔二〇一三年、〕「マグノリアの州〔ミシシッピ州のこと〕」へ向けて出発する前、私はNAACPの役員でモスポイントの牧師であるアン・パーカー牧師に電話して、一九六四年にSNCCの運動員として滞在していたこと、五〇年経って物事がどうなっているかを見に再度訪れようとしていること、そして、当時、公民権運動に関わっていた人たちに会えたらうれしいということを話した。私は彼女に、私が六四年にモスポイントで知りあったもっともエネルギッシュな女性がパーカーさんという名前だったので、二人のパーカーさんの間に何か関係があるのではないかと思って彼女に手助けをお願いすることにしたのだと伝えた。アン牧師は、自分はフリーダム・サマーのときは学生で、モスポイントにはいなかったので当時の目撃者ではないのだが、もう一人のパーカーさんについては話を聞いたことがあるので、当時活動していて彼女を知っていそうな人たち、あるいは単に私が会えると喜びそうな人たちをぜひ探しましょうと言ってくれた。ダニエルとゆっくり大西洋岸を車で移動しながら、アン牧師と私は携帯電話で連絡を取りあった。夏が過ぎて秋に向かいつつある季節に、ときどき一日か二日ほど足を止めて、水面に浮かぶ満月や水平線にかかる夕日の景色を楽しんだ。

どんなときも水は私たちの精神をさわやかにしてくれる。私たちはフェリーに乗り、アウターバンクスの島々［ノースカロライナ州沿岸の鎖状に連なる砂質の島々］が超然として大陸から離れている素晴らしい眺めを楽しんだ。そこで私たちはテントを張り、五〇年前の思い出の波間を漂いながらごろごろして過ごした。この陶然とする美しさのおかげで、私たちはチャールストンを通過したときに見た恐ろしい光景を耐え忍ぶことができた。かつては美しかったその町には、半ズボンをはいた年寄りの白人男性が大勢いて、彼らは一様に、アジアの低賃金・悪条件の工場《スウェットショップ》で急いで縫いあわせて「デザイナーズブランド」のラベルをつけた大量生産の服と思しき衣服を纏った妻たちを伴っていたのだ。ダニエルは、サウスカロライナの海岸線にアフリカ系アメリカ人とホテルを見かけないのは、公正住宅取引法の適用を免れているのであろう民間経営のマンションや高層のクラブ会館が多いからではないかと考えた。しかしジョージア州サバンナに入ると、たくさんの異人種間結婚の夫婦を見かけることができた。それは私たちにとってうれしい驚きだった。

二〇一三年の九月下旬、私たちはミシシッピ州のモスポイントとパスカグーラを分ける高速道路の路側帯に到着したが、私が住み働いていた町は、少なくとも私が記憶していた姿では存在していなかった。両方とも二〇〇五年のハリケーン・カトリーナで文字通りほとんどが流れ去ってしまっていた。嵐の前のモスポイントは、松の木と緑陰樹、そして静かな通り沿いの小さな区画に建てられた木造の家々のある小さな町だった。それは、川と私が沼地だと思っていたもののそばにあったのだが、町の中心はあらゆる意味で素朴だった。私は、そこに住んでいた頃に町のすべての区画を隅々まで歩き回ったり車で回ったりしていたので、道に迷った覚えはなかった。隣接するもっと大きな町のパスカグーラはメキシコ湾沿いの行楽地で、急成長して大きな造船所のある港になっており、主に米国海軍の軍艦を造っていた。不規則に広がる造船所と拡大した近隣地域を短時間で十分に知るのは難しかったが、いまだに一九六四年に働いていたときと同じ眠たくなるような沿岸の雰囲気があった。

カトリーナの後八年経って回復してきた町と町の間で、高速幹線道路によってあらゆる方向に寸断された郊外の風景を通り抜けながら、ダニエルと私は、車の中で身がすくむ思いをした。幹線道路の脇にはファストフード店、ガソリンスタンド、メーカーの系列小売店が雑然と並び、アメリカじゅうの客をぎらぎらと競争して奪いあっていた。私は、同じ場所を高速で行ったり来たりするコンピューター制御の機械による渋滞に巻き込まれているような気分に陥った。見慣れた目印になるような建物や、モスポイントでウィリアムとロッティのスコット夫妻と住んでいたパイン通りの跡形のようなものを見つけることができなかったので、私たちはフランチャイズのモーテルにチェックインしてパーカー牧師に電話した。彼女は、次の日の三時に教会で一九六〇年代に公民権運動に関わった人たち数人と会えるように手配してくれていると言った。

2005年のハリケーン・カトリーナによって新しい建物に変わった市役所。2013年にモスポイントに戻ってきたとき、町の様子も人々の様子も著者が記憶していたものとはずいぶん異なっていた。

その晩、近くのビロクシーにある湾岸沿いのレストランで、私たちは食事をしていた。隣のテーブルでは二人の白人女性が「オバマケア」は社会主義者による医療の乗っ取りで、絶対に廃止しなければならないと大声でけなしていた。ぞっとするような誤った情報を数分間聞かされた後、私はとうとう話に割り込んで、その法律が「死の委員会」を打ち立てるものだというあなたの主張は間違っており、そのような誤った恐れを引き起こしている規定は法案が成立する前に削除されましたよと、声の大きいほうの人に教えてあげた。[*1] 私の発言に対するその女性の反応は、私がどこの国の出身なのかを知りたいというものだった。私が、自分はアメリカ人だが子どもの頃をヨーロッパで過ごしたと答えたところ、彼女は「ヨーロッパの社会主義はここではいらないわね」と言った。

この出来事の前に周辺をドライブしていたとき、ダニエルと私は教会の前に「妊娠中絶を終わらせるために祈ろう」という標識がいくつもあるのを見ていた。私たちはまた、三人の金髪の女性がミシシッピの美人コンテスト優勝者として栄冠を手にしたのは特殊創造説[*2]のおかげであると書かれた巨大な広告板を通りすがりに見ていた。私は、死の委員会の話をしていた女性の個人的な会話に割り込むのに羊のようにおどおどしてしまったし、一九六四年当時から雰囲気がずいぶん変わってしまったと感じていた。南部人の妄想ぶりはお馴染みのものだったが、彼女の会話は、人種の分離そのものというより分離された後の白人だけの現実生活に対する固執が現れたものだった。しかし、若い異人種カップルが店に入ってきて、私たち以外には注意を払う人もいないなかテーブルに着いたとき、私たちはより楽に息ができる心地がしたのだった。

次の日の朝、私たちはモスポイントの市役所の素敵な新庁舎の場所を探し出した。それは以前の古い市役所があった場所からさほど遠くなかった。私たちは中に入り、一九六四年の夏から秋にかけてパイン通りにあったスコットさんの家に住んでいたことを説明し、その家をどうやって探したら良いかと土地家屋係の主任に聞いた。私は彼に、何度も探したが覚えているのとはどれも違うようだったと言った。アンドルー・ビーモンさんという名のその係官は物静かで思慮深い態度の少し白髪まじりのアフリカ系アメリカ人の男性で、自分が生まれた年にモスポイントで公民権運動に参加していた人のお世話ができてとてもうれしいと最初に言ってくれた。それから彼は、カトリーナによって地元の風景が変わって混乱を余儀なく

＊1　当時のアラスカ州知事のサラ・ペイリンが、「オバマケアでは終末期患者にかかる医療費を節減するために、メディケアを受給する高齢者に対して生命維持装置をあらかじめ辞退する意思表示をしておくよう『死の委員会（death panel）』に家族を呼び出して宣告する」と健康保険改革法案を非難して発言したことから、同法案に対する誤解が広まった。

＊2　聖書の創世記にみられるように、物質・生命・世界の発生は進化によるものではなく、神が無から創造したとする考え。

バーナム・ドラッグの前に立つ著者（2013 年）

バーナム・ドラッグの黒人ウェイトレスと過去の経験について話す著者。ウェイトレスは驚き呆れていた（2013 年）。

されたことに対して、感じ良く遺憾の意を表明した。彼が言うには、モスポイントはハリケーンの外側の縁に位置していて、風が一番強く、破壊の被害も一番ひどかった。対照的に、ニューオーリンズの被害は、嵐の目が市の上を通り過ぎた後に堤防が決壊したときの洪水によるものだという。カトリーナによって荒れ果てたパイン通りは、マーティン・ルーサー・キング通りが大通りとして建設されたときに、その一部になったということだった。

市役所を出ると、バーナム・ドラッグストアがあったので、私は驚いた。そこは、一九六四年の選挙の日の投票時間が終わった後、二人のアフリカ系アメリカ人の女性たちと一緒にランチ・カウンターを人種統合しようとして、安全に事態を収めることができずトラブルになってしまった店だ。ダニエルと私は歩いて近寄って見てみた。そして、まだその店にランチ・カウンターがあるのを見てさらに驚いた。すべて新しくてピカピカだったが、Z字形のカウンターはアール・デコ様式の不滅のけばけばしさをいまだに残していた。二人の友達と私がバナナスプリットを注文したときから一番変わったのは、給仕係だった。一九六四年には給仕係は白人だったし、白人しか給仕係になれなかった。そして、給仕係は私たちの注文に対して「この店ではニガーには給仕しないよ！」と答えたのだった。[*3] 今回、目の前で注文を受けている若い女性はきれいな黒人だった。私は、ずいぶん昔の私たちの突飛なおこないについて彼女に語り、友人が給仕係に「ニガーは注文していないわ、バナナスプリットを頼んだのよ」と返事したという話をすると、彼女は大声で笑った。

私たちはとうとうパーカー牧師の教会に着き、一九六〇年代に公民権運動に関わっていた一〇人以上の女性と三人の男性に会うことができた。彼らは私が彼らに会えてうれしいという気持ちでいるのと同じくらい、私を歓迎してくれているようだった。エマ・ミラーという女性は、フリーダム・サマーの間、彼女の家に五人の北部の学生が住んでいたが、その後、誰からも連絡がないと言った。その場にいた人たちは皆、権利のために闘った人たちだったが、皆、私が後から彼らの様子を見に帰ってきた唯一の運動員または学生だと思うと言った。[*4] アーネスティン・ブラックという女性は、私がかつて遠くから彼らに会いに来たのは「神の祝福」であり、公民権運動のおかげで彼女は大学に進学し、物事を恐れない自信がついたと言った。「私は、ミシシッピ湾岸コミュニティ・カレッジに行った初めての黒人で、卒業した初めての

＊3　第11章では、「ニガー」の会話をした店員は男性だと書かれている一方、ここでは原文でも「ウェイトレス」、「彼女」という言葉が使用されている。著者の記憶が曖昧であると思われるため、「給仕係」と訳出した。

元フリーダム・スクールの生徒であるアニース・リデル（一番左、著者の隣）と話をする著者（2013年）。リデルはモスポイント初のアフリカ系アメリカ人市長になった。

黒人です」と彼女は言った。フランゼッタ・ウェルズ・サンダースという別の女性は、もともと白人だけだった学校に彼女の子どもたちが初めて行ったとき、先生や生徒たちからの様々な敵意にいかに耐えてきたかという話をした。私と妹たちが戦後のドイツで経験したのと同じような経験だった。彼女の息子はまた、ジャッキー・ロビンソン[5]式に人種の壁を破り、地元の若者の野球チームに黒人で初めて入ったそうだ。当時は困難な時代で困難な行動だったが、公民権運動家や北部から来た学生たちは人種間の関係に良い変化をもたらす手助けをしてくれたと彼女は言った。

男性たちは、私のプロジェクトの事務局長のティルモン・マッケラーや、彼に聖体拝領や告解を許さなかったカトリックの神父のことを覚えていた。一人が、地元の黒人たちはその教会の礼拝やミサに出席することを許されていても、後ろの席に座らなければならず、席が足りなくなったら白人に譲らなければならなかったと言った。彼は、今日でもいまだにほとんどの教会はおおまかに黒人用と白人用に分かれているけれども、もし別人種用の教会で礼拝に出席したければ、皆同じ条件で好きな座席に座って出席できると思うと言った。男性たちと女性たち数人はまた、黒人たちの要請に応えて皮肉にも雇われた乱暴な黒人の警察官のことを覚えていた。しかし、そのひどい思い出も、その後モスポイントでは二人の黒人の警察署長が着任し、警察署の職員も完全に人種統合されたというわくわくする事実に取って代わられた。誰かが、最初の黒人の警察署長は私がパスカグーラで開いていたフリーダム・スクールに通っていたと思うと言った。

彼らから〔二〇〇九―二〇一三年に〕モスポイント初で唯一の黒人女性市長を務めたアニース・リデルの話を聞いて既に興奮していたのだが、その彼女が隣に座っていると聞かされて、私は大感激だった。彼女はフリーダム・スクールに出席した世代にしては若すぎるように見えたが、学校のことを覚えていた。モスポイントの白人たちは自分たちの市長として彼女を受け入れているかと聞くと、彼女はミシシッピでは偏見に溢れた人たちには事欠かないと認めた。しかし彼女は選挙運動の際、すべての人のための市長となることを強調し、大部分の白人も彼女が公約通りに務めていると受け止めているようだとのことだった。魅力的で謙虚で、実際のところ彼女はジム・クロウ制度が支配していた昔の日々が異常だったのだと思わ

＊4　公民権運動の元・参加者のウェブサイト『公民権アーカイヴ』によると、フリーダム・サマー計画に参加したメアリー・エリクソンという女性は、一九六四年は一二月までモスポイントに残り、一九七〇年代にも七年間モスポイントに滞在して中学校で数学を教えたとのことである（https://www.crmvet.org/vet/ellickso.htm, 二〇二〇年八月四日最終アクセス）。

＊5　黒人選手の加入を認めていなかった米国のプロ野球（メジャーリーグ）において、一九四七年にアフリカ系アメリカ人選手として初めてブルックリン・ドジャーズからデビューした。以後、様々なタイトルと賞を獲得し、輝かしい功績を残したことで有色人種のメジャーリーグ参加の道を開いた。現在では、毎年四月一五日には彼の功績を称えて各球団がジャッキー・ロビンソン・デーを祝い、全チームで永久欠番となっている彼の背番号四二をつけてプレイするのが恒例となっている。

せるほど、穏やかさと優雅さをもって政治革命を体現していた。

フリーダム・スクールについてもっとも強い思いをもち、もっともよく覚えていてくれた人はジュリア・ロジャース・ホームズといい、学校に一番近い家に住み、燃えている十字架がクランによって学校の前に置かれた恐ろしい出来事のことを覚えていた。彼女は当時一四歳で七人きょうだいの最年長だったので、下の子たちの面倒を見る母親を家で手伝わなければならなかった。しかし彼女は機会があればいつでも学校に来て、年下の子どもたちと一緒に勉強したり私を手伝ってくれたりした。彼女はまたときどき、横木に「フリーダム」と書いた黒焦げの十字架を私が朝外に運ぶときも夕方に校舎の中に運ぶときも手伝ってくれた。彼女は、当時の歴史についての物語では、パスカグーラではなくミシシッピ・デルタ地方の十字架や学校のことであるように間違って描かれているし、映画『ミシシッピ・バーニング』では十字架が教会の前に置かれているしで頭にきたと言った。*6 ジュリアは明らかに私たちの学校とそこでの経験に誇りをもっていた。そして「あなたが私に本への愛を教えてくれたので、私は司書になりました。そして引退するまで三〇年間、私はその愛を他の人たちに伝えようと努力してきました」と私に話してくれたので、私はとても大きな、最上級といって良いほどの喜びに満たされたのだった。

言葉を失って私は彼女を抱きしめ、お互いの頬を喜びの涙で濡らした。ジュリアが発したほんの数語によって、私は自分が長い間大切にしてきた夢を本当にかなえたのだと感じることができた。私は今までもミシシッピに行ったこと、そして、微力ながら非暴力で奇跡を成し遂げた危険な運動の担い手の一人であったことをいつも素直にうれしく思っていた。私をその運動へと駆り立てたのは、自分の過去と、人種差別を見つけたらどんなときでもそれに反対の声を上げるようにという、父から奨励され膨らませてきた願いだった。そして私はその経験によって癒やされ、変容を遂げ、強くなった。しかし私は、数人に読み書きを教えるお手伝いをしたということ以上の重要な貢献を自分で成し遂げたと感じたことは、過去に一度もなかった。知らず知らずのうちに私はジュリアに何か私にとって大きな価値があるものを授けていて、彼女も次にそれを他の人たちに授けていた。

この出会いの場にいた人たちは皆、今、彼らが享受している権利を獲得することがいかに難しく危険だったかを覚えており、元に戻ることがあってはならないと決意していた。彼らは、しばらくの間地下に潜って新しい場所に通じる穴を掘っていた人種差別が、バラク・オバマが大統領になったことで地表に出てきたことに気づいていた。彼らはまた、国家権力が選挙区の勝手な改変や、投票者に身分証明書の提示を求めるミシシッピの法律[*7]のような有権者を抑圧する方策を支持していることにも気づいていた。しかし彼らは、イスラエル人のように、攻撃を受けることに慣れていて、攻撃者を打ち負かすことができるという自信ももっていた。しかも彼らは、ほとんどの地元の白人たちは適度に友好的で、当たり前の秩序とま

＊6　黒焦げの十字架は本書のカバーに使用されている写真で、公民権運動に関する書籍やウェブサイトにしばしば掲載されている。写真中の大文字のEが著者独特の書き方であるのでパスカグーラのフリーダム・スクールであることは間違いないのだが、書籍やウェブサイトではしばしば、ミシシッピ・デルタ地方の町であるインディアノーラで撮影されたと誤って記載されていることを指している。

ではいわないまでも確立した秩序として人種統合を受け入れていると考えているようだった。ある人は、あまりに成功しすぎて黒人社会の問題と絶縁してしまった地元の黒人のほうが、自分にとっては地元の白人よりもよほど頭痛の種だとさえ言っていた。

私たちの友人たちは投票権に関してうまくやっていて、とても力強く自信に満ちているようだったので、私たちには少なくともミシシッピの南東部には新しい時代が来ていると信じられ、歓喜に満ちた気持ちでミシシッピを離れた。家に帰る道すがら、私たちはジョージア州サバンナに立ち寄り、異人種間結婚の夫婦を数十組も見かけた。もっと大きな都市であるＤＣで見かけるよりも多いくらいで、他の都市と同じくらい社会に馴染んでいるようだった。そして、ＤＣに帰り着いた後になって、私たちは投票権法が連邦最高裁によって骨抜きにされたこと、そしてその翌日に——反対を表明していたルース・ベイダー・ギンズバーグ判事[*8]が憂慮していたように[*9]——ミシシッピ州で以前は禁止されていた投票権の制限が立法化されたことを思い出した。ダニエルと私は、私たちの新しい友人たちがほぼ五〇年前にさらされていた状況よりももっとひどい状況にさらされるのではないかと心配になった。私たちは、彼らに電話をしたり手紙を書いたりした。警鐘を鳴らそうというのではなく、客である私たちの前で話すのは控えたものの、彼らは本当はいろいろ心配を抱えていたのではないか、それを確かめたかったのである。

その結果、何人かは、これまで認識していたよりも深刻な事態だと考えていることが分かった。しかし、彼らはこの事態に怯えてはいなかった。むしろ腹をくくっていた。私たちがミシシッピを訪れているとき、彼らはまだ新しい身分証明書要件によって引き起こされる損害を推し測っている最中だった。その要件は、育ってきた環境が恵まれず出生証明書や運転免許証、あるいは不動産譲渡や賃貸の契約書を持っていない年配の人たちに不利に作用すると予想された。彼らは、この侮辱的な問題についてどう対抗していくかの戦略がまだ決まっていなかったので、私たちの前で問題提起しなかったのだ。しかし、彼らは戦略を立てるつもりだと自信たっぷりに私たちに約束した。

今回、新しく友人になったアンドルー・ビーモンさんは、白人の年配者たちの多くは黒人の公務員に敬意を払わない、また「スキンヘッド」[*10]や他のヘイト・グループの問題が常態化していくかもしれないと言っ

＊7 近年、投票者ＩＤ法という、有権者登録に加えて、選挙で投票する際に運転免許証などの公的な身分証明書の提示を求める法律が各州で制定されている。この法により、運転免許やパスポートを持たないことが多いマイノリティや貧困層の投票が実質的に妨げられてしまうという問題が生じている。

＊8 連邦最高裁判事の一人で、女性判事としては歴代二人目である。弁護士時代から一貫して女性やマイノリティの権利発展に尽力したリベラル派で、ビル・クリントン大統領から一九九三年に指名された。ニューヨーク市ブルックリンで生まれ育ったユダヤ系である。

＊9 二〇一三年六月二五日、連邦最高裁は「シェルビー郡対ホルダー事件」に関して、投票権法の条項の一部が「州の平等な主権」を定めた憲法に違反するとの判決を下した。それまで、ミシシッピを含む南部の九つの州では一九六五年時点での黒人の有権者登録率が著しく低かったため、有権者登録の方法や投票所の設置、選挙区割の変更などをおこなう際には連邦政府の事前承認が必要とされていた。判決では、同法第五項に規定されるこの原則自体は支持されたものの、対象となる州の見直しが必要であるとの判断がなされ、事実上、これらの州においても選挙手続きの変更の届出は必要なくなった。そのためミシシッピを含む複数の州が早速、以前に事前承認を得られなかった法を成立させた。

ていた。しかし彼は、市役所での仕事に加えて日曜学校の教師もしているとのことで、子どもたちは人種統合されたヘッドスタート計画[*11]と人種統合された小中学校および高校に通い、肌の色ではなく人間性の中身でお互いを判断するよう学んでいるので、将来を信じているとも言っていた。古い世代が伝えて若い世代が世に出て行けば、私たちはマーティン・ルーサー・キングの夢をミシシッピで実現できるだろうと彼は語った。

＊＊＊

皮肉なことに、ミシシッピは実際、人種的正義への道を先んじているのかもしれない。一九六五年投票権法のおかげで、ミシシッピは選挙で選ばれた黒人の公職者の数で他の州をリードしている。実際、一九六四年の時点でも、私が州の南東部に着いて最初に気づいたことのひとつが、住宅地域がＤＣの郊外や市中よりむしろ人種統合されていることだった。今回、ハリケーン・カトリーナが黒人と白人を掻き混ぜたのか分離させたのかは分からないが、私はミシシッピの人口動態がキング博士やビーモンさんの夢の実現を後押しする方向になっていけば良いなと熱烈に希望している。私は、若い人たちが成長するのにつれて人種差別は消えていくというビーモンさんの未来予想——実際のところ人種統合が人種分離に勝っている——が大好きで、とても共感している。そして、自分たちの権利のためにこれまで闘った、そしてこれからも決して譲らないに違いないモスポイントの人々の二度とあの頃には戻らないという不屈の精神に私は無上の喜びを感じるのである。

しかし、こうした思いに負けないくらい強く、この本の中で述べてきた私の人種差別との闘いの経験が私の心に語りかけてくるのである。困難な時代、おそらくはよりひどい時代が目の前に広がっていると。確かに、法的に強制された人種隔離やあからさまに表現された人種差別はほぼなくなったが、人種分離とゲットー化の問題は事実上変わっておらず、ゲットーは「自分たちが近づいてはいけないところ」という認識以外、白人の目には映ってさえいないのである。確かに、才能に恵まれゲットーの壁をよじ登ることができた人々の中にはそこから逃げ出して自由の身になった者もいて、彼らが成功することは他の人たちにも道を開いている。とはいえ、バラク・オバマはあの伝説のパンドラの箱よりもっと多くの災いを世に解き放ってしまったというコンセンサスが白人の間にはあり、次の黒人の大統領はすぐに現れそうにもないというのが現状だ。しかし、バリオ〔アメリカ国内の都市でスペイン語を日常語とする人々の住む一角〕やゲットー、〔先住民の〕保留地、あるいは刑務所に残された人々は、作り変えられた障害物や旧態依然の問題によって抑圧を受けている。そうした問題のうちのいくつか、たとえば、どうすれば警察の行為に対する公正な審理がおこなわれるかといった問題は、全く信じられないような蛮行が国際社会で繰り広げられると同時に自国では人種格差が両極化するという今の時代、危機的な段階に達しつつある。

＊10　坊主頭・長靴で威嚇的・暴力的な行動を取る白人優越主義者の若者。ここでは、ナチズムを復興しようとする動きであるネオナチズムを指していると思われる。アメリカ・ナチ党は一九七〇年代に消滅したが、外国人労働者の排除や同性愛者への嫌悪を主張する新たなグループが乱立している。

＊11　一九六四年に連邦政府が始めた恵まれない子どもたちのための教育福祉事業。

非白人たちを抑え込むことによって出世したいと考えている政治家が、今では国じゅう至るところにいる。非合法化されたはずの投票妨害が、投票のデジタル化によってデザイン変更され、あるいは投票詐欺を防ぐためとして名前を変更されて、こういった政治家の間ではびこるようになった。囚人労働の請け負いをするような他のジム・クロウ支持者たちは、囚人たちを営利目的の監獄に入れ、あからさまに人種を意識したやり方で過酷な法律を押しつけることによって息を吹き返した。[*12] 非白人は撃たれたり、殺されたり、収監されたり、死刑になったりすることが白人と比べてとてつもなく多いということは、誰もが知っている。このような統計的な格差は呆れかえるばかりで、私が思うに、大人数の白人が「黒人には、白人と同じアメリカの祝福を受ける権利は生まれながらに与えられていない」と建国の父祖たちが言ったと信じているのでもない限り、つじつまが合わないだろう。このような優位性の観念は、進化論に基づくものであれ創造説に基づくものであれ、目新しいものでもなければ独創的なものでもない。一〇〇〇年にもわたって手を変え品を変え、そうした考えが未熟な脳みそに叩き込まれ、私が子ども時代を過ごしたドイツで何百万人もの人が殺されるという狂気に満ちた盛り上がりに達したのだ。

今日では、今までになく多くのアメリカ白人がいかなる人種優越論にも賛同せず、概して公平で慈悲深い考えをもっていることは疑いようがない。彼らには、信頼し尊敬するアフリカ系アメリカ人の友人や親戚がいることも多い。しかし、こういった人たちでもその多くが、次のような考えに今もって与している のだ。いわく、黒人は良い仕事に就くことを拒否して納税者に面倒を見てもらって生きている。彼らの貧困は、日頃のおこないが悪いからか道を踏み外したからか、あるいはその両方が原因である。また、彼らは子どものために支給された助成金を麻薬やアルコールにつぎ込んでしまう。それに、国家は彼らの先祖たちを奴隷にし搾取したけれども、傾いた競技場でプレイするのはお互い様だし、審判員が不公平なのは今に始まったことではないと。つまり、大きな政府には反対の立場だと自任している人たちが主張するように、いまや黒人は平等な権利をもっているのだから、助けを必要としている人たちも自分たちの不幸の責任は自分たちで負うしかなく、この素晴らしい機会の国では他の皆のように我慢して頑張り抜くしかないというのだ。

一九六〇年代に数々の公民権法が可決された後に生じた新しいことといえば、以前から有利な立場にいて享受していた恩恵をさらに拡大させようと画策している人々が、自分たちは逆差別から人種平等を守ろうとしているだけだと主張している件であり、この議論は連邦最高裁でいわゆる保守派によって熱心に擁護されている。こう言っては何だが、この話を聞くといつも私は、五〇数年前の第二次世界大戦の間に奴

＊12　南北戦争後から二〇世紀前半にかけて、労働力の確保のため、黒人を浮浪や定職をもたないことなどを理由に手当たり次第に捕まえ、過剰な罰金を科してはそれを支払えないことを理由に有罪にし、囚人の身分にしてプランテーションや工場に州から労働力として貸し出した「囚人貸し出し制度」が存在した。このような、いわば司法による黒人の再奴隷化は、二一世紀の今日でも、何の罪もないあるいは微罪の黒人を大量に収監し、産業刑務所で労働させるという問題として目に見えにくい形で存続しているといえる。オハイオ州立大教授ミシェル・アレグザンダーによる以下の文献に詳しい。(Michelle Alexander, *The New Jim Crow: Mass Incarceration in the Age of Colorblindness*, New York: The New Press, 2010.)

隷労働者として残酷にユダヤ人を使役しておいて、償いをさせられるのは不公平だと主張したドイツの会社を思い出すのだ。[*13] そして、今日の株主たちは、たとえ奴隷労働の記録がようやく最近になって手に入ったにせよ、そんな昔に会社が犯した犯罪の賠償金を、今、自分たちが支払う必要はないと主張したのだ。このことに対する怒りは、全国各紙に記事が配信される〔売れっ子〕コラムニストのチャールズ・クラウトハマーが『ワシントン・ポスト』紙に書いた記事を読んだとき、私の心の中で一層激しくなった。彼は〔自らもユダヤ人なのに〕会社側の肩をもち、奴隷労働が発生したときからこんなにも時間が経ってからそのような要求を押しつけるとは、ユダヤ人の元奴隷たちは度量が狭く、したがってユダヤ人らしくないと主張したのだ。[*14]

いわゆるアファーマティブ・アクションに関して、「ほんの少しの人種差別であっても、小さな悪性腫瘍と同じで絶対に受け入れられない」という主張は、抽象的な原則の問題としてだけでなく実際的な脅威の問題として、理解可能ではある。確かに人種差別は、治癒したか小康状態になったか、良性になったかのように見えることがあっても、その後、ほぼ説明がつかない状態で広まり始めたかと思うと重要臓器を攻撃し、転移するものである。私の母方の一族のほぼ全員と他の多くのユダヤ人たちは、現代ドイツの人種差別に内在する危険を正確に測って逃げ出さなかったために死んでしまった。中には逃げ出そうとした者もいたが、彼らはそれら別の場所での人種差別によって〔入国を〕妨害された〔あるいは出国さえできなかった〕のだった。

しかし、予防接種によって防ぐことができる病気もたくさんあるし、腫瘍の切除手術、化学療法や放射線療法、あるいは危険な副作用の少なそうな薬によって治療を試みることができるものはたくさんある。賢明な人なら、公民権運動およびその後に差別被害の拡大を抑制するために成立した法律によって、悪意のある人種差別が一九六〇年代に根絶されたなどとは信じないだろう。そして、黒人の大統領が選ばれたことは、キング博士とビーモンさんが思い描いたアメリカに向けての前進と寛容の新しい時代への幕開けではないかと信じてしまった騙されやすい私たちは、ようやく我に返るのだ。幸せの青い鳥が飛んでいるのを見る代わりに、私たちは〔民主党から共和党に〕政治的忠誠を鞍替えしたジム・烏《クロウ》が危険にさらされるどころか、翼を広げて、連邦最高裁の友人からの少なからぬ助けを借りて南部から遠く離れた土地の上空まで飛んでいるのを目にしている。私たちの希望の鳥は、まだ若い世代あるいはこれから誕生する世代の肩の上にとまっているようだ。私たちはまた、彼らが成熟し責任が取れる年齢になるまでに時間的余裕があることを願わなければならない。

同性愛者の権利をサポートする動きが急速に広まっている。このことは、やむことなく不平等が広まっている事態をひっくり返し、殺人兵器がなければ生きていけない依存症に効く治療法を見つけたいと思っ

＊13 たとえば著者は『戦渦の中で』の第9章で、ドイツの世界的軍需工業企業のクルップ社がユダヤ人女性たちに奴隷労働をさせ武器を製造していた例について述べている。（マリオン・イングラム『戦渦の中で——ホロコースト生還者による苦難と希望の物語』小鳥遊書房、二〇二〇年。）

＊14 Charles Krauthammer, "The Holocaust Scandal," *Washington Post*, December 4, 1988, A29.

ている人たちを勇気づけている。人種差別、宗教的熱狂、そして強欲がグローバル化した狂気を生む今の時代にあって、寛容が急成長を遂げたことを祝うことができたのは、重要である。このグローバル化した狂気は、二〇世紀の屠殺場〔ユダヤ人強制収容所を指すと思われる〕を生み出した精神錯乱よりも致命的で破壊的である可能性が高いのだから。

歴史から学ばない者は再び同じ目に遭うよう運命づけられているとしばしば言われる。それはもちろん、両刃の剣である。ただの因果応報のようにも聞こえるし、もしそのように運命づけられている人々というのが、子どもたちやその他の無垢な人たち——すなわちその利益が戦争を始める人、民族浄化をする人、あるいはその他の狂人たちの支配下に常に置かれている人たち——を含まないのであれば、それでも良いだろう。しかし現実はそうではない。どんなにわずかであれ記憶は何かの役に立つという信念ゆえに、人種差別がもたらす恐ろしい結果とあらゆる姿の差別と非暴力的に闘うことの必要性について、私はこの備忘録にしたためたのである。

解説

ホロコーストと米国の公民権運動をつなぐもの
――歴史の当事者との対話による戦争・ヘイト・差別問題の見つめ直し

北美幸

1. はじめに

アメリカのユダヤ人として、私は言いたい。（中略）

私たちを衝き動かしているのは、アメリカの黒人に対する単なる同情や思いやりではないのである。（中略）

ヒトラー政権下のベルリンのユダヤ人地域でラビをしていたとき、私はたくさんのことを学んだ。あの悲劇的な環境で私が学んだもっとも重要なことは、偏執と憎悪がもっとも差し迫った問題なのではないということだ。もっとも差し迫った、もっとも不名誉な、もっとも恥ずかしい、そしてもっとも悲劇的な問題は、沈黙である。

偉大なる文明を創り出した偉大なる人々が、沈黙した傍観者になってしまったのである。彼らは、憎悪を目の当たりにし、残虐行為を目の当たりにし、大量虐殺を目の当たりにし、それでも沈黙していたのである。

アメリカは、傍観者の国家になってはならない。アメリカは、沈黙していてはならない。単に黒人のアメリカだけでなく、アメリカ全体が、である。アメリカは声を上げ、行動しなければならない。大統領からもっとも卑しいとされている人まで、皆である。また、黒人のためにというのではなく、黒人コミュニティのためにというのでもなく、アメリカ自体のイメージと思想と向上心のために行動

しなければならないのである。(1)

一九六三年八月二八日のいわゆるワシントン大行進の際にマーティン・ルーサー・キングがおこなった演説「私には夢がある」は、アメリカ合衆国（以下、アメリカとする）の公民権運動の最高の到達点として知られている。そして、右に引用したこの演説は、同じ日の同じ会場で、ユダヤ教のラビ（聖職者）であるヨアキム・プリンツが、キングに先立っておこなったものである。

【資料1】ワシントン大行進でスピーチするヨアキム・プリンツ・ラビ（1963年8月28日）

読者は、ワシントン大行進でキリスト教の牧師であるキングと一緒にユダヤ教のラビが演説をしていたこと、しかも、ラビ自身がナチス・ドイツでユダヤ人迫害を経験していたことを知って驚いたのではないだろうか（【資料1】参照）。

しかし、この演説でプリンツが述べていたように、ユダヤ人の歴史的経験と黒人のそれに共通点を見出した者は少なくなかったようである。無論、六〇〇万人が命を失ったという点で、ホロコーストは人類の歴史上もっとも残虐で規模の大きな迫害であった。しかし、ホロコーストとアメリカの黒人差別という、展開された時代も場所も異なるこれら二つの差別・迫害において、ユダヤ人と黒人はともに、雇用や教育・居住の権利に関する市民権を奪われたうえ、主流派の人々との異「人種」間結婚を禁止され、殴打され、殺害されたのだった。

本書は、マリオン・イングラムによる Marione Ingram, *The Hands of Peace: A Holocaust Survivor's Fight for Civil Rights in the American South* (New York: Skyhorse Publishing, 2015) の全訳であり、同じ著者による *The Hands of War: A Tale of Endurance and Hope, from a Survivor of the Holocaust*, New York: Skyhorse Publishing, 2013（邦訳『戦渦の中で――ホロコースト生還者による苦難と希望の物語』小鳥遊書房、二〇二〇年）の続編にあたる。本書と『戦渦の中で』は、一九三〇年代にナチス政権下のドイツでユダヤ人として生まれ、ホロコーストを経験した著者が、戦後にアメリカに移住し、そこでも同じく人種差別があることを知り、非暴力的に社会正義を実現していくための運動に身を投じていった過程を描く回想録である。

アメリカの公民権運動については膨大な研究の蓄積があるものの、キング一人あるいはそうでなくても黒人男性の少数の指導者が率いた運動のようにとらえられがちであった。無論、このようなキング牧師中心主義の見直しはこれまでにも進められており、南部の黒人農民の立場から描かれたもの、女性の参加などについて多数の書籍が出版され、運動に貢献した「名もなき」人々が改めて評価されてきた。(2) そういった意味で、白人のユダヤ人で、女性で、外国で生まれ育ち、運動に関わり始めてからもしばらくの間は外国籍であった著者は、公民権運動を作り上げた「名もなき」人々の一人であり、かつその人々の「多様性」を分かりやすく示しているといえる。また、後述するように、公民権運動に参加した白人の間ではユダヤ人の割合が高いのだが、ホロコースト生還者が公民権運動に参加し、その経験を一冊の書籍というまとまった形で語った著作は管見の限り見当たらない。

また、本書と『戦渦の中で』は、アメリカ史（公民権運動史）あるいはドイツ現代史、ホロコースト史の知識を深めるための書物としてのみならず、戦争・差別・迫害とは何か、また、それらの禍害を経験した者ができることは何かといったことを考えるための書物としても最適である。二冊の回想録のうち、『戦渦の中で』はドイツ語に訳され、著者はドイツの高校生と語りあうワークショップに数度参加しているが、世界で唯一原爆を体験した日本の若い世代にもぜひ著書を読んでもらいたいと希望している。日本においては終戦の日や広島・長崎に原爆が投下された日を知らないという若い世代が増えており、アメリカにおいても一九九〇年代以降生まれの二〇パーセント以上がホロコーストを知らないという調査結果がある。(3)二〇二〇年は戦後七五年の節目となる年であるが、こういった現状である今こそ、改めてホロコーストとその教訓を問い直す意味があると思われる。

原著は回想という性質上、本文と図版（写真）のみで構成されており、一切の註釈が付されていないうえに、年代や固有名詞・出典情報がはっきりしなかったり、著者が事実関係を誤認していたりする部分も見受けられる。また、日本の読者には馴染みがないと思われる出来事や人物なども多く登場する。短い説明が可能なものについては本文の中で訳者が註釈を加えたが、巻頭の地図および本稿（解説文）、年表、参考図書一覧によって、より深く本書を理解していただければ幸いである。

2. ドイツ時代の著者――『戦渦の中で』から

本書は主に著者のアメリカ移住後を扱っているため、まず、『戦渦の中で』で描かれている著者のドイツでの幼年期を振り返っておきたい。

著者は、ナチス政権下のハンブルクで一九三五年一一月に生まれた。父がユダヤ人でなかったこともあり、ユダヤ人の強制収容所への移送が始まった後も、母、妹とともに市内で生活を続けていた。とはいえ、ユダヤ人の子どもは学校に通えず、ブランコなど公園の遊具はユダヤ人使用禁止であった。また、人形遊びをしたこともある幼馴染みから「ユダヤ人のブタとは遊ばない！」という言葉をぶつけられるなど、自分が他の人とは違い、しかも蔑まれる存在だということを幼いながらも感じていた。また、おそらく一九四二年冬のことだと思われるが、ガスマスクの装着訓練と称してユダヤ人の親子数十組が集められ、ナチ親衛隊員に銃を向けられた著者と母は命からがらその場を逃れたこともあった（【資料2】参照）。

【資料2】ハンブルク空襲が起きる前、母の手を握る著者。

一九四一年一一月、ハンブルクのユダヤ人のミンスクへの移送が始まり、すぐに母方の祖母、叔父（母の弟）、大叔母（戦前に他界していた祖父の妹）が強制移送された。著者は、祖母が連行される場にも居合わせた。『戦渦の中で』の回想は、とうとう一九四三年七月、母、著者、妹二人にも強制移送のため市内の公園に出頭するよう召喚状が届き、母が自宅アパートでガスを吸引して自殺を試みる場面から始まる。当時、出頭命令を受けたユダヤ人が自殺することは珍しくなく、母は、自分の死後、子どもたちがどうなったのか当局が深追いしないことを期待してこのような行動を取ったのであった。

翌朝、七歳の著者の必死の介抱によって母は意識を取り戻すが、その日の夜のうちに第二次世界大戦中もっとも大規模な空襲のひとつであるハンブルク大空襲が始まる。ハンブルク大空襲は「ゴモラ作戦」とも呼ばれ、一九四三年七月二四日から八月二日にかけて、一〇昼夜に及ぶイギリス軍、アメリカ軍による徹底的な攻撃がおこなわれたものである。とくに七月二七日の深夜から二八日未明にかけての大規模空襲および同時に引き起こされた火事あらし（火災旋風）では、四万とも五万ともいわれる人々が死亡し、一〇〇万人以上が住まいを失った。イギリス政府は後にこれを「ドイツのヒロシマ」と呼んだという。

空襲の合間にゲシュタポ（ナチス・ドイツの国家秘密警察隊）が著者のアパートを訪れ、二日後に必ず公園に出頭するよう念を押す場面があるが、その日の晩の空襲でハンブルクの町は壊滅状態になり、母娘は収容所行きを免れることとなった。母娘は自宅アパートの防空壕や教会の建物内に避難しようとするもユダヤ人であるがゆえに追い出され、焼夷弾が間近に落ちてくる火の海を何時間も逃げ惑った。一方、防空壕に入った者たちは、一酸化炭素中毒になったり崩れ落ちた壁材の下敷きになったりして死亡した。『戦渦の中で』では、黒焦げの死体、溶けたアスファルトに足を取られ動けなくなった人々、身体に付着した燐《りん》が空気に触れて燃焼し火傷を負った人々、燃える梯子ごと炎の中に落ちていく消防士の様子などが、情景が思い浮かべられるかのように鮮明に描かれている。結局、母娘は人々に紛れて行き先も分からないままトラックに飛び乗り、廃墟と化したハンブルクを脱出した。

その後、母娘は父親の元共産党仲間の農場で終戦まで二年近く隠れ家生活を送ることになる。隣家の住人にさえ絶対に姿を見つかってはならないという緊張感、慢性的な飢え、著者に辛く当たる農場主の妻、嵐の夜に戻ってこない母を小屋で待つ間の心細さ、孤高なフクロウの鳴き声、思わず踏み越えた農場の垣根の外で見た草木の輝きやポピーの花びらの美しさなどが、丁寧に描写されている。結局、戦争が終わったとき、戦前には約一万七〇〇〇人いたハンブルクのユダヤ人はほとんどが殺害されるか逃亡するかしており、残ったのはたった一〇〇〇人ほどだったという。

そして、その後の章では、終戦後の著者一家の生活について綴られている。著者と妹たちは、一九四七年頃から一九四八年頃にかけて、ハンブルク郊外のブランケネーゼでユダヤ人孤児のために建てられた学校に通う。著者は、ナチスによって失明させられたヘブライ語の老教師と心を通わせ、孤児ウリに恋心を抱く。アウシュヴィッツ収容所で母親の遺体を目撃し、死体処理の労務についていたウリは、初め学校の誰とも口を利かなかったが、著者と心を通わせ、アウシュヴィッツを出てエッセンにある労働教育収容所に移されたときのこと、近隣のクルップ社の工場で強制労働をさせられていた姉のことなどを語ったのだった。

ホロコーストが生還者の精神に残した傷は計り知れないが、著者の母もまた、母親や弟、叔母の命を奪ったドイツに住み続けることができなくなった。戦後しばらくの間、母は難民の手助けをしながら三人の消息を尋ねていたが、彼らの生存の望みが絶たれると、父と離婚し、アメリカに移住する男性の妻としてドイツを出国した。一九五二年秋、著者は母を追って渡米するが、戦後に母娘の間に生じていた距離感[4]が解消されることはなく、その一年後には継父がロサンゼルスで仕事を見つけ、母とともに引っ越して行った。本書は、おそらく一九五三年の終わりか一九五四年初め頃と思われるが、著者がニューヨークで「完全に一人」の生活を始める場面から始まる。

3. ナチスのユダヤ人迫害とアメリカ

日本でユダヤ人というと、中学国語の教科書にも掲載されてきた『アンネの日記』や、リトアニアの領事館でユダヤ人に日本通過ビザを発給した外交官の杉原千畝など、ヨーロッパでのホロコーストの印象が強いため、アメリカにユダヤ人が住んでいるというイメージが湧きにくいかも知れない。

しかし、アメリカには、建国前の一七世紀から、数は少ないながらもユダヤ人が居住していた。また、二〇世紀初頭のニューヨーク市には、ロシアやポーランドなど東欧からのユダヤ移民のコミュニティが形成された。そして現在では、イスラエルに次ぐ人口の約六〇〇万人のユダヤ人が住んでいる。その意味では、著者や著者の母がアメリカを目指したのは自然であった。アメリカへのユダヤ人移民、とくに一九世紀末から「新移民」の一部として大挙してアメリカに押し寄せ、全米のユダヤ人人口の約九割を占めるようになったロシア・東欧系ユダヤ人の移民の経験および到着後の生活、アメリカ国内の反ユダヤ主義などについては、野村達朗『ユダヤ移民のニューヨーク』[5]をぜひ読んでみてほしい。

一九二四年に一年間あたりの移民受け入れ者数を国別に割り当てる「割当移民法」が制定されると、ロシアあるいはポーランドなど東欧系ユダヤ人移民のアメリカ入国は著しく困難になり、移民の流れは実質的に途絶えることとなった。しかし、一九三〇年代半ばからは、ナチスの手を逃れてドイツからユダヤ人がアメリカに渡ってくることになる。本節では、ドイツでの反ユダヤ政策の開始、ユダヤ人の出国の動き、そしてアメリカへの移民を希望したユダヤ人に対する政府の反応を見てみたい。

ドイツからアメリカへのユダヤ人移民は一九三〇年代が初めてではない。一八二〇年代からの半世紀に、ドイツ、ボヘミア、ハンガリー等の中欧から約二〇万人が入国していた。彼らは、初めは概して貧しく、行商人や職人として出発する者が多かった。しかし、当時のアメリカは西部に向かって急速に発展しつつあり、ユダヤ人はその波に乗って全国に拡散し、急速に中産階級化した。

二〇世紀の「新しい」ドイツ系ユダヤ移民の入国は、一九三三年から一九四四年までの間で一三万三〇〇〇人にのぼった。[6] 彼らには中産階級に属するホワイトカラーの都市住民が多く、弁護士、著述業、音楽家などの他、ノーベル物理学賞を受けたアルベルト・アインシュタイン、エーリッヒ・フロム、ハンナ・アーレントなど、卓越した学者・研究者が多く含まれていた。[7] 本稿冒頭で述べたプリンツも、一九三七年にアメリカに渡っている。

ドイツでは、一九三三年一月のヒトラーの首相就任と同時に反ユダヤ政策もスタートした。一九三三年四月七日、非アーリア人の公務員は解雇され、ユダヤ人は公職から追われた。次いで同月二五日には、国内の学校・大学でユダヤ人など外国人学生の割合を制限する政策が実施され、大学では八〇〇人にのぼる教員がポストを失った。さらに五月には、悪名高き焚書がおこなわれた。ユダヤ人によって書かれた本が、ただそれだけの理由で図書館や書店から撤去され、燃やされた。こうして反ユダヤ法が次々と公布され、一九三三年から一九三七年までの間に、実に一三五にのぼる反ユダヤ法が制定されたといわれている。(8)

一九三五年九月のニュルンベルク法の制定により、ユダヤ人を巡る状況はいっそう悪化した。この法は、「公民法」および「ドイツ人の血と名誉を守るための法」から成るもので、ユダヤ人は市民権を剥奪され、アーリア人との婚姻および性的関係が禁じられた。著者の両親は一九三四年に結婚しており、既存の結婚は合法のままだったが、非ユダヤ人である父は再三にわたり母と離婚するようにナチ親衛隊員らの脅迫を受けたうえに、その場で死亡していてもおかしくなかったほどの暴行を受けたこともあった。

そして、一九三八年、決定的な惨劇が起こった。一〇月末、パリのドイツ大使館の外交官がユダヤ人の青年に殺害された事件をきっかけに、ユダヤ人への暴力がオーストリアを含むドイツ全土で荒れ狂った。(9)一一月九日から一〇日にかけての暴動でユダヤ人九〇人以上が殺害され、三万人以上が逮捕され収容所に送られた。さらに、七五〇〇のユダヤ人の商店が略奪に遭い、二〇〇以上にのぼるシナゴーグ（ユダヤ教会堂）が破壊された。この事件は、シナゴーグのステンドグラスが路上の至るところに散乱し、街灯の光で輝いたことから、「水晶の夜」（クリスタルナハト）と呼ばれる。(10)

「水晶の夜」の後、ドイツやオーストリアのユダヤ人たちは必死に国外の脱出先を探し求めた。しかし、フランス、オランダ、スイス、イタリア、ポーランド、ルーマニアなど、この時期のヨーロッパ諸国は、殺到するユダヤ人の受け入れに難色を示していた。著者の祖母と叔父もスイスへの出国を試みたがかなわなかったという。[11] また、渡航先として一番人気の高いアメリカは出身国別移民割当を継続しており、年あたりのドイツ枠は約二万六〇〇〇人にすぎなかった。[12] そして、国務省、司法省、政治難民に関する大統領諮問委員会（PACPR）など政府関係筋は、割当外での難民の入国を認めようとせず、むしろビザの審査を厳しくしていた。[13]

本節では、当時のアメリカ政府がユダヤ人難民に対して冷淡であった具体的事例をさらに二つ挙げたい。ひとつ目は、ユダヤ人児童の受け入れである。一九三九年二月、ロバート・ワグナー上院議員とエディス・ロジャース下院議員は、ドイツの一四歳以下の児童二万人を移民割当の枠外で入国を認める法案を連邦議会に提出した。大統領はじめ政府関係筋は難民を装ったスパイや工作員が入国する危険性を強調していたが、子どもであればその恐れはないであろうし、また、国内の労働市場での競合も生じないであろうと考えられたのである。エレノア・ローズヴェルト大統領夫人やフランシス・パーキンス労働長官が熱烈にこの法案を支持したが、議員の多くは否定的で、最終的に廃案になってしまった。審議がなされた公聴会では、多数の宗教団体、慈善団体、そして労働団体までもが賛成に回ったのに対し、著者が本書第7章で帰化宣誓式の際に「対決」した「アメリカ革命の娘たち」やアメリカ在郷軍人会が反対運動を繰り広げたという。[14]

もうひとつは、セントルイス号事件である。一九三九年五月一三日、ハンブルク・アメリカ汽船会社の客船セントルイス号が、九三七名の乗客を乗せてハンブルクを出港した（【資料3】参照）。そのうち九三〇名はユダヤ人で、皆、なけなしの金を集めて船会社からキューバの上陸許可書を買っていたほか、七〇〇名以上はアメリカの移民ビザを申請済みだった。ひとまずドイツを出国し、中継地としてキューバで数年過ごし、アメリカ移民の割当の順番が回ってくるのを待つつもりだったのである。ところが、キューバ大統領は出航の直前に上陸許可書を無効にしていた。セントルイス号は五月二七日にハバナ港に到着したものの埠頭に接岸できず、港内に投錨した。危機を知ったアメリカ・ユダヤ人合同配分委員会（JDC、通称ジョイント）がキューバ政府と交渉している間、乗客たちは、アメリカ入国を求めてフランクリン・D・ローズヴェルト大統領に電報を打ったが、返答はなかった。

【資料3】ハンブルク港に停泊するセントルイス号（1939年）。

六月二日、キューバ政府に退去を命じられ、セントルイス号は出港した。船長は、まだ交渉が進行中であると知り、すぐに戻れるようにフロリダ沖をゆっくり航行した。アメリカが移民規定を緩めるのではないかという期待もあった。六月五日、乗客にはマイアミの街の明かりが見えていた。しかし、上陸どころか、アメリカ沿岸警備隊の警備船が海に飛び込んで海岸まで泳いで行く者がいないか見張っており、結局、セントルイス号はヨーロッパに戻った。その後、ジョイントの助力により、ベルギー、オランダ、イギリス、フランスが乗客の受け入れに同意し、セントルイス号の悲劇は一転して幸福な結末を迎えたかに見えた。しかし翌年五月、ナチス・ドイツは西ヨーロッパに侵攻した。このため、イギリスに上陸した二八八名を除き、乗客たちは四名を除いてホロコーストで死亡したという。[15]
このように、戦争中のアメリカ政府のヨーロッパ・ユダヤ人の窮状への態度は、基本的に傍観者としてのそれであった。戦後、生存者の多くは連合国軍が管理する難民キャンプに避難していたが、一九四五年一二月、ハリー・S・トルーマン大統領は移民割当枠を完全に消化する形で難民四万人を受け入れるという命令を出した。そして、アメリカ・ユダヤ人委員会およびヘブライ移民支援協会(HIAS、現在では正式名称がHIASである)が請願を重ね、一九四八年に難民法が制定され、この措置は恒久的なものとされた。一九五〇年には、ユダヤ人難民の入国を不利にしていた「バルト海諸国およびゲルマン系の難民で農業従事者を優先する」という条項も撤廃され、東ヨーロッパから約四〇万人が入国した。[16] 著者の家族に関しては、母は非ユダヤ人男性の妻という形でアメリカへのビザを得ている。著者自身は学生ビザで入国しており、[17] ユダヤ人難民たちのアメリカ入国とは事情が異なる。

4. 公民権運動の展開と著者

著者が初めてアメリカの人種差別を間近で感じたのは、親しくなったジョーンという同僚女性を通じてだった。著者が彼女の待遇に抗議して退職したのは、エメット・ティル少年の事件が起こった少し後だったと書かれていることから、一九五五年後半のことだと思われる。この頃のアメリカでは、人種関係に関する大きな変化が起きつつあった。本節では、当時の人種差別の状況を説明するとともに、その後、著者が関わることになる公民権運動の様子を見てみよう。

(1) 法廷闘争から街頭の抗議活動としての公民権運動へ

著者が到着した一九五〇年代初めのアメリカでは、南部諸州の多くで、学校や公共交通機関をはじめとして、公園やホテル、レストラン、映画館、コインランドリーなどあらゆる施設が人種別に設けられていた。無論、単に設備が別々なのではなく、黒人用の設備は常に白人用のそれより劣っていた。たとえば学校では、黒人用の学校には椅子はあるけれども机がなかったり、午前あるいは午後だけしか授業がなかったり、複数の学年を一人の教師が教えていたり、図書館にもほんの少ししか本がなかったりした。一方、北部では南部諸州のように法律で人種隔離が定められるということはなかったが、ジョーンが経験していたような雇用、教育、不動産貸借などにおける差別ははっきりと存在していた。

黒人たちが公民権、すなわち市民としての権利を求める動きは、既に二〇世紀の前半には開始されていた。[18] ただ、この広い意味での公民権運動は、当初から誰もが参加する、あるいは参加できる運動だったわけではなく、全国黒人地位向上協会(NAACP)などの組織が裁判を起こすという、主に「エリートによる法廷闘争」としておこなわれてきた。小学校での人種隔離を巡る裁判が差別撤廃に向けての突破口となった。この裁判は、一九五一年二月、カンザス州に住むオリバー・ブラウンが、近所にある公立白人小学校への娘のリンダの転入学を求め、その申請を拒否した市の教育委員会を相手取って起こしたものだった。彼の娘は、黒人であるがゆえに、遠くにある黒人専用校への通学を余儀なくされていたのである。

一九五四年五月一七日、連邦最高裁判所は、ブラウンおよび学校での人種隔離に関する他の四件の訴訟を一括して審理した裁判において、「公教育の分野においては、『分離すれども平等』の原理を受け入れる余地はない。隔離された教育施設は本質的に不平等である」との判断に基づいて、「公立学校における黒人と白人の隔離は憲法修正第一四条に違反する」という判決を下した。こうして、それまで南部で半世紀以上も続いていた人種隔離制度、すなわち、当時の南部の基本的な生活様式は違憲であると判断された。

とはいえ、ブラウン判決は、それだけで直ちに現実の生活での効果を発揮するものではなかった。判決は、いつどのように人種隔離制度を解体するかの手順を定めていなかったので、相変わらず南部の学校や公共交通機関は人種別のままであった。南部の白人たちは、自分の子と黒人の子が同じ学校で机を並べ、同じ人間であるという意識をもち、交際するようになるのではないかと、怒りを募らせるとともに恐れた。彼らはブラウン判決に反発して各都市で「白人市民会議」を結成し、人種統合に断固反対し隔離を維持するために闘い抜くことを誓っていた。

そのような白人たちの意志が改めて目に見える形になったのがエメット・ティル少年の殺害事件であった。この一四歳の少年はシカゴの出身で、一九五五年の夏、ミシシッピの親戚の家に遊びに来て滞在していた。しかし彼は、黒人と白人が道ですれ違うときは黒人が譲る、黒人男性は白人女性をじろじろ見てはならないといった「南部の人種エチケット」を知らず、近所の商店で店番をしていた白人女性に向かって口笛を吹いてしまった。その日の夜、ティル少年は女性の夫とその兄弟に連れ出され、頭蓋骨が陥没するほど殴られ、銃で撃ち殺された挙句、近くの川に投げ捨てられた。しかも、全員白人の陪審員は、たった一時間の審理により、この二人の容疑者は無罪であるという結論を出したのである。

当時、全員が白人である陪審員が黒人を殺した白人を無罪にすることは、全く珍しいことではなかった。ただ、ティル少年の母親は、泣き寝入りをすることをしなかった。彼女はシカゴに遺体を運び、南部の白人が「私の息子にしたことを皆に見せてやる」ため、棺桶のふたを開けたままの葬式をおこなった。ティル少年の葬儀には一〇万ともいわれる数の人が列をなし、黒人誌の『ジェット』は、顔も認識できないほど変わり果てた遺体の写真を掲載した。数百万人がそれを目にし、そのリンチ殺人の残虐さと裁判の不当さに憤った。著者は、その一人だった。

そして、ティル少年の事件が起こったのと同じ一九五五年の暮れ、人種差別の解消が遅々として進まないことに対する人々の怒りが、とうとう組織化された街頭の行動という形で姿を現すことになった。町に住む黒人たちが一斉にバスに乗るのをやめるという、バス・ボイコット運動である。

一二月一日の夕方、アラバマ州モンゴメリーのＮＡＡＣＰの書記でデパートの縫製工として働いていたローザ・パークスは、一日の仕事を終えて帰途につくためバスに乗り、前方の白人席と後方の黒人席の間の「中間席」に座っていた。白人用の座席が満席になり新たに白人の乗客が乗ってきたとき、運転手は決まりに従ってパークスに席を譲るように命じたが、彼女は拒否した。そして彼女は逮捕され、留置され、告発された。

町の黒人女性組織のメンバーと黒人牧師たちはすぐに会合を開き、パークスの逮捕に抗議して全市の黒人を挙げてのバス乗車拒否をおこなおうということで合意した。パークスの裁判の日である一二月五日に急遽実施された一日ボイコットは、大変な成功を収めた。普段は黒人乗客でいっぱいのバスが空っぽだったのである。その様子を見たモンゴメリーの黒人たちは、市バスの座席の人種分離を撤廃させるためにボイコットを継続しようと決意した。そのための組織としてモンゴメリー改善協会（MIA）が結成され、三ヶ月前に町の教会に着任したばかりの二六歳のマーティン・ルーサー・キングが代表に選ばれた。

黒人教会ではボイコット継続の意義が説かれ、黒人たちは雨の日も風の日も、あるいは炎天下を毎日歩いて学校や職場に通った。また、自家用車をもっている者はカープール（車の相乗り）を組織した。もともと市バスの利用者の四分の三は黒人であり、その九九％がボイコットに参加したので、バス会社は大きな経済的打撃を受けた[19]。無論、この間、白人市民会議やクー・クラックス・クランはキングやMIA幹部の自宅を爆破したり、市警察も些細な車の故障で交通違反の切符を切ったりしては、ボイコットを妨害しようとした。

推されてリーダーとなったキングは、実はボイコットが始まった後も非暴力主義についての理解は十分ではなく、それを貫く覚悟もできていなかった。実際、彼はショットガンで武装した護衛をつけ、自宅に拳銃を所持していた。キングが非暴力を「生き方」として実践する覚悟を決めたのは、ベイヤード・ラスティンと彼の国際友和会（IFOR）の同僚グレン・スマイリーが、一九五六年の二月末にモンゴメリーを訪れ、何日間もかけてガンディー主義および非暴力についてキングと話しあったことによる。その後間もなく、キングは銃を処分した[20]。

ボイコットは一年以上も続いたが、一九五六年一一月一三日、ボイコットと並行して起こされていた訴訟で、連邦最高裁判所は「バスの座席の人種分離は違憲である」との判決を下し、抵抗運動は黒人たちの全面的な勝利に終わった。これは、「普通の人たち」「皆」が参加する直接行動の最初の成功例であり、また、黒人たちが団結して統制の取れた行動を取ることができることを示すものでもあった。その後間もない一九五七年一月、キングと彼の仲間たちは南部キリスト教指導者会議（SCLC）を結成した。こうして、黒人に対する差別・不当な扱いに抗議する運動は、裁判所の中から街頭へ、そして南部の他の地域へも広がっていった。

(2) ミシシッピ・フリーダム・サマーとファニー・ルー・ヘイマー

著者は一九六〇年の初めにワシントンDCに転居し、ニューヨークとは比較にならない人種隔離や人種差別の深刻さに愕然とし、間もなく公民権運動に身を投じることになる。この年は、大学生や若者たちが動き始めた年だった。二月一日、ウールワースという全国チェーンの雑貨店のノースカロライナ州グリーンズボロの店舗で、店内のランチ・カウンターで食事をできる権利を求めて、黒人の大学生四人が座り込み（シット・イン）を開始した。公共の場所を非暴力的に占拠するという彼らの勇気ある行動は、南部の黒人青年たちの魂を揺さぶり、立ち上がらせた。あっという間に話は他の黒人大学に伝わり、同月中だけで一五の都市で五四回の座り込みがおこなわれたという。[21] 座り込みの参加者が増えるにしたがって、町の白人たちは罵り、殴る蹴る、あるいは煙草の火を押しつけるといった嫌がらせをするようになったが、学生たちは徹底した非暴力でそれに耐えた。この運動に他の大学や都市の組織との連携をもたせようと、四月、学生非暴力調整委員会（ＳＮＣＣ）が結成された。[22] この組織は公民権運動の大きな一翼となり、著者はＳＮＣＣの運動員として一九六四年にミシシッピに赴くことになる。

さらに翌一九六一年には、著者と夫がメンバーとなった人種平等会議（ＣＯＲＥ）が組織した「フリーダム・ライド（自由のための乗車運動）」が開始されるなど、「普通の人」が参加する公民権運動が本格的に開始される。公民権運動史についてここですべてを語ることはできないが、本稿では著者が本書を捧げているミシシッピの女性にまつわるものとして、著者をミシシッピに導いたファニー・ルー・ヘイマーおよび一九六四年前後のミシシッピの状況について見ていきたい。

一八歳に達すると住民票のある住所に自動的に「入場整理券」が郵送される日本とは異なり、アメリカでは裁判所等での改めての有権者登録が必要である。南北戦争後の一八七〇年に定められた合衆国憲法修正第一五条によって投票における人種差別は禁止されたにもかかわらず、黒人の投票行動を阻止するための「祖父条項」や「人頭税」、「識字テスト」が間もなく州ごとに導入され、実質的に黒人の投票権は再び奪われていった。そして、一九六〇年代にも南部の多くの州では同じ状況が続いていた。たとえば「識字テスト」では、有権者登録に来た人たちは合衆国憲法や州憲法の条文を登録官の目の前で読ませられその解釈をさせられるのだが、白人は全員合格、黒人は全員不合格といったようなことも珍しくなかった。また、白人の雇い主や、時には地元警察による嫌がらせや脅迫もあったため、南部諸州では概して黒人の有権者登録率は著しく低かった。

各公民権組織は黒人の有権者登録を促進する運動を早くに開始していたが、ワシントン大行進後は、参政権（投票権）の確保を最優先事項とし、活動を展開していった。それまでの運動の中心である商店や公共施設での人種隔離の撤廃を求めての座り込みやデモ行進は、黒人の生活圏や職業が固定されているミシシッピ州やアラバマ州などの農村部では役に立たなかったのだ。しかも、これらの地域やサウスカロライナ州では黒人の人口比が高く、黒人も皆が投票すれば、数の力で白人に対抗できる可能性があった。

そのようななか、一九六三年一一月、ミシシッピ州知事選挙がおこなわれ、州内の公民権組織の連合体である連合組織評議会（COFO）は、「自由のための投票」という名の模擬選挙をおこなった。これは、あくまで独自かつ非公式の投票ではあったが、COFOは独自の候補を立て、遊説をおこない、チラシを印刷し、投票箱を設置し、八万人以上の黒人が投票した。そして、彼らが実際に有権者登録して公式の選挙で投票したらどうなるのかという潜在的な黒人票の力を示した。また、その際にはイェール大学、スタンフォード大学を中心に白人の大学生約一〇〇名がミシシッピ州を訪れボランティアとして加わり、全国のメディアで報じられた[23]。

その後COFOは、翌年の夏に今度は一〇〇〇人規模のボランティアを投入して「ミシシッピ・フリーダム・サマー」をおこなう計画を本格化させた。同計画は、北部や西部出身の主に白人の大学生や若者がミシシッピ州内各地に夏の間滞在し、黒人の有権者登録の推進と黒人の子どもたちのための無料の学校「フリーダム・スクール」の設置と運営、コミュニティ・センターの建設などをおこなうものである。有権者登録運動は、黒人の家庭を一軒一軒訪問して登録するように説得し、申請用紙の書き方を説明し、登録会場まで付き添う活動であるので、知識を身に着けた意欲のあるまとまった人数の運動員が必要だった。また、名門大学の学生たちを動員することで、彼らの親も含め全国からの関心や活動資金の寄付を集められるし、活動家たちの安全確保も期待できるのではないかと考えられた。

七月、COFOはフリーダム・サマー計画の総仕上げとして、新たな目標を設定した。同年四月に結成されていたミシシッピ州の黒人たちを主体にした独立政党であるミシシッピ自由民主党（MFDP）から、八月下旬にニュージャージー州アトランティックシティで開催される民主党全国大会に代議員団を送り、同年一一月におこなわれる大統領選での正副大統領の指名候補の選出に自らの声を反映させようというのである。彼らは、「ミシシッピ州の民主党は、裁判所命令に反して白人だけで予備選挙をおこなっているので、そもそも代議員としての資格がない」と主張し、自分たちを正式に代表席に座らせるよう要求した。

ファニー・ルー・ヘイマーは、MFDP代議員団の副議長だった。彼女は二〇人きょうだいの末っ子として小作農の家に生まれ、六年間の初等教育しか受けていなかったが、持ち前の指導者としての素質から、若い活動家たちに「ミセス・ヘイマー」と呼ばれて敬い親しまれていた。有権者登録を試みたために働いていた農場を追われ、暴行を受けたこともあった[24]。八月二二日、ヘイマーは、全国民主党大会でのMFDP代議員団の処遇を検討する資格審査委員会で証言をおこなった。彼女は、一九六三年六月九日に有権者登録の講習会に出席したときに拘置所に連行され、二人の男性囚人に身体を押さえつけられて棍棒で殴られ続けたことを話し、次のように問いかけた（【資料4】参照）。

メドガー・エヴァーズ[25]が殺害されたとき、こうして私は警察に勾留されていたのです。

以上が、私が有権者登録をして一級市民になろうと思ったために起きた一部始終です。いま、〔ミシシッピ〕自由民主党に議席が与えられないとしたら、私はアメリカに質問したいと思います。これがアメリカですか。これが自由な人たちの国で勇者の故郷なのですか。人間として慎ましく暮らすことを望んでいるという理由で、毎日、生命を脅かされ、その脅迫を逃れるために電話を外して眠りにつかねばならない国、それがアメリカなのですか。(26)

【資料4】民主党全国大会でスピーチするファニー・ルー・ヘイマー(1964年8月22日)

テレビで放映されたヘイマーの証言は、その雄弁と情熱により、一九六三年にアラバマ州バーミンガムでの家畜棒による殴打や消防ポンプの放水、警察犬による弾圧の模様が放映されたときに匹敵するインパクトを視聴者に与えた。全国のネットワークがミシシッピの黒人の状況を克明に報じたのは、おそらくこのときが初めてであっただろうといわれている。(27)

結局、民主党首脳部は、白人のミシシッピ州代表団を正式な州代表とする一方で、MFDP代議員団には特定の州を代表せず投票権のない「一般席」二議席を用意する妥協案を提示した。キングをはじめ黒人指導者の中には妥協を勧める者も多かったが、ヘイマーらは、「ミシシッピ州が組織的におこなっている黒人の政治参加拒絶の違法性を無視するもの」であり不適当で侮辱的であるとして、この提案を拒否した。著者がヘイマーの隣の席に座ったのは、失意の代議員団がミシシッピに帰るバスの中だった。

著者が滞在したモスポイントおよびパスカグーラは、別々の市であるが橋一本でつながっており近接しているため、SNCCは一つの地区として扱っていた。ともにジャクソン郡にあり、パスカグーラは郡庁所在地で一九六〇年当時人口一万七一五五人、うち黒人人口は三八八五人（二二・七％）であった。一方、モスポイントは、人口は六六三一人で黒人が二一〇二人（三一・七％）を占めていたという。[28] なお、同じ一九六〇年の州全体での黒人人口比は四一・三％である。比較的平穏・安全な地域とされており、実際、公民権運動史のかなり詳しい著作にもこの二つの市の名前はほとんど登場しない。モスポイントのほうがやや公民権運動に積極的であり、フリーダム・サマーの期間中からフリーダム・スクールが設置されていた。

フリーダム・サマーの期間中、活動家たちは様々な形で地元白人の妨害を受けたが、パスカグーラ−モスポイント地区もこういった脅迫や嫌がらせと無縁ではなかった。SNCCの資料によると、六月一六日から八月二六日までの間に一三回、モスポイントの地名で「事故」が報告されている。六月二三日には、有権者登録運動の集会所として使われていた建物が爆破され、七月六日には、車に乗ったままの白人男性らが同じ建物の中に向かって銃弾を撃ち込み、一七歳の黒人女性が重傷を負った。白人男性らには何の咎めもなく、彼らの車を追いかけた黒人三人が逮捕されたという。また、ささいな「交通違反」や白人用コインランドリーを使ったことで地元の黒人やCOFO運動員が逮捕された事件が三件報告されているほか、八月四日にはSNCCの事務所前の芝生で集会を開いていたところ、一度に六二名が逮捕された。その他、集会に参加したことで五人、COFOの運動員を下宿させたことで二人、コインランドリーのボイコットを呼びかけたことで六人が解雇されたという。(29)

著者が滞在した九月中旬以降は、一一月の選挙を前に、黒人の政治参加に対する白人の抵抗はますます強くなっていた。パスカグーラ＝モスポイント地区でも、一〇月一三日、著者が運営していたフリーダム・スクールでの前庭で十字架が焼かれた（本書カバー写真参照）ほか、「交通違反」による逮捕が相次いだ。(30) ティルモン・マッケラーも、複数回「不注意運転」で逮捕され、罰金刑を受けている。この時期、州全体としては、フリーダム・サマー計画終了後も残った者の他に著者のように新たに加わった者もおり、SNCCもCOREも前年よりスタッフの数を増やしていた。また、一〇月末には主に白人の大学生一〇〇人が短期ボランティアとしてミシシッピを訪れたというが、「自由のための投票」の投票者は前年を下回る六万人だったという。(31)

一方、この時期には運動自体が求心力を欠くようになっていた。アトランティックシティ後、MFDPの挫折によって活動家たちが疲弊しきっていたこと、COFOとアトランタのSNCC本部との間に以前からあった摩擦がさらに大きくなったことなどから、研究史によると、一九六四年秋にはCOFOはほぼ崩壊状態だったという。(32) また、この時期には、非暴力の方針に対する疑問も生じていた。穏健すぎるキングに対する反発が生まれ、若者たちの気持ちは公民権運動の戦術として自衛を主張するマルコムXに向いていた。同様に、白人との融和・協調も否定された。一九六六年春にSNCC委員長に就任したストークリー・カーマイケルは六月、公式に「ブラック・パワー」を宣言し、また同年一〇月にはカリフォルニア州オークランドでブラック・パンサー党も結成された。著者がほぼ五〇年間ミシシッピを再訪する気持ちになれなかったことには、こういった運動組織の動揺や非暴力主義の衰退を肌で感じたことが理由にあったのではないだろうか。

5．ユダヤ人と公民権運動

著者は、本書の中で繰り返し、幼い頃に経験したホロコーストが公民権運動への参加につながったと述べている。また、ヨアキム・プリンツも、ヒトラー政権下でユダヤ人迫害を経験した者として、黒人の窮状を傍観してはならないと主張した。しかし、公民権運動あるいは黒人差別の問題に対する比類なき積極姿勢は、ホロコーストの被害者だけに限られたものではなかった。歴史的に差別にさらされ、一九世紀末からはアメリカ国内でも反ユダヤ主義に遭遇したことで芽生えた「あらゆる差別」への関心は、アメリカ・ユダヤ人全体に共通するものだった。

黒人問題に対するユダヤ人の関心と支援は、第二次世界大戦後に急に始まったわけではなく、早くは二〇世紀初頭に見られていた。NAACPには、ジョエルとアーサーのスピンガーン兄弟が一九〇九年の設立時から一九六六年まで会長職を引き継ぐなど多数のユダヤ人が参加しており、NAACPの弁護士として黒人の解放や地位向上のために尽くした者も多かった。また、同じ時期には、シアーズ・ローバック社長のジュリアス・ローゼンウォルドは、ブッカー・T・ワシントンの自伝『奴隷より立ち上がりて』に深く感銘を受け、ワシントンが創設した黒人用の職業訓練校タスキーギ学院の理事を長く務めた。彼はまた、黒人の学校教育に多額の寄付をしたが、その範囲は南部一五州に及び、たとえばサウスカロライナ州の黒人用小学校教育の九五%、アラバマ州の九〇%をカバーしていたという[33]。

また、一九一五年にアトランタで起こったレオ・フランク事件は、ユダヤ人の黒人問題への関心をさらに強めることになった。この事件は、自らが工場長を勤める鉛筆工場の一三歳の女子工員をレイプ殺害した冤罪によりユダヤ人のレオ・フランクが逮捕され、さらに、当時はもっぱら黒人に向けられた暴力行為であったリンチという方法で白人暴徒に命を奪われたものだった。この事件にアトランタのユダヤ人社会は震え上がり、「ユダヤ人に対する誹謗中傷をやめ、すべての人のために正義と公正な扱いを保障するために」反名誉棄損同盟を設立するとともに、NAACPの反リンチ運動に全面的に協力するようになったのだった[34]。

ユダヤ人の黒人問題への好意的関与には枚挙にいとまがないが、人種隔離教育制度の打破に際しても、ユダヤ人は弁護士あるいは組織として貢献した。一九五一年にブラウン訴訟が開始されたとき、アメリカ・ユダヤ人委員会、アメリカ・ユダヤ人会議、反名誉棄損同盟といったユダヤ人の諸団体は、黒人の原告を支持する意見書を裁判所に提出するとともに、人種別学が黒人児童の心理に与える悪影響についての具体的データを示す実験を提案・実施した。また、ブラウン訴訟は小学校を対象としたものであったが、それに先立ち一九四〇年代後半からは、ロースクール（法律大学院）を中心として大学院における人種別学を

【資料5】エルンスト・ボリンスキー（右端）は、ミシシッピ州のトゥガルー・カレッジで1947年から1983年まで社会学を教えた。公民権運動にも熱心であった。

違憲と訴える数々の訴訟を支援していた。[35]

また、二〇世紀初めには、ニューヨークのイディッシュ語新聞『フォワード』は黒人の窮状に同情を示しつつリンチを糾弾したほか、ユダヤ系衣料労働組合はそれまで認めていなかった黒人の労働者の組合加入を初めて認めるなどした。[36]また、一九二〇年代には、北東部の私立大学から「割当制」によって締め出されたユダヤ人高校卒業生がいわゆる黒人大学に志願することもあったほか、一九三〇年代後半からは、ナチスの迫害を逃れてアメリカに来たユダヤ人研究者の中には黒人大学の教員になった者も多かった[37]（【資料5】参照）。このような場面から、ユダヤ人の黒人問題への関心と支援は、一部の裕福なユダヤ人に限られたものではなかったということがうかがえる。

とはいえ、北部都市でのユダヤ人と黒人は、職場や住居、学校など日常生活での接触が多く、しかも、ユダヤ人が商店主であったり学校教師であったりと何らかの優越的な地位にあることも多かった。そのため、ユダヤ人と黒人の間には、マイノリティとしての連帯感や親近感と同時に、敵意や反発もあった。ジェイムズ・ボールドウィンは、一九四八年、「黒人はユダヤ人に深く共鳴している。信心深い黒人は、非情な奴隷主の元でエジプトから導き出してくれるモーゼを待つユダヤ人と自分を同一視している」と述べる一方、「この複雑な構造の中では、黒人とユダヤ人の間には真の協調は相当に難しい。（中略）アメリカ社会の構造が、双方のマイノリティ・グループを永久的な敵対関係に追い込んでいるのだ」とその複雑さを指摘している。(38)

とはいえ、街頭の直接行動としての公民権運動が興隆した後、真っ先に南部に身を運んで危険に身をさらしたのは若い世代のユダヤ人たちだった。フリーダム・ライドは黒人と白人の混成のグループが州際長距離バスでの旅行を試みるものだったが、白人メンバーにはユダヤ人が多く含まれており、ジョン・ルイスやストークリー・カーマイケルとともに逮捕された。(39) また、ユダヤ人の人口は国全体の人口の二〜三％にすぎないが、有権者登録運動の白人ボランティアの半数あるいは三分の二ほどをも占めていた。(40) ミシシッピ・フリーダム・サマー計画の最中にジェイムズ・チェイニーとともに殺害されたマイケル・シュワーナーとアンドルー・グッドマンがユダヤ人であったことは、著者も言及している通りである。

また、ラビの公民権運動への参加も顕著であった。フリーダム・ライドに参加したのをはじめ、数々の座り込みやデモ行進に参加したイスラエル・ドレスナーは「アメリカでもっとも逮捕されたラビ」の異名を取った。(41) また、一九六四年六月には、ドレスナーを含む一六名のラビが、キングの要請に応じてフロリダ州セント・オーガスティンでの人種隔離に反対する座り込みに参加し、逮捕された。ラビが一度に逮捕された人数としては、アメリカ史上最多であるという。その他、アーサー・リライフェルドは、ミシシッピ・フリーダム・サマー計画の有権者登録運動に参加した。七月一〇日、任地のハティスバーグで白人暴漢に襲われ、タイヤ着脱用の金属のレバーで顔面と胸、腹部を殴られた。血だらけのラビの写真は、見る者に衝撃を与えた[42]。

ワシントン大行進と並ぶ公民権運動のもうひとつのクライマックスである一九六五年三月のアラバマ州セルマ―モンゴメリーの行進では、当初予定日である三月七日の開始直後、州兵および警察がデモ隊に暴行を加え、大勢の怪我人が出た。二日後の三月九日、ワルシャワ生まれでアメリカに亡命したエイブラハム・ヘシェル・ラビは、八〇〇人の抗議者を引き連れてニューヨークのＦＢＩ本部前でピケを張り、デモ隊の保護を要請した。「血の日曜日」と呼ばれた三月七日の事件で催涙ガスの煙の中を逃げ惑う人々に騎馬警官がムチを振り下ろす様子は、「血の木曜日事件」として知られた一九三八年の「水晶の夜」を連想させたとヘシェルは述懐している[43]。行進のやり直しが決定するとキングはヘシェルにアラバマに来るよう乞い、二人は行進の先頭に並び立った。これらはしばしば、公民権闘争におけるユダヤ人と黒人の友情と連帯の象徴として語られている。

ユダヤ人をここまで公民権運動に駆り立てたものは何か。先行研究によると、アウトサイダーとして差別されてきた経験、ホロコーストの記憶、「正義」を重視するユダヤ教の伝統、労働運動への参加経験などが挙げられている[44]。本稿筆者が聞き取りをした範囲では、ニューヨーク市のブルックリンやクイーンズなど雑多なエスニック・グループが混住する環境で育ち、黒人の子どもと一緒に遊んだ経験や、高校生のときにプロム（卒業パーティ）の準備を一緒におこなった中南米系の女子が差別を受けているのを目の当たりにした経験などが挙げられた[45]。また、母がホロコースト生還者であった例や、継父（母の再婚相手）が黒人であった例なども挙げられていた[46]。公民権運動参加者の多くは宗教上の戒律を守っていなかったが、「ティクン・オラム（Tikkun Olam、世直し・世界の修復を意味するヘブライ語）」の精神は、アメリカ・ユダヤ人の間に広く行き渡っていたと思われる。(47)

ただ、公民権運動が展開された「現場」の南部に住んだユダヤ人たちの態度は、北部ユダヤ人のそれとは異なった。概して南部ユダヤ人は、人口の流動性が高い都市部や大学のユダヤ人学生団体などの例外を除き、人種隔離制度の撤廃に関して用心深い態度を取っていたのである。ことに、レオ・フランク事件を経験した彼らは、黒人に向けられている暴力や差別に対して同情すると同時に、自分たちがいつ差別を受ける側に回るかもしれない立場にあることを思い知らされていた。実際、一九五八年には、アトランタの公民権運動の本拠地となっていたジェイコブ・ロスチャイルド・ラビ率いるヘブライ慈善協会のシナゴーグが爆破された。その前後の時代には、シナゴーグが爆破される事件や仕掛けられたダイナマイトが発見される事件が、南部全体で毎年数件ずつ起こっている。(48)それゆえ、暴力や迫害、あるいは経済的排斥への恐怖から、周囲の白人たちが人種隔離の撤廃に怒り狂う様子を見るにつけ、「白人」として振る舞おうとするユダヤ人も多かったのである。(49)

6. むすびに代えて

『戦渦の中で』は、ナチス・ドイツに祖母を奪われた怒りで眠れない夜を過ごしたこと、燃えさかるハンブルクの町を母と逃げ惑ったこと、息を止めるかのように身を潜めて父の知りあいの農場で過ごしたこと

【資料6】ブラック・ライブズ・マターの集会に出かける著者と夫(2020年6月6日)

などが若い世代にも読みやすい言葉で語られ、戦争、ヘイト、差別といったことについて我々が考えるヒントを与えてくれる。一方、本書は、戦争と差別、虐殺を生き延びた著者が自らの抱えるトラウマと闘いながらどのように残りの人生を過ごしていったのか、とくに、どのように自らの経験を肯定的な力に変換していったのかを具体的に語っている。

著者がミシシッピから戻った後も社会正義のための運動に関わり続けたように、ホロコースト生還者たちは今日でも自らの経験を語り伝えるとともに様々な形で差別や憎悪、格差の問題に関わっている。たとえば、キンダートランスポート[50]によりドイツからイギリスを経由して一九四八年にアメリカに移住したヘイディ・エプスタインさんは、公民権運動というより平和活動家として、一九七〇年代に入ってから精力的に講演活動を開始した。とくに、パレスチナ支援の運動に精力的に携わるとともに[51]、二〇一四年には、ミズーリ州ファーガソンでのマイケル・ブラウンさん銃殺事件に際して州知事舎前の抗議デモに参加し、九〇歳にして「建物前の交通を妨害した」罪で逮捕された。「ただ傍観していることはできなかった」と彼女はインタビューに答え、繰り返し述べている[52]。

今年(二〇二〇年)五月二五日にミネソタ州ミネアポリスでジョージ・フロイドさんが警察官に首を押さえつけられて死亡した事件をきっかけに、警察による暴力に対する抗議の声は「黒人の命も大切だ(Black

Lives Matter)」と訴える運動として、アメリカ全土さらにはヨーロッパを中心に世界各地に広まっていった。デモや抗議集会には白人も多く参加しており、「沈黙は暴力である（Silence is violence）」というプラカードもしばしば見かけられた。プリンツ・ラビが五〇年以上前にワシントン大行進で訴えたことが、今、再び意味をもってきている。

六月六日、ワシントンDCでも、とりわけ多くの人々がホワイトハウス前に集い、デモ行進をおこなった。新型コロナウイルス感染拡大による外出規制の中、著者と夫は、町に繰り出して行った（【資料6】参照）。格差や貧困が改めて顕になり、全世界で差別やそれを固定化する社会構造への問い直しがおこなわれている現在、本訳書がこういった問題を考える日本の読者に何らかのヒントを与えられることを願いたい。

＊＊＊

本訳書の刊行にあたっては、多くの方々のお世話になった。翻訳の計画は、二〇一七年一一月にオハイオ州シンシナティで開催された「南部ユダヤ人歴史学会」での北の口頭発表を聞き、当時、ワシントン・ユダヤ人歴史協会の職員であったクリスティーン・バウアーさんが著者イングラムさんについて教えてくださったことに始まる。翌年春、バウアーさんの紹介で北がワシントンDCのイングラムさん宅を訪問し、その際、本書のドイツ語訳が刊行されていることから、日本でも本書が読まれることを希望しているとのお話をうかがった。イングラムさんはその場でニューヨークのスカイホース出版社に電話をかけ、日本語への翻訳の話が進み始めた。さらに、二〇一九年の春、北・寺田がイングラムさん宅を訪問して夫君のダニエルさんも交えて歓談し、「日本語版への序文」を執筆頂くこと、日本の大学生向けに講演やワークショップを開催して頂ける意向であることを確認した。

翻訳に関わる作業については、以下のように分担した。「日本語版への序文」の訳は寺田がおこなった。それ以外の全体について、北が一回目の訳および訳註の執筆をおこなった。その後、袴田が訳文全体の見直しと修正、註釈をつけるべき箇所の再検討をおこなった。袴田が修正を加えた訳文に、寺田および村岡が全体にわたって不明箇所と訳語の確認、註釈の追加の提案を並行的におこない、さらに北が再々度、全体を修正した。著者の母語が英語でないからか単語の選択がかなり独特で、ドイツ語が混じっていることなどもあり、このような方法を取った。地図、解説文、年表、参考図書一覧は、北が作成および執筆した。また、一人ひとりのお名前を挙げることができないのだが、ワシントンDCの政治機構や福祉関係の用語、一九六〇年当時のミシシッピ州内の各市の人口について、専門家の方々にご教示いただいた。無論、それでもなお残る誤訳や註釈の至らない点は、すべて訳者の責任である。

本書の出版に際しては、二〇一八〜二〇一九年度北九州市立大学・学長選考型研究費A（研究課題名「ユダヤ人の経験から差別とその克服について考える：解説付き翻訳書の出版による大学生向け教材作りおよびアクティブラーニングへの接続の試み（研究代表者：北美幸）」）による助成を受けた。研究助成金は主に、本書および本書の前編である *The Hands of War: A Tale of Endurance and Hope, from a Survivor of the Holocaust*, New York: Skyhorse Publishing, 2013（邦訳『戦渦の中で――ホロコースト生還者による苦難と希望の物語』小鳥遊書房、二〇二〇年）の翻訳出版権の購入に充てた。この場を借りて、松尾太加志学長および事務職員の方々に感謝申し上げたい。

最後になったが、本訳書の刊行には、小鳥遊書房の高梨治さん、編集の林田こずえさんには一方ならぬお世話になった。改めてお礼申し上げたい。両氏はこれまでにも、少なくとも日本では知られていない「名もなき人」の戦争やホロコーストの経験、公民権運動への参加など歴史への貢献についての数々の優れた書籍を編集されてきたが、今回、このような形でイングラムさんの著書を日本に紹介できることになり、大変幸いである。

註

（1）"Prinz's Speech at the Lincoln Memorial, August 28, 1963," in Michael A. Meyer ed., *Joachim Prinz, Rebellious Rabbi: An Autobiography-the German and Early American Years*, Bloomington, IN: Indiana University Press, 2008, pp.261-262.

（2）たとえば以下の文献など。John Dittmer, *Local People: The Struggle for Civil Rights in Mississippi*, Champaign, IL: University of Illinois Press, 1995; Charles M. Payne, *I've Got the Light of Freedom: the Organizing Tradiion and the Mississippi Freedom Struggle*, Berkeley, CA: University of California Press, 1995; Lynne Olson, *Freedom's Daughters: Unsung Heroines of the Civil Rights Movement from 1830 to 1970*, New York: Touchstone Books, 2001; Anne Moody, *Coming of Age in Mississippi: The Classic Autobiography of a Young Black Girl in the Rural South*, New York: Bantam Dell, 1968（アン・ムーディ（樋口映美訳）『貧困と怒りのアメリカ南部――公民権運動への25年』彩流社、二〇〇八年）。とくにムーディの本は、アメリカの大学生が読む歴史関係の書籍として、しばしば上位にランキングされている。

（3）『朝日新聞』「あなたは何で戦争を知りましたか」二〇一五年八月一三日（東京版朝刊）、二一頁／同、二〇一五年八月一九日（東京版朝刊）、三一頁／"22% of US millennials haven't heard of or are not sure if they have heard of the Holocaust, study finds," *Jewish Telegraphic Agency*, April 12, 2018, https://www.jta.org/2018/04/12/united-states/22-us-millennials-havent-heard-not-sure-heard-holocaust-study-finds, 二〇二〇年五月一八日最終アクセス。

（4）生存者と彼らの子たちの間の関係が、互いに期待を抱きつつも満たされず、緊張をはらんだ面倒で複雑なものになりやすいことについては、以下の文献などに記されている。イレーナ・パウエル（河合秀和訳）『ホロコーストを生き抜く――母の伝記と娘の回想』彩流社、二〇一八年、一四頁。

（5）野村達朗『ユダヤ移民のニューヨーク――移民の生活と労働の世界』山川出版社、一九九五年。

（6）ハワード・モーリー・サッカー（滝川義人訳）『アメリカに生きるユダヤ人の歴史・下巻――ナチズムの登場からソ連系ユダヤ人の受け入れまで』明石書店、二〇二〇年、六八頁。

（7）大学等の教授および研究者は最大の集団であり、三〇〇〇人を超えていた。一九二四年の移民法では、聖職者や研究者およびその家族は割当の数字外で受け入れられていた（サッカー、七一頁）。

（8）丸山直起『ホロコーストとアメリカ――ユダヤ人組織の支援活動と政府の難民政策』みすず書房、二〇一八年、一一一―一一二頁。

（9）ドイツは同年の三月にオーストリアを併合していた。また、当時オーストリアには一八万人のユダヤ人が居住していた。

（10）丸山、一五頁／サッカー、五六頁。

（11）Transcript of the Oral History Interview with Marione Ingram for the Oral History Collection of the Jewish Historical Society of Greater Washington, September 29, 2016, p.4. ワシントン・ユダヤ人歴史協会のクリスティーン・バウアーさんのご好意により、インタビューのテープ起こしを頂いた。以下、Interview と略記する。

（12）丸山、九二頁。

（13）丸山、九二―九四、一五八―一六〇頁。

（14）丸山、一六一―一六三頁。

（15）サッカー、六三―六六頁／丸山、一八一―二〇八頁。ただし、丸山によると、ヨーロッパに戻った六二〇名中、八七名はドイツが侵攻する前にすぐに再び出国するなどして、三六五名は大戦を生き延びたとされている（二〇七頁）。
（16）丸山、二九六―二九九頁／サッカー、一七八―一八三頁。
（17）Interview, p.8.
（18）このような観点から、公民権運動を一九五〇年代から一九六〇年代に南部で展開されたものと限定せずに、三〇年代から始まる一連のものとしてとらえる視点がJ・ホールにより提唱され、アメリカ史研究者の間で広く定着している。Jacquelyn Dowd Hall, "The Long Civil Rights Movement and the Political Uses of the Past," *The Journal of American History*, vol. 91, no. 4, March 2005, pp.1233-1263.
（19）ジェームズ・M・バーダマン（水谷八也訳）『黒人差別とアメリカ公民権運動――名もなき人々の戦いの記録』集英社、二〇〇七年、八八頁。
（20）黒崎真『マーティン・ルーサー・キング――非暴力の闘士』岩波書店、二〇一八年、四二―四七頁／藤永康政「What's Love Got to Do with It?――公民権運動の記憶とブラック・パワー」『立教アメリカン・スタディーズ』第三六号、二〇一四年三月、一四―一五頁。
（21）バーダマン、一二二頁。
（22）バーダマン、一一八―一二二頁／上杉忍『アメリカ黒人の歴史――奴隷貿易からオバマ大統領まで』中央公論新社、二〇一三年、一二三―一二六頁。
（23）川島正樹『アメリカ市民権運動の歴史――連鎖する地域闘争と合衆国社会』名古屋大学出版会、二〇〇八年、一三六―一三七頁／Dittmer, pp.200-201／アロン・ヘンリィ、コンスタンス・カリー（樋口映美訳）『アメリカ公民権運動の炎――ミシシッピ州で闘ったアロン・ヘンリィ』彩流社、二〇一四年、二一三―二一九頁。
（24）Mamie E. Locke, "Is This America? Fannie Lou Hamer and the Mississippi Freedom Democratic Party," in Vicki L. Crawford, Jacqueline Anne Rouse, and Barbara Woods eds., *Women in the Civil Rights Movement: Trailblazers & Torchbearers, 1941-*

1965, Bloomington, IN: Indiana University Press, 1993, pp.27-37.

（25）ＮＡＡＣＰのミシシッピ州支部代表であったメドガー・エヴァーズが実際に殺害されたのは、六月一二日である。

（26）Fannie Lou Hamer, “Remarks before the Credentials Committee,” August 22, 1964, in John Dittmer, Jeffrey Kolnick, and Leslie-Burl McLemore, comp., *Freedom Summer: A Brief History with Documents*, Boston: Bedford/ St. Martin’s, 2017, pp.145-148. 訳文中〔　〕内は本稿筆者による補足である。

（27）トッド・ギトリン（疋田三良・向井俊二訳）『60年代アメリカ――希望と怒りの日々』彩流社、一九九三年、二一八頁。

（28）“1960 Census: Population, Volume I. Characteristics of the Population, Part 1-57,” https://www.census.gov/library/publications/1961/dec/population-vol-01.html, 二〇二〇年七月九日最終アクセス。

（29）“Mississippi Summer Project: Running Summary of Incidents,” in Len Holt, *The Summer That Didn’t End: The Story of the Mississippi Civil Rights Project of 1964*, New York: Da Capo Press, 1992 [1965], pp.207-252.（以下、“Incidents”と略記する。）

（30）“Incident Summary, Mississippi October 1964,” in Civil Rights Movement Veterans, https://www.crmvet.org/docs/wats/6410_sncc_incidents.pdf, 二〇二〇年七月七日最終アクセス。

（31）Dittmer, pp.322-324.

（32）川島、三三二―三三八頁。

（33）Louis R. Harlan, “Booker T. Washington’s Discovery of Jews,” in J. Morgan Kousser & James M. McPherson, eds., *Region, Race, and Reconstruction: Essays in Honor of C. Vann Woodward*, New York: Oxford University Press, 1982, pp.271-273; Murray Friedman, *What Went Wrong?: The Creation & Collapse of the Black-Jewish Alliance,* New York: Free Press, 1995, p.82.

（34）Friedman, pp.66-67.

（35）C. Vann Woodward, *The Strange Career of Jim Crow*, New York: Oxford University Press, 2002 [1955], pp.139-146.

（36）Hasia Diner, *In the Almost Promised Land: American Jews and Blacks, 1915-1935*, Baltimore: Johns Hopkins University

Press, 1995 [1977], pp. 28-88, 96; Jonathan Kaufman, *Broken Alliance: The Turbulent Times Between Blacks and Jews in America,* New York: Simon & Schuster, 1995, p.29.

(37) Gabrielle Simon Edgcomb, *From Swastika to Jim Crow: Refugee Scholars at Black Colleges*, Malabar, FL: Krieger, 1993, pp.131-133.

(38) James Baldwin, "The Harlem Ghetto," *Commentary,* February 1948, pp.7,9.

(39) Carol Ruth Silver, *Freedom Rider Diary: Smuggled Notes from Parchman Prison*, Jackson: University of Mississippi Press, 2014, pp.153-176; Eric Etheridge, *Breach of Peace: Portraits of the 1961 Mississippi Freedom Riders*, New York: Atlas & Co., 2008, pp.162-163, 194-195.

(40) Hedda Garza, *African Americans and Jewish Americans: A History of Struggle,* New York: Franklin Watts, 1995, p.149.

(41) Raymond Arsenault, *Freedom Riders: 1961 and the Struggle for Racial Justice, Freedom Riders*, New York: Oxford University Press, 2006, p.553.

(42) Clive Webb, *Fight against Fear: Southern Jews and Black Civil Rights*, Athens, GA: The University of Georgia Press, 2001, pp.80-83. ウェブの著書では、事件は七月六日に起こったとされているが、ＳＮＣＣ資料の "Incidents" によると、七月一〇日が正しいようである。

(43) Edward K. Kaplan, *Spiritual Radical: Abraham Joshua Heschel in America, 1940-1972*, New Haven: Yale University Press, 2007, pp.220-225.

(44) Cheryl Lynn Greenberg, *Troubling the Waters: Black-Jewish Relations in the American Century*, Princeton, NJ: Princeton University Press, 2006; Marc Dollinger, *Quest for Inclusion: Jews and Liberalism in Modern America*, Princeton, NJ: Princeton University Press, 2000; Seth Forman, *Blacks in the Jewish Mind: A Crisis of Liberalism*, New York: New York University Press, 1998.

(45) 本稿筆者によるアビー・ギンズバーグ（映画監督）に対するインタビュー、二〇一二年一〇月一七日、マーク・レヴィ（ミシシッピ・フリーダム・サマー参加者）に対するインタビュー、二〇一三年八月二一日。

(46) Debra L. Schultz, *Going South: Jewish Women in the Civil Rights Movement*, New York: New York University Press, 2001, pp.1-5.

(47) Forest Hills High School, 2010 Commencement Address, June 25, 2010, by Mark Levy, personal memo. マーク・レヴィ本人からの提供による。スティーブ・プレス（SCOPE計画参加者）、SCOPE計画五〇周年同窓会での発言、二〇一五年一〇月二日。SCOPE計画とは、SCLCが主として白人大学生を動員して一九六五年の夏季にミシシッピ以外の南部六州でおこなった有権者登録運動で、ミシシッピ・フリーダム・サマーと同様、多数のユダヤ人学生が参加した。

(48) Arnold Shankman, "A Temple Is Bombed: Atlanta, 1958," *American Jewish Archives*, vol.23, November 1971, pp.125-126.

(49) 著者マリオン・イングラムとの電子メールによる交信、二〇二〇年六月二二日。

(50)「水晶の夜」の後、一九三八年一一月末から一九三九年九月にかけて、イギリス政府はドイツ、オーストリア、チェコスロバキア（当時）の一七歳以下のユダヤ人の子ども約一万人を里子として引き受けた。多くの親が収容所に送られ殺されたため、ほとんどの場合、親子の再会はかなわなかった（丸山、一六四―一六五頁。）

(51) エプスタインさんだけでなく、著者マリオン・イングラム、また、他にもホロコースト生還者でない者も含めてユダヤ人の公民権運動参加経験者には、イスラエルのガザ侵攻を批判しパレスチナを支持している者が多い。"From Mississippi to Jerusalem: Jewish Civil Rights Veterans of SNCC," Peace and Conflict Studies at Swarthmore College, https://blogs.swarthmore.edu/academics/pcs/2015/03/23/jewish-civil-rights-veterans/, 二〇二〇年七月五日最終アクセス。

(52) "Peace Activist and Holocaust Survivor Hedy Epstein Dies at 91," Democracy Now! May 27, 2016, https://www.democracynow.org/2016/5/27/peace_activist_and_holocaust_survivor_hedy, 二〇二〇年七月五日最終アクセス。

写真出典

【資料1】http://huc.edu/news/2020/01/15/martin-luther-king-jr-day-rabbi-joachim-prinz-and-%E2%80%9C-most-tragic-problem-silence%E2%80%9D

【資料2】著者提供

【資料3】United States Holocaust Memorial Museum, courtesy of Herbert & Vera Karliner

【資料4】Leffler, Warren K, photographer. Fannie Lou Hamer, Mississippi Freedom Democratic Party delegate, at the Democratic National Convention, Atlantic City, New Jersey, August/ WKL. Atlantic City New Jersey, 1964. Photograph. https://www.loc.gov/item/2003688126/.

【資料5】https://www.pacificstreetfilms.com/the-story/

【資料6】著者提供

関係年表

	著者に関連する出来事	公民権・人種関連その他の出来事
一九三〇	**九月九日** ダニエル（夫）出生。	
一九三五	**一一月一九日** 著者出生。	
一九四二		**三月** CОREが結成される。
一九四三	**七月** ハンブルク大空襲。その後、一九四五年五月の終戦まで農場にて隠れ家生活を送る。	
一九四七	この頃約二年間、ハンブルク郊外ブランケネーゼにあるユダヤ人孤児のための学校に在学する。	**四月一五日** ジャッキー・ロビンソンがアフリカ系アメリカ人初のメジャーリーガーとしてブルックリン・ドジャースからデビューする。
一九五一	この頃、母と妹レナがアメリカに移住する。	
一九五二	**一一月** 一七歳の誕生日の約二週間前にニューヨークに移住。	
一九五三	ニューヨーク市立大学ハンター・カレッジに入学。児童心理学を専攻する。後に中退する。この頃、ベルビュー病院で働く。恵まれない子どもたちの世話で不眠・不食に陥り辞職する。	
一九五四	この頃、カメラマンの無給のアシスタントをする。	**五月一七日** ブラウン対トペカ市教育委員会判決。

一九五五	黒人女性の友人ジョーンとアパートを探し、ニューヨークでの人種差別を知る。 この頃、ＭｏＭＡの映像部門で働く。	**五月三一日**　ブラウンⅡ判決。 **八月二八日**　エメット・ティル少年殺害事件。 一二月から一九五六年一二月にかけて、アラバマ州モンゴメリー市で市バスのボイコット（不乗車運動）が続けられる。
一九五六	ダニエルと出会う。	
一九五七	ダニエルと同居を開始する。 この頃、カーネギー・ホールの署名運動で、初めて社会運動に参加する。	**一月**　モンゴメリー市のバス・ボイコットの成功を受け、マーティン・ルーサー・キングを議長としてＳＬＣＣが結成される。 **八月**　アーカンソー州リトルロックのセントラル高校で人種統合の試みがおこなわれる。
一九五九		六月～一九六三年九月の四年間、人種統合命令への反発から、ヴァージニア州プリンス・エドワード郡の公立学校が閉鎖される。
一九六〇	ワシントンＤＣに転居。 **三月**　正式にダニエルと結婚。	**二月**　ノースカロライナ州グリーンズボロで、学生たちによる黒人に食事を提供しないランチ・カウンターでの座り込み運動が始まる。 **四月**　ＳＮＣＣが結成される。
一九六一	ワシントンＤＣのＣＯＲＥに加入する。 **六月**　長男ダニエルが生まれる。	ジュリアス・ホブソンがＤＣのＣＯＲＥの委員長に就任する。 **五月**　フリーダム・ライド始まる。

		ミシシッピでCOFO設立される。 秋〜六二年夏にかけて、ジョージア州オールバニーでオールバニー運動がおこなわれる。
一九六二	セルトン・ヘンダーソンと知りあう。	VEP発足。 **九月三〇日**　ジェイムズ・メレディスのミシシッピ大学入学に抗議する白人の暴動に対して軍隊が出動。
一九六三	DCのCOREによる住宅における人種隔離の撤廃を求める一連の抗議活動に参加する。 **八月二八日**　ワシントン大行進のボランティアをする。 **一〇月**　ヘンダーソンがキングに車を貸した咎で司法省を辞職する。この前後、しばらく著者夫妻と同居する。	**四月**　アラバマ州バーミンガムで「プロジェクトC」始まる。 **六月九日**　ファニー・ルー・ヘイマー他公民権運動家たちが、サウスカロライナでの投票権の研修会の帰り、ミシシッピ州ウィノナのバスターミナルで逮捕され、ひどく殴打される。 **六月一二日**　メドガー・エヴァーズが殺害される。 **六月二二日**　大統領、司法長官らがキングに「共産主義者」のスタンリー・レヴィソン、ジャック・オデルと絶縁するよう迫る。オデルはSCLC執行部を辞任する。 **八月二八日**　ワシントン大行進。 **九月一五日**　アラバマ州バーミンガムの一六番街教会で爆破事件が起こる。日曜学校のため教会に来ていた四人の少女が亡くなる。

一一月二～四日　ミシシッピ州知事選挙に際し、COFOが模擬選挙「自由のための投票」を実施。
一一月二二日　ジョン・F・ケネディ大統領が暗殺される。

一九六四

四月　ジェイムズ・ボールドウィンの初戯曲『白人へのブルース』をニューヨークに観に行く。
八月　ワシントンDCからアトランティックシティへの派遣団の世話をする。
八月二八日　アメリカ市民となる。
九月～一一月　SNCCの運動員としてミシシッピ州東南部のモスポイントに滞在し、有権者登録運動、隣の市パスカグーラでのフリーダム・スクール運営などおこなう。

一月八日　リンドン・B・ジョンソン大統領が一般教書演説にて「貧困との戦い」を提唱。
四月　COFOの月例大会にてMFDPが設立される。
五月二六日～六月三〇日　SCLC、フロリダ州セント・オーガスティンで持続的抗議行動を展開。ラビが大量逮捕される。
六月　ミシシッピ・フリーダム・サマー計画始まる。開始直後、ジェイムズ・チェイニー、アンドルー・グッドマン、マイケル・シュワーナーが行方不明になる。
七月二日　公民権法成立。
八月四日　チェイニー、グッドマン、シュワーナーの遺体が四四日間の捜査の末、見つかる。
八月六日　MFDPの州大会が開催される。
八月二四日～二七日　アトランティックシティで民主党全国大会が開催される。

		一〇月三一日～一一月二日　大統領選挙の直前の三日間にＣＯＦＯによる模擬選挙「自由のための投票」おこなわれる。 **一一月三日**　大統領選挙。ジョンソンが大統領、ヒューバート・ハンフリーが副大統領に当選する。 **一二月**　キングがノーベル平和賞を受賞。
一九六五	ワシントンＤＣのＣＯＲＥの活動を継続する。この頃、近隣に住む白人住人らの嫌がらせを受け、メリーランドからワシントンＤＣのサウスイーストに転居する。	**二月二一日**　マルコムXが暗殺される。 **三月**　アラバマ州セルマ－モンゴメリー間の行進。 **六～八月**　ＳＣＬＣによる白人大学生を動員しての有権者登録運動、ＳＣＯＰＥ計画がミシシッピ以外の南部六州でおこなわれる。 **八月六日**　投票権法成立。 **八月一一日**　ロサンゼルスのワッツ地区で暴動発生。三四名が死亡。
一九六六	大ワシントン商工会議所の宴会でＤＣの内政自治実現への支持を訴える。	**一月**　キングが「シカゴ自由運動」を開始。三月～夏頃まで、マリオン・バリーが主導する「ＤＣに自由を」運動が展開される。 **六月五日**　ジェイムズ・メレディス、テネシー州メンフィスからミシシッピ州ジャクソンまでの「恐怖に抗する行進」を始めるが、翌日に狙撃される。 **六月一六日**　ミシシッピ州グリーンウッドの集会でストークリー・カーマイケルが「ブラック・パワー」を宣言。

		一〇月一五日　カリフォルニア州オークランドでブラック・パンサー党が結成される。
一九六七		**四月四日**　キング、ヴェトナム戦争批判を明言する。 **六月一二日**　ラヴィング対ヴァージニア判決により、ヴァージニア州の異人種間結婚禁止法が違憲と判断される。 **七月一二〜一七日**　ニュージャージー州ニューアークで暴動起こる。 **七月二三〜二七日**　ミシガン州デトロイトで暴動起こる。 **一〇月**　サーグッド・マーシャルがアフリカ系アメリカ人初の連邦最高裁判事に就任する。
一九六八		**二月二九日**　カーナー委員会報告において「我が国は、分離した、不平等な二つの社会に分裂しつつある」と発表される。 **四月四日**　キングが暗殺される。全国一二五ヶ所で暴動が起きる。 **四月一一日**　公正住宅取引法が成立。 **六月五日**　ロバート・ケネディ上院議員（ケネディ政権下で司法長官）が暗殺される。
一九六九		**一二月**　ブラック・パンサー党のフレッド・ハンプトンが就寝中に警察に襲われ、銃殺される。

一九七一		**五月一日〜三日** ワシントンＤＣでおこなわれたヴェトナム戦争に反対するメーデーの行進で、アメリカ史上最多の一万二〇〇〇人以上が逮捕される。
一九七二	アフリカ系アメリカ人女性シャーリー・チザムが民主党大統領候補指名を目指す動きを支援する。	
一九七三	著者の父が死去。	コロンビア特別区自治法が成立し、住民の選挙により市長や市議会議員が選出されるようになる。
一九七八		**六月二八日** 「バッキ対カリフォルニア州立大学事件」について、アファーマティブ・アクションに関する初めての連邦最高裁判決が下る。一〇〇人中一六人をマイノリティ用の特別枠とした入試選抜制度が違憲と判断された。
一九七九		マリオン・バリーがワシントンＤＣ市長となる。九一年まで務めた後、再度、一九九五〜九九年に市長となる。
一九八一		**一月** レーガン大統領就任。アメリカに保守化傾向が表れる。
一九八四	**一一月** ＦＳＡＭに参加する。	
一九八五	イタリアに移住。	**一月** レーガン大統領二期目が始まる。
一九八六		**一〇月** 包括的反アパルトヘイト法がレーガン大統領の拒否権を乗り越えて可決。 **一一月** イラン・コントラ事件発覚。
二〇〇〇	ドイツに移住。	

二〇〇五		**六月二一日**　一九六四年にチェイニー、グッドマン、シュワーナーを殺害した首謀者として、八〇歳のエドガー・キレン被告に六〇年の有罪判決が下される。 **八月**　ハリケーンのカトリーナにより、ニューオーリンズに大きな被害が出る。ミシシッピ州モスポイントおよびパスカグーラも同じく被害を受ける。
二〇〇七	アメリカに帰国。現在に至る。	
二〇〇八		**一一月**　バラク・オバマが黒人初の大統領に当選。
二〇一三	**三月**　本書の前編にあたる『戦渦の中で』を出版。 **九月**　ミシシッピを再訪。	

『平和の下で』参考図書　さらに調べたい人のために

◎ホロコースト、とくにアメリカ合衆国との関わりについて知るには

ジェイムズ・Q・ウィットマン（西川美樹訳）『ヒトラーのモデルはアメリカだった――法システムによる「純血の追求」』みすず書房、二〇一八年。

マイケル・ベーレンバウム（芝健介監修、石川順子・高橋宏訳）『ホロコースト全史』創元社、一九九六年。

丸山直起『ホロコーストとアメリカ――ユダヤ人組織の支援活動と政府の難民政策』みすず書房、二〇一八年。

ウォルター・ラカー編（井上茂子・木畑和子・芝健介・長田浩彰・永岑三千輝・原田一美・望田幸男訳）『ホロコースト大事典』柏書房、二〇〇三年。

デボラ・E・リップシュタット（山本やよい訳）『否定と肯定――ホロコーストの真実をめぐる闘い』ハーパーコリンズ・ジャパン、二〇一七年。

＊その他、『戦渦の中で』巻末の参考図書一覧を御覧ください。

◎アメリカ合衆国に住むユダヤ人移民について知るには

ハワード・モーリー・サッカー（滝川義人訳）『アメリカに生きるユダヤ人の歴史』上巻・下巻、明石書店、二〇二〇年。

佐藤唯行『アメリカのユダヤ人迫害史』集英社、二〇〇〇年。

C・E・シルバーマン（武田尚子訳）『アメリカのユダヤ人――ある民族の肖像』サイマル出版会、一九八八年。

野村達朗『ユダヤ移民のニューヨーク――移民の生活と労働の世界』山川出版社、一九九五年。

ジェイコブ・リース（千葉喜久枝訳）『向こう半分の人々の暮らし――一九世紀末ニューヨークの移民下層社会』創元社、二〇一八年。

フィリップ・ロス（柴田元幸訳）『プロット・アゲンスト・アメリカ――もしもアメリカが…』集英社、二〇一四年。

◎アフリカ系アメリカ人の歴史、近年の状況について

上杉忍『アメリカ黒人の歴史――奴隷貿易からオバマ大統領まで』中央公論新社、二〇一三年。

C・V・ウッドワード（清水博・長田豊臣・有賀貞訳）『アメリカ人種差別の歴史』福村出版、一九九八年。

タナハシ・コーツ（池田年穂訳）『世界と僕のあいだに』慶應義塾大学出版会、二〇一七年。

ブライアン・スティーヴンソン（宮崎真紀訳）『黒い司法――黒人死刑大国アメリカの冤罪と闘う』亜紀書房、二〇一六年。

アンジェラ・デイヴィス（上杉忍訳）『監獄ビジネス――グローバリズムと産獄複合体』岩波書店、二〇〇八年。

本田創造『アメリカ黒人の歴史（新版）』岩波書店、一九九一年。

◎「名もなき人」の参加も含めて公民権運動について知るには

川島正樹『アメリカ市民権運動の歴史――連鎖する地域闘争と合衆国社会』名古屋大学出版会、二〇〇八年。

北美幸『公民権運動の歩兵たち――黒人差別と闘った白人女子学生の日記』彩流社、二〇一六年。

黒崎真『マーティン・ルーサー・キング――非暴力の闘士』岩波書店、二〇一八年。

ハワード・ジン（武藤一羊訳）『反権力の世代』合同出版、一九六七年。

ジェームス・M・バーダマン（水谷八也訳）『黒人差別とアメリカ公民権運動――名もなき人々の戦いの記録』集英社、二〇〇七年。

アン・ムーディ（樋口映美訳）『貧困と怒りのアメリカ南部――公民権運動への二五年』彩流社、二〇〇八年。

ジョン・ルイス、アンドリュー・アイディン作、ネイト・パウエル画（押野素子訳）『MARCH［マーチ］』全三巻、岩波書店、二〇一八年。

（映画）『ブラックパワー・ミックステープ――アメリカの光と影』（ヨーラン・ヒューゴ・オルソン監督、二〇一一年。）

（映画）『私はあなたのニグロではない』（ラウル・ペック監督、二〇一六年。）

◎ワ行

◎ヤ行

◎ラ行

◎マ行

◎タ行

◎カ行

◎サ行

◎ヤ行

◎ラ行

◎マ行

◎ナ行

◎ハ行

◎サ行

◎タ行

索引

※索引のノンブルは、地図、参考図書を除き、本文、解説、訳註、解説の註、図版のキャプションを含む。
※「→」にて、同義の語句を示す場合は「を参照」、同じ語句を含むより限定した語句は「も参照」とした。
※本書全体を通して頻出すると判断した「イングラム、ダニエル」および「夫(著者の、ダニエル)」は頁数を割愛し、＊をつけている。

【人名】

◎ア行

◎カ行

【著者】

マリオン・イングラム

(Marione Ingram)

1935年、ハンブルク生まれ。第二次世界大戦下のドイツで、ユダヤ人の母と非ユダヤ人の父の娘として成長した。ホロコーストだけではなく、何万もの人々が殺戮され、市の大半が破壊された1943年の大空襲も経験し、終戦までの約2年間を隠れ家で過ごした。1952年にニューヨーク市に移住し、ニューヨーク近代美術館で働き、芸術を志す者たちとアトリエをともにした。1960年にワシントンDCに転居した後、結婚し、母、アメリカ市民、公民権運動家となり、学生非暴力調整委員会のスタッフとしてミシシッピでフリーダム・スクールを運営した。ファイバー・アーティストでもあり、その作品はアメリカとヨーロッパで展示された。

現在は、7年間暮らしたシチリア島の暮らしについての本を執筆している。

【訳者】

北 美幸

(きた・みゆき)

北九州市立大学外国語学部教授。アメリカ史、アメリカ研究。九州大学大学院比較社会文化研究科博士後期課程単位取得退学。博士（比較社会文化)。ニューヨーク大学、ブランダイス大学、ニューヨーク市立大学クイーンズ・カレッジにて客員研究員。著作に『公民権運動の歩兵たち』(彩流社、2016年)、編著に「『街頭の政治』としての米国の公民権運動」阿部容子他編『「街頭の政治」をよむ』(法律文化社、2018年)、"A Foot Soldier in the Civil Rights Movement: Lynn Goldsmith with SCLC–SCOPE, Summer 1965," *Southern Jewish History*, vol.22 (2019) など。

袴田真理子

(はかまだ・まりこ)

フリーランス翻訳家。お茶の水女子大学文教育学部外国文学科英文学英語学専攻卒業。

寺田由美

(てらだ・ゆみ)

北九州市立大学文学部教授。アメリカ史。広島大学大学院文学研究科（西洋史学専攻）博士課程後期単位取得退学。

村岡美奈

(むらおか・みな)

関東学院大学国際文化学部専任講師。近代ユダヤ史、アメリカ・ユダヤ史。ブランダイス大学大学院近東ユダヤ学部博士課程修了。博士（近東ユダヤ学)。

平和《へいわ》の下《もと》で

ホロコースト生還者《せいかんしゃ》によるアメリカの公民権《こうみんけん》のための闘《たたか》い

2020年11月30日　第1刷発行

【著者】
マリオン・イングラム
【訳者】
北 美幸、袴田真理子、寺田由美、村岡美奈

発行者：高梨 治
発行所：株式会社**小鳥遊《たかなし》書房**
〒102-0071　東京都千代田区富士見1-7-6-5F
電話 03 (6265) 4910（代表）／FAX　03 (6265) 4902
http://www.tkns-shobou.co.jp

装幀　坂川朱音（朱猫堂）
地図　デザインワークショップジン
印刷・製本　モリモト印刷(株)
ISBN978-4-909812-46-9　C0022